澀江抽齋

しぶえちゅうさい

森鷗外

鄭清茂 譯

目次

緒論

鄭清茂

一八九五年、明治二十八年、光緒二十一年歲次乙未四月，甲午戰爭（日清戰爭）的第二年，清廷與日本議和，在日本下關春帆樓簽訂了〈馬關條約〉；同意割讓台灣給戰勝國日本。同年五月底日本近衛師團登陸北台灣。剛於五月初被台灣民眾推為台灣民主國總統的台灣巡撫唐景崧，於六月中旬遁回廈門。八月日本在台北成立了台灣總督府，樺山資紀大將為首任總督。當時台灣南北各地義軍義民蜂起，抵抗日本人的統治。就在此時，有一個年輕的日本陸軍醫官，三十三歲，從甲午戰爭的前線滿洲被派轉到台灣，就任台灣總督府陸軍局軍醫部長。大概於同年九月底因故離開台灣，十月返抵東京。這個軍醫姓森名林太郎。附帶一提：他的兒子森於菟，一九三六年起在台北帝國大學（今台灣大學前身）醫學部擔任解剖學講座教授兼部長；二次戰後台灣大學醫學院加以慰留，繼續任教，到了一九四七年才舉家撤回日本。於菟的長子真章，也就是林太郎的孫子，戰前畢業於台北帝國大學醫學部。

這位與台灣有三代因緣的日本軍醫森林太郎，就是那位在近代日本文學史上大名鼎鼎的森鷗外（一八六二—一九二二）。一般對他的簡單介紹多半是：明治大正時期的軍醫、小說家、翻譯家、評論家、劇作家。可說具有多重的身份或專業。文久二年生於石見國（今島根縣）津和野藩的儒醫之家。從五歲起就逐年以訓讀方式朗誦《論語》、《四書》、《五經》、《左傳》、《史記》、《漢書》等漢籍，吟誦《唐詩選》、《古今和歌集》等漢詩與和歌。十歲開始學習德文。十二歲進入東京醫學校預科，十五歲成為東京大學醫學本科生。十九歲大學畢業，進入陸軍軍醫本部服務。二十二歲官費留學德國四年，奉命研究陸軍衛生學與醫療制度。回國後，終生與軍醫專業結了不解之緣。歷任陸軍軍醫教官、陸軍軍醫學校校長、陸軍軍醫總監，而至陸軍省醫務局長等要職。五十四歲轉任文官，為帝室博物館總長兼圖書頭；五十七歲為帝國美術院院長。六十歲因病去世。

鷗外身為職業軍醫，夙夜在公，克盡厥職。在明治時代（一八六八—一九一二）「富國強兵、文明開化」的洋務運動過程中，鷗外積極翻譯了不少西方有關醫學的論著；介紹並倡導西洋式的衛生設備與醫療制度，對於日本軍醫的近代化貢獻良多。然而，儘管鷗外的一生，在公務上活躍於專制體制之內，可謂官運亨通；只不過也像從前許多中華士大夫或日本文人官僚一樣，學而優則仕之後，在私人的時空裡還要仕而優則文。鷗外從小就喜歡舞文弄墨，大學剛畢業後，就嘗試翻譯德國的童話，而且開始向報紙投稿。

鷗外二十八、九歲時，先後發表了以德國為背景而稍帶浪漫主義色彩的所謂留德三短篇：〈舞姬〉、〈泡沫記〉與〈信使〉，一時成為日本文壇的新秀。然而其後約十六、七年間，雖然翻譯、文論、隨筆、詩歌、腳本之類的作品，依然接二連三，不曾斷過；卻不見有新的小說創作。直到一九〇九年四十七歲時，發表了〈半日〉以及被查禁的〈性生活〉，才又震撼了日本文壇。接著在兩三年內，連續發表了《青年》、〈遊戲〉、〈沈默之塔〉、《雁》、《灰燼》等長短篇，進一步鞏固了他在文壇上的地位。可說是鷗外創作生涯的第二階段。

這個階段的小說，在表現上，最顯而易見的是放棄了早期〈舞姬〉等篇中所用的典雅優美的文語體，而改用已經通行多年的口語文。這是時勢使然，不得不爾。同時也揚棄了以前的浪漫主義傾向與唯美主義色彩，轉而以知性的觀照態度與寫實手法，深入探討包括自己在內的芸芸眾生的存在之道，尤其關注正在急速近代化的日本社會中，傳統觀念與新時代價值之間的矛盾、自我意識的萌芽與挫折、生命的希望與無奈等等當代所面臨的現實問題。

鷗外的重執小說之筆可說是勢所必至，並非偶然。十多年來，他依然在西方小說的翻譯、文藝理論的介紹等多方面，活躍如常，而且更加多產。同時緊盯著日益熱鬧的日本小說界，苦思自己復出之機與如何因應之道。在當時瞬息萬變的日本文壇上，剛於二十世紀初傳自歐洲的所謂自然主義，忽然風行起來；到了島崎藤村的《破戒》（一九〇六）與田山花袋的《蒲團》（一九〇七）出書之後，帶有「私小說」傾向的日本自然主義，終於變成了主導文壇的思潮主流。其實鷗外自己對歐洲自然主義的來龍去脈，包括變化多端的理論與作品，早已了然於胸，只是以他特立獨行的性格，絕不可能隨波逐流。另外，當時也同樣置身於文壇主流之外，而被鷗外視為競爭絕好對手的夏目漱石（一八六七—一九一六），則自從發表《我是貓》（一九〇五）以來，佳作接踵而出，如日中天，聲名大噪。鷗外看在眼裡，豈能自甘落後。

這種不甘落後的心態，可能就是鷗外又開始寫小說的主要動機之一。而在這種動機的心態裡卻含有濃厚的挑戰意味。在〈性生活〉中，鷗外通過顯然是自己分身的主人公金井湛教授說：「這期間夏目金之助（漱石）寫起小說來了。金井君讀得津津有味，而且不覺感到伎癢。」又說：

在這期間，自然主義興起。金井君看這一流派的作品，並不特別感到伎癢。不過，說是有趣倒是非常有趣。……每次讀自然派的小說，發現其中的人物，不管行住坐臥或造次顛沛，都會伴隨著性慾的描寫；批評家也認為這才是人生的真相而加以肯定。金井君不由得想著，人生若果如此的話，不得不疑惑自己的心理狀態是否與眾不同，是否生來就有性冷淡的傾向。這樣的想像在讀左拉的小說時，也曾經發生過。

無論是伎癢或疑惑，鷗外的回應就是始於〈性生活〉到《灰燼》的一系列短篇、中篇、長篇小說。

這一系列小說，就其題材而言，大多與自然派私小說很相似，但其成品卻大異其趣。小西甚一曾就〈性生活〉（一九〇九）的題材提出他的看法：

在此作品中，如此率直地披露性意識與性生活如何展現的過程，光是題材本身，就極像一連串醜聞。站在自然派強調描寫人生黑暗面、醜惡面的立場，無疑是最適合不過的題材。然而〈性生活〉卻與甚麼黑暗醜惡正相反，不忸怩拘束，基調寧可說是相當明朗的。其間的差異在於自然派的作家，總是以作品中常人的水準去處理作品中的事實，反之，鷗外則從更高的知性進行觀察。由於性慾而演出種種醜態，根本就是人類的本來面目。雖不可隨便肯定，也不能完全否認。（《日本文藝史》V、頁五九九—六〇〇）

所謂「知性」的觀察，指的就是一種超然的諦觀態度，代表著鷗外文學的特色之一。不過某類題材寫多了、寫久了，總會有厭倦而難以為繼的情形。特別在發表了毀譽參半的〈就是那樣〉之後，鷗外自己不免也面臨了這樣的窘境。

古人云窮則思變，變則通。鷗外曾在〈沈默之塔〉裡說：「藝術所重視的價值在於因襲的突破。徘徊在因襲圈內之作都是凡庸之作。」就鷗外而言，所謂因襲當然也包括他自己幾年來的因襲；於是又開始苦思，盼能在題材與書寫策略上有所突破、另闢新徑。巧合的是這個「變則通」的機會不期而來了。明治四十五年（一九一二）七月明治天皇駕崩，同年即改元大正的九月，乃木希典大將切腹殉死。乃木是鷗外舊識。鷗外在大受衝擊之餘，聯想起日本從前的武士道，不幾日就幾乎直覺地用「候文體」寫成了短篇〈興津彌五右衛門之遺書〉，刊登在十月號的《中央公論》上。從此鷗外進入了歷史小說的創作時期。

繼〈興津彌五右衛門之遺書〉之後，鷗外連續發表了〈阿部一族〉、〈護持院原復仇記〉、〈安井夫人〉、〈山椒大夫〉、〈魚玄機〉、〈堺事件〉、〈栗山大膳〉、〈寒山拾得〉等一系列中、短篇歷史小說。有些評者認為鷗外之所以轉向歷史尋求靈感，除了自求突破的強烈企圖之外，也不能忽略當時在專制政體下，日益嚴峻的思想管制政策。在鷗外自己所寫的〈性生活〉受到查禁處分（一九〇九）之後，不久發生了以掃蕩社會主義運動之名，而處死幸德秋水等十多人的所謂「大逆事件」（一九一〇）。這些嚴厲的彈壓政策，當時在政治圈、教育界、文壇上無疑導致了一定的寒蟬效應。鷗外身為一個擁護體制的官僚作家，儘管不願也避免當官方的傳聲筒，卻也不能不有所自我節制，甚至自我審查。幸而鷗外在努力譯介西方的作品與美學理論之外，當時也開始寄情於傳統的——特別是德川幕府末期的——武家政治體制，以及包括儒者儒醫在內的廣義的漢學界，而且正在積極蒐集「武鑑」之類的相關文獻。乃木大將的殉死正好適時為鷗外帶來了轉變的契機。由於他手邊已有現成的資料，才立刻寫成了那篇表現武士道的〈興津彌五右衛門之遺書〉，以及接踵而來的幾篇歷史小說。〔關於這些作品，請看拙譯《魚玄機——森鷗外歷史小說選》（聯經，二〇一九），並參書中所附的〈譯者序〉〕。

鷗外在創作歷史小說期間，有人質疑這類作品能不能稱為小說。他於是發表了〈依照歷史與脫離歷史〉一文（一九一五），算是做了回應。他承認他所寫的這類作品，依當時文壇上通行的小說概念，的確「與誰的小說都不一樣」。

為甚麼呢？動機很簡單。我在查閱史料時，對見於其中的「自然」產生了尊重之念。而且不願隨便加以改變。此其一。我又看到現在的人把私人的生活如實描述，覺得如果可以把現在如實呈現，當然也可以把過去如實呈現出來。此其二。……友人中有人說，別人都以「情」處理物事，我卻以「智」處理之。然而這是我所有作品普遍的情形，並不限於書寫歷史人物的作品。

智勝於情，或主智而排情，的確是整個鷗外文學的基調。而所謂「自然」，應該是指未經文飾的原來面貌，亦即歷史人世的真實。鷗外這段話只就其「動機」而言。而在實際的寫作經驗上，鷗外卻不得不坦言：「不知不覺為歷史所束縛。我在這束縛下喘不過氣來，於是想起加以擺脫。」因而想出了所謂「脫離歷史」的策略。

其結果是鷗外的歷史小說，大致言之，在情節方面，包括人名、地名、年代、事件等都盡量「依照歷史」或傳說；而在敘述策略上，諸如人物的性格塑造、事件的原委始末、情致或氛圍的營造、節外生枝而觸及的議題等等，則往往「隨著想像而寫」，充分發揮一己的想像力，構成了「脫離歷史」的虛構部分。

上舉的歷史小說，多半是武士的或多少與武士有關的故事，只有兩三篇是例外。其中〈安井夫人〉的主角是幕府末期、明治初年的儒學家——在日本通稱為儒者——安井息軒的夫人佐代。鷗外與活躍於明治、大正年間的大多數智識份子，如同輩的夏目漱石一樣，從小就接受了傳統的漢學教育，熟讀中國經史以及漢詩漢文的重要典籍。大學醫學院畢業以後，終身在軍醫界服務，官運亨通，文名亦盛，難免懷想德川時代武士道的風範、儒者與儒醫的典型。因此除了武士道的故事之外，在仰慕儒者儒醫的生存之道之餘，有意將其心得與世人分享。初步的嘗試就是〈安井夫人〉，可說是鷗外晚年書寫儒者儒醫傳記的端倪。

大正五年（一九一六），鷗外五十四歲，辭去陸軍軍醫總監、陸軍省醫務局長等軍職，轉任文官，為帝室博物館總長兼圖書頭。此後約短短三年期間，除了照常發表雜文與短篇之外，鷗外主要完成了三部以幕府末期的儒者儒醫為題材的長篇：《澀江抽齋》、《伊澤蘭軒》、《北條霞亭》，終於把鷗外文學推上了頂峰。這時期的作品一般文學史仍然歸之於歷史小說類，但有些評家則稱之為「史傳」小說，以便與前此的中、短篇歷史小說有所區別。此外，如小西甚一則認為歷史或史傳的「史」所涉涵義過廣，所以應該另立「誌傳」一類（《日本文藝史》V，頁六一六）。其所謂誌傳之誌大概是承襲了「人物誌」之誌的用例。蓋謂僅限於誌人物而傳之之意。我在下面就採用誌傳一詞。

其實，無論用任何既有的文學術語都無法概括稱呼這些作品。說是歷史不像歷史紀錄，說是傳記不像傳記體式，說是小說更不像小說的虛構創作；可說是鷗外獨創的類型。在文學史上前所未見，其後也不見踵其武而來者。要之，在這所謂儒醫三部曲裡，作者即敘述者「我」，在敘述過程中，從頭到尾，公然直接一再出現。而以「我」的觀點，試著盡量客觀地呈現歷史人物的真實。在某種意義上，頗像新聞記者對歷史人物的「調查報導」，而不失其最重要的文藝本質。

其中的《澀江抽齋》公認是鷗外一生的代表傑作。鷗外身為明治大正年間的官僚文人，表面上為日本「文明開化」啟蒙運動的先驅；而在另一方面，卻隨著年齡的增加，反而懷念起小時候的漢學教育，不由得仰慕江戶時代武士的志節與儒者文人的風範。他在尋訪相關的歷史文獻過程中，好幾次遇到津輕藩醫官「澀江道純」與「抽齋」的名號，覺得是值得「親愛」、「敬愛」、「敬畏」的人物；經過多方多時的查證之後，才知《經籍訪古志》撰者之一的道純，就是蒐集古武鑑古江戶圖的抽齋。敘述者「我」又驚又喜，不禁這樣寫道：

> 我又這樣想著：抽齋是醫師，也是官吏。而且遍讀經學諸子等哲學方面的典籍，也讀歷史，也讀詩文集等文藝方面的書。他的行跡與興趣與我自己的頗為類似。不同之處只在古今異時、生不相及而已。不，不然。其實有一大差別，就是抽齋在文史哲各領域裡，寄情於考證之學，而達到了足以揚其名聲的地位；而我卻陷於駁雜淺薄的困境而不能自拔。面對著抽齋，我不得不感到慚愧。……假使抽齋是我同時代的人，我們兩人的袖子肯定會在小巷子的水溝蓋上摩碰過；他與我之間有志同道合的親近感。抽齋是能讓我感到親愛的人。（《澀江抽齋．其六》）

就是由於這種超越古今的奇緣際會、一種於我心有戚戚焉的認同親和感，鷗外為之驚喜而大為感動，或者應該說獲得了靈感與鼓勵，才開始了調查抽齋行跡的考證之旅。結果就是這本《澀江抽齋》。

這部不像傳記的所謂誌傳，雖然以《澀江抽齋》為題，所記述的對象卻不只抽齋一人。全書以抽齋為軸心，前半部敘述抽齋父祖的氏族系譜、抽齋的生前事蹟，同時旁及家族與師友多人的交往情形；後半部則完全屬於抽齋去世之後，敘述遺孀、子孫等人的境遇；直至抽齋歿後第五十七年，即大正五年，亦即《澀江抽齋》完成之年，才結束了全書。敘述者「我」的想法是：

依一般慣例，傳記大抵以其人之死而結束。然而景仰先賢的人，卻總禁不住想問其苗裔的情形如何。因此我雖已寫完了抽齋的生涯，卻猶不忍就此擱筆。我想在這下面附帶記述抽齋的子孫、親戚、師友等的境遇。（《澀江抽齋．其六十五》）

全書從一開始，「我」就帶著他的讀者，上下古今、東西南北，隨時到處，蒐集墓誌、傳記、年譜、雜記之類的書面文獻；尋訪抽齋的遺族與專家學者，徵求他們提供相關資料或意見；然後進行比對考證、去蕪存菁，以簡潔的筆法，加以書寫出來。所以有人戲稱這是一種「考證小說」。

本書所涵蓋的——或所反映的——時代，主要從幕府末期至明治年間，大約相當於整個十九世紀，在日本近代史上，可說是前所未有的動盪的大時代。無論在政治制度、文化思想、生活習慣、價值觀念等等各方面，都正在進行著東與西、新與舊、傳統與近代的衝突與磨合。《澀江抽齋》所寫的就是一群活躍於幕府末期的儒學、儒醫界——但幾乎已被歷史埋沒——的實際人物。這些人物都各具個性，尤其是主人公抽齋及其師友，如池田京水、森枳園、長島壽阿彌，還有抽齋的家族，如第四任妻室山內氏五百、次男優善（矢島優）、四女陸（杵屋勝久）、嗣子七男成善（澀江保）等腳色，在鷗外寧簡勿繁的筆端下，輪廓清晰，莫不栩栩如生、形象突出。然而，最突出的人物應該是敘述者「我」了，也就是作者鷗外本人。就是他這個「我」在書中處處出現的身影、刨根問底的認真態度，與「我猶彼也」的親和感，給人印象最為深刻。這在《伊澤蘭軒》、《北條霞亭》等誌傳小說裡，也都有同樣的傾向。

鷗外開始在報紙上連載《澀江抽齋》的大正五年（一九一六）一月，五十四歲。環顧日本文壇，自然主義運動已經衰微或變質，提倡所謂新理想主義與人道主義的白樺派，如武者小路實篤、有島武郎、志賀直哉等，繼之而起。同時另有各自為營的少壯派作家，如芥川龍之介、永井荷風、谷崎潤一郎、佐藤春夫等，陸續嶄露頭角，成為文壇的新星。至於兩位長輩大老夏目漱石與森鷗外，則在經過東方與西洋、舊與新的對立掙扎之後，似乎也各自找到了不同的出路。

留英而討厭英國的漱石，終於設法把東與西隔開，東是東、西是西，讓東西並行不悖。換言之，一方面仍然堅持西方反映現實的小說概念與模式，再不喜歡也要繼續創作《明暗》那樣的長篇虛構小說（一九一六年六月起連載）；同時在另一方面，則「擬將蝶夢誘吟魂，且隔人生在畫村」（大正五年九月二十四日漱石詩），也寄情於漢詩與南畫的世界，藉以追慕東方傳統的詩情與禪心，而終於到了嚮往所謂「則天去私」的境界。

至於留德而愛上歐洲的鷗外，則設法超越——或不再斤斤於——東西方文明的對立，乾脆回到東方傳統裡去尋求存在的意義。雖然還是難免以西洋的眼光看待東方的問題，卻能以東方的傳統方式與態度泰然處之，而自己似乎並不覺得有任何矛盾。這種超然的態度不是無懈可擊。但是讓鷗外在其文學生命裡，總算找到了可以從容漫步的世界。

《澀江抽齋》的歷史時空與人物就是這樣的世界。在鷗外筆下「再現」的這個非今世今生的世界裡，鷗外也為日本文學創造了一個新的典型，即小西甚一所稱的「誌傳」體小說。這種體裁，在許多方面，與一般所認識或看過的近代小說幾乎背道而馳。可謂文學史上的異端。譬如：

其一、缺乏貫穿全書的主題，因人因事、因時因地而不同。在某些方面，倒令人聯想到一些古代物語中散漫的敘述方式。

其二、沒有統籌的完整結構，全書一百十九節，往往枝節橫生，隨著「我」的興之所之，忽然回頭，才又興盡而返。頗有隨筆的風貌。

其三、所敘之人與事，必定根據書面文獻與親自訪詢調查的結果，以及有關知情人士提供之資料，否則寧可闕疑。謹守知之為知之，不知為不知的古訓，不強作猜測，而且會在書中向讀者坦承其事。

其四，抽齋的師友在書中初次出現時，往往以傳統史書的寫法，介紹其姓名、字號、通稱、何地人、何年生、家世、職業、等等。例如：

市野迷庵，名光彥，字俊卿，又字子邦。初號篔窗，後改號迷庵。此外有醉堂、不忍池魚等別號。抽齋之父允成所作〈醉堂記〉，見於《容安室文稿》。通稱三右衛門。六世祖重光自伊勢國白子出江戶，在神田佐久間町開設當鋪，鋪號三河屋。當時店在弁慶橋。迷庵之父光紀娶香月氏，於明和二年生迷庵。抽齋出生時，迷庵已四十一歲。（〈澀江抽齋．其十三〉）

又如在介紹抽齋的名號之後，繼之以考證家的筆法，附帶說明道：

其號抽齋之抽字，本作籀。籀、籕、抽三字相通。抽齋的手澤本幾乎必定蓋有「籀齋校正」的篆印。（〈澀江抽齋．其六十五〉）

其五，對於人物性格的塑造，只記個人的言談舉止，偶及外貌，而鮮有內心描述。但於重要的人物，如抽齋、枳園、五百、勝久等人，則特設專題，有的多至六、七節之長，而且常用倒敘方式，置入逸聞趣事，藉以刻劃人物性格、塑造人物形象。結果是立體而鮮明。

其六，鷗外似乎有極度偏愛數字的傾向。全書當然不免時有倒敘情節，不過基本上都依系譜慣例，按時間的先後進行書寫。尤其在抽齋去世後，幾乎在每節中都會提醒讀者，當年是「抽齋歿後第幾年」。至於對書中出現的人物，一定會記其生死的年月日；而每在敘述轉折時，總不忘記註明相關人物或家族成員當時的歲數。一再重複，到了不憚其煩的地步。的確顯得相當特殊。

其七，《澀江抽齋》的表現文體，時有採用漢文訓讀體或文語體的筆法。當時經過明治年間的「言文一致」運動而已臻成熟的口語文，早就變成了標準的書寫文體。鷗外自己在〈性生活〉、《雁》等小說，以至〈安井夫人〉等史傳作品裡，也都採用了口語體。揮灑自如，讀來舒暢無比。然而鷗外在晚年所寫的《澀江抽齋》等誌傳裡，卻在文體上表現了明顯的復古傾向。可能是由於所寫的對象是儒者儒醫的世界，所參考的文獻多半屬於文語體日文與古典漢文，加上對少時老式儒學教育的懷舊情結，自然而然之所致。

對於這種文體，評論者的反應不一。綜合積極而肯定的意見，大致認為這種文章的措辭用語，蒼古而不失清新之趣、渾厚簡勁而不華飾、暢達而不晦澀，唯有博通漢籍與和文之雅俗者始能為之。有人甚至推之為日本文學史上古今無比的名文。反之，也有保留消極意見的，雖然不願直接否定其文體的價值，但多以為這種文章理勝於情、缺乏色彩；儘管古雅，卻難理解。非有一定的漢文基礎，不易鑑賞，使一般讀者敬而遠之，云云。

鷗外自己當然知道，不止這幾部誌傳的文體問題，其他作品也不見得盡合時宜。在一篇幾乎與《澀江抽齋》同時發表的短篇裡，他就說過：

從事著述的人，誰都會考慮到自己的作品會有多少讀者的問題。著作一旦公之於世，又會產生世人到底能讀與否的疑惑。不過，能夠閱讀的人其實是少數。不止是一般讀者，即使可以稱為好讀書的人，讀書能力也有其限度。(〈椙原品〉)

就在這樣的心情之下，鷗外不顧有無讀者、無論讀者有多少，只管依據自己的興趣與理念；說他無視時代潮流、自以為是也好；說他為了另闢新徑、苦心孤詣也好，他好像總是自得其樂，而且彷彿負著一個官僚文士「文章經國之大業」的使命感，以捨我其誰的心情，繼續著他的創作生涯。

有人推測，在完成了《澀江抽齋》等三部曲之後，鷗外還有計畫創作其他幕末儒者儒醫的誌傳，可惜天不假以年，享年六十而歿。我倒覺得，如果鷗外能多活十年二十年，他一定會突破誌傳的範疇，再創新招，另闢園地，對日本文學甚至世界文學做出更大的貢獻。

這就是森鷗外，一個日本近代文壇巨擘的文學人生歷程。

＊　＊　＊

森鷗外的文學作品，最早傳到中國的大概是魯迅翻譯的〈遊戲〉與〈沈默之塔〉（《現代日本小說集》收、一九二三）。以後好像沈寂了多年，直到最近一、二十年來，才慢慢變成了日本文學漢語翻譯界的話題。到現在，從早期的〈舞姬〉等留德三短篇，經〈性生活〉、《雁》、〈沈默之塔〉等小說的階段，到〈阿部一族〉、〈山椒大夫〉、〈堺事件〉的史傳時代，鷗外的主要作品大都已有漢譯本。有的不只一種。這實在是可喜的現象。至於鷗外晚年所寫的誌傳，如《澀江抽齋》等長篇，據我所知，雖然有人指名介紹過，而且不吝推之為日本近代文學的傑作，卻好像還沒出現過漢譯的本子。

記得在一九六〇年代中期，我在日本東京大學與慶應大學當了兩年特別研究生，住在六本木一家叫做清和莊的洋式小公寓裡，正在書寫〈夏目漱石的漢詩〉那篇文章時，就偶而偷閒閱讀《澀江抽齋》。有位日本朋友知道了，有點驚訝地說：「傑作是傑作，是名著。可是不易讀、很難懂啊。在日本能夠耐心讀完全書的人並不多。」果然，我自己當時也沒把全書讀完。等到古稀之年從教職退休之後，主要是為了消閒，陸續譯出了《奧之細道》、《平家物語》等日本古典名著，才又回過頭來看了那幾本閒置在書架角落、睽違已久的鷗外作品選集。當我翻閱到《澀江抽齋》時，彷彿故人重逢，不但引起了懷舊之情，讀完之後，也覺得應該翻譯過來，介紹給漢語的讀者朋友分享。

我自己認為《澀江抽齋》是一部值得耐心品嘗的作品。我在上面列舉了其中幾項不同尋常的特色，也許可供關心世界文學的大方之家做比較參考；而其所寫的對象是日本儒者儒醫的漢學世界，漢譯本的讀者應該多少會產生親切之感；至於困擾日本讀者的文體問題，對漢語讀者而言，反而可能是一扇方便之門。因為其中所用的漢字語詞、典故、表現方法，有不少來自中國的經史子集。我們多半耳熟能詳，所以大概不至於構成太大的文字障礙。

說到書中的漢字語詞，也有不少是日本人自己所鑄造的。翻譯時則盡可能使用相等或意近的漢語。不過，也有如老中、奉行、若年寄、留守居、定府、奧醫師、表醫師、與力、小姓組、小普請等不少幕府的官位職稱，或其他如目見、扶持、俵、八百屋、奉公、連中、長唄等一些特殊名詞，就很難找到等同的漢語詞彙，只好沿用原文，而在初出時作注加以說明。

又本譯本的譯文，雖然以簡潔的白話體為主，但為了配合原著中有古語或漢文訓讀式的段落，有時兼採淺近的文言或半文半白的體裁。我自己總覺得文藝作品的翻譯，除了講究信達之外，最好也能追摹原文的文體風格與情趣氛圍。這是每當我偶而從事翻譯時，對自己的最卑微的期望。

* * *

本譯本的底本以小泉浩一郎的注釋本《澀江抽齋》（岩波書店《鷗外歷史文學集》第五

卷，二〇〇〇年）為主，並參考其他幾種有注或無注的本子。原著全書分為一百十九節，各節有序號而無標題。小泉注釋本依照戰前岩波書店版《鷗外全集》（一九三九）之例，以〔〕號標注各節子題。本譯本亦蹈襲之，以便讀者。

翻譯本書之前，承中央研究院中國文哲研究所廖肇亨教授與台灣大學日本語文學系朱秋而教授的鼓勵；翻譯期間，屢承秋而提供一些重要的參考資料；譯完之後，繼《魚玄機——森鷗外歷史小說選》，又承聯經公司擔任出版發行之勞。我要在此向他們表示由衷的謝忱。

二〇一八年一月大寒於桃園曰可居

其一〔抽齋述志詩〕

三十七年如一瞬。學醫傳業薄才伸。
榮枯窮達任天命。安樂換錢不患貧。

這是澀江抽齋的述志詩。大概是天保十二年[1]歲暮之作。他是弘前藩主津輕順承[2]的定府[3]醫官，當時已是近侍身份，卻被安排到柳島館邸去伺候退位隱居的前代藩主信順[4]。自父親允成[5]致仕、繼承家督[6]以來，倏忽過了十九年。其間，十二年前喪母岩田氏縫，四年

---

1 天保十二年，當西曆一八四一年。抽齋生於文化二年（一八〇五），此年當虛齡三十七。（以後日本年號與西曆對照，請看附錄二〈日本年號西曆對照簡表〉）。

2 弘前：古奧陸國北部，今青森縣中西部，江戶時代為津輕藩城下町。當時藩主為第十一代津輕順承（一八〇〇—六五）。前後封大隅守、越中守、和泉守。

3 定府：各藩藩士之常駐於江戶者。定府蓋謂定居於幕府之所在地也。

4 津輕信順（一八〇〇—六二）：津輕藩第十代藩主。因逢饑饉，財政惡化，又好浮華，被逼於天保十年退隱。柳島在今墨田區中央部。

前失怙。現在與第三次所娶妻子岡西氏德、長男恆善、長女純、次男優善，一家五口住在一起。主人年三十七、妻三十二、長男十六、長女十一、次男七歲。宅第位於神田弁慶橋[7]。俸祿三百石。但抽齋之所好，唯有潛心於研讀古代醫書，而無售其醫方醫術之念，因此除了俸祿之外，幾乎沒有其他收入。好在津輕家有秘方叫「一粒金丹」[8]，特許澀江家製造販賣，倒是可以獲得若干利潤。

抽齋為人自奉甚儉。本來滴酒不沾，四年前扈隨前代藩主信順前往弘前，滯留在冰天雪地中，直至翌年，因而養成了晚酌的習慣。終生從不吸菸。不遊山玩水，偶而短期出門採藥而已。只是愛好戲劇，經常出入劇場，不過總是與同好之士買斷平土間[9]，一起同往觀賞。這些連中號稱周茂叔連，聽說因為他們都是愛廉的人[10]。

抽齋如何用錢呢？恐怕不出購書與食客二者之外。澀江家代代學醫，父祖手澤藏書雖然不少，但只要看看《經籍訪古志》[11]所載書目，就不難推想抽齋為了買書，不惜花錢的情形。

抽齋家食客從未斷過。少時二三人，多時十餘人。大抵在諸多書生中，選出有才有志而不能自給者，讓他們在家裡寄食。

抽齋在詩裡提到貧字。到底貧到甚麼程度，從上面所述事實約略可以推測出來。乍見此詩，以為抽齋安於其貧，把自己的才能發揮在父祖傳來的醫業上。然而我卻不得不在這二十八字裡，看出藏在言外的抽齋的不平之鳴。試看一下就知道。第一句回顧「一瞬」間逝去了近四十年的歲月，而第二句以「薄才伸」承之，並不妥貼。伸字肯定是反語。其中應該隱藏著「老驥伏櫪，志在千里」[12]的意思。第三句也一樣。作者雖說「任天命」，但似乎並未絕意於「榮達」。至於第四句，作者說「不患貧」而得「安樂」，也是反語嗎？應該不是。涵養已久，內有所恃的作者，屈身於窮困之中，其志雖然未伸，卻能自得其樂。

---

5 澀江允成（一七六四—一八三七）：津輕藩儒醫。定府（常駐江戶）醫官。俸祿三百石（依德川幕府四公六民稅制推算，實得僅一百二十石）。通稱玄庵，後改道陸四世。文政五年（一八二二）致仕。亦儒亦醫。著有《容安室文稿》、《定所詩集》等。

6 家督：長男、嗣子。《史記．越世家》：「家有長子曰家督。」在日本，指被指定為家長或戶主身份者，即嗣子，不一定是長男。引申為家業家名（包括權利與義務）之繼承者。

7 神田弁慶橋：今千代田區岩本町二丁目附近。

8 一粒金丹：一種含有雅片、海狗與麝香之健身藥。

9 平土間：歌舞伎戲台正下面區分之觀覽席。

10 連中：日造漢字詞，相當於漢語之一夥、同夥、夥伴之意。日文連、廉、蓮、濂、漣等字音讀同（れん）。周茂叔（一〇一七—七三）：名敦頤，字茂叔，人稱濂溪先生。北宋哲學家，宋代理學開山祖。此處蓋以連、廉、蓮、濂、漣等同音字，聯想濂溪先生之〈愛蓮說〉。其中有句云：「余獨愛蓮之出淤泥而不染，濯清漣而不妖。中通外直，不蔓不枝，香遠益清。」

11 《經籍訪古志》：共六卷、補遺一卷。澀江抽齋、森枳園撰。收錄當時流傳於日本之宋元槧本漢籍及朝鮮刊本。光緒十一年（明治十八年）刊行於上海。

12 曹操〈步出夏門行〉中之詩句。

其二〔經籍訪古志〕

抽齋作了此詩三年之後，弘化元年，受聘為躋壽館講師。躋壽館是明和二年多紀玉池[1]在佐久馬町天文台舊址設立的醫學校，寬正三年改由幕府管轄。抽齋當講師時，玉池早已過世，其子藍溪[2]、孫桂山[3]、曾孫柳沜[4]，也都已物故，變成了玄孫曉湖[5]的世代。與抽齋親近的桂山次子茝庭[6]，在分家後，就在躋壽館中勤務。若對照當今的制度，抽齋的聘任可比帝國大學的醫科教職。與此同時，抽齋開始遵行節日登城的命令[7]。繼之於嘉永二年，晉謁將軍家慶，獲得了所謂「目見以上」[8]的身份。這時抽齋四十五歲，也許可以說終於伸其薄才了。然而貧窮彷彿依舊。嘉永三年以後，幕府賜予十五人扶持[9]；安政元年又以講師職俸的名義加給五人扶持；每年歲暮可領賞銀五兩，但這些俸祿根本不足以應付隨著新的身份而增加的費用。聽說晉謁將軍那年，當時抽齋之妻山內氏五百不得不賣其衣類首飾來充當登城的費用。五百是在德亡之後抽齋所娶的第四個妻子。

我請中村不折[10]先生把抽齋的述志詩寫成條幅，現在掛在起居室裡。我是在傾慕抽齋之餘，才求了這幅墨寶的。

抽齋不是廣為世人所知的人物。偶有少數人知道，是由於他是《經籍訪古志》的著者之一。才學博通的抽齋，除了本業的醫學之外，有許多有關哲學、有關藝術的著述。不過也有在安政五年去世前尚未脫稿之作。又有完成的書，只因當時刊印書籍不易，大都無法公之於世。

抽齋所著之書，生前印行的只有《護痘要法》一種。這是在種痘術尚未廣為施行之前，當時的醫界先覺為了恐怖的天花傳染病所寫的數種著作之一。抽齋此書是池田京水[11]口授痘

1 多紀玉池（一六九五—一七六六）：幕府醫師，法眼，名元孝。明和二年於神田佐酒馬町天文台遺址設家塾躋壽館。
2 多紀藍溪（一七三二—一八〇一）：奧醫師（幕府內殿醫師，其在外殿者為表醫師）。名元德。官至法眼、法印。擴張躋壽館為幕府官立之醫學館。以後子孫代代為世襲學館總裁。
3 多紀桂山（一七五五—一八一〇）：藍溪之子。名元簡。奧醫師、法眼。收集和漢醫書，並加校訂、翻刻。著有《素問識》、《靈樞識》等。
4 多紀柳沜（一七八九—一八二七）：幕府奧醫師。桂山三男，名元胤，通稱安元。法眼。著有《醫籍考》八十卷等。
5 多紀曉湖（一八〇六—五七）：幕府奧醫師。柳沜之子，名元昕。醫學館總裁、法眼。複刻元版《千金翼方》、宋版《備急千金要方》、古寫本《醫心方》等書，有功。
6 多紀茝庭（一七九五—一八五七）：幕府奧醫師，任醫學館主管（世話役）。著有《傷寒論述義》、《金匱要略述義》、《素問紹識》、《雜病廣要》等。
7 據《年譜》，抽齋於弘化元年「四月二十九日。奉命自此年起，每逢八朔、五大節、每月御禮，登御城（江戶城）。」
8 目見以上：在幕府旗本（直屬士人）中，一萬石以下而有晉見將軍之資格者謂之「目見以上」。抽齋雖是津輕藩士，卻以醫學館講師身份獲得「目見以上」之資格。
9 扶持：通常以粗米付與下級武士之實物月俸。人為祿米單位，一人扶持是一日粗米五合，一年一石八斗。
10 中村不折（一八六六—一九四三）：洋畫家、書法家。帝國美術院會員。

瘡療法的紀錄。除此之外，在此可舉的出版物，只有令人忍俊不禁的長唄[12]曲子〈四海〉而已。但是當時作者顧慮到自己的體面，所以用他所捧的弦曲師富士田千藏之名刊印。現在就沒有這樣的顧慮了。〈四海〉至今仍是杵屋一派演唱的曲子之一。這也足以證明抽齋多方面的興趣。

然則稍為世上所知的《經籍訪古志》又如何呢？這是抽齋在考證學方面的代表著作，與森枳園[13]合作而成。可是一直沒有上梓的機會。後來清國公使館的楊守敬得到了寫本，藉由姚子梁轉呈公使徐承祖。徐承祖為之作序而在上海加以刊行。那時所幸枳園還在世，擔任了校訂的工作。

因為有這本清國人代為刊行的《經籍訪古志》，所以抽齋才稍稍聞名於世。然而我不是因此而發現抽齋的。

從小我就有讀書之癖，買了不少書籍。我的薪俸多半進入了國內書肆、柏林與巴黎書店之手。可是我不曾訪求所謂珍本。有一次，讀了德國巴爾特爾斯所著文學史[14]的序文，說他自己為了想讀更多的書，涉獵的都是廉價的版本；文學史引用的諸家著作大多屬於廉價的袖珍本子。我讀到此處，發覺殊域居然有同嗜之人而竊竊自喜。因此對於漢籍，我從來不講究甚麼宋槧本或元槧本。《經籍訪古志》對我並無所用。我甚至不記得著者是抽齋與枳園。

11 池田京水：（一七八六—一八三六）：漢方痘科名醫。名奫。因故離家，獨立開業於神田。躋壽館講師。著有《痘科鍵私衡》等。

12 長唄：江戶時代以三味線伴奏之歌曲；元祿年間（十七、十八世紀之交），發展成為歌舞伎三味線曲，特稱江戶長唄。

13 森枳園（一八〇七—八五）：名立之，字立夫，通稱伊織、養真、養竹。漢籍考證學者、福山藩醫官。習日本國學於狩谷棭齋，學漢方醫術於伊澤蘭軒。除合著《經籍訪古志》外，有《本草經藥和名考》、《神農本草經集注》等書。

14 巴爾特爾斯：Adolf Bartels（一八六二—一九四五），德國作家、文學史家。著有《德國現代文學史》、《德國文學史》等。

其三〔武鑑〕

我的發現抽齋可說是一種奇緣。我大學畢業後作了醫生，又變成了官吏。然而自小好作文章，不知不覺之間被加入了文士之列。近來為了文章的題材及其周圍的種種情況，養成了向過去德川時代搜尋人物事蹟的習慣，於是引起了檢閱武鑑[1]的需要。

管見所及，我認為武鑑是窮究德川史不可或闕的史料。然而對外開放的圖書館並不收藏這種逐年發行的武鑑。這或許由於武鑑，尤其是早於寬文年間的同類古書，記錄諸侯[2]之事謬誤百出，難於置信，所以才被人置之不顧。可是只要考慮到武鑑成立的背景，就會瞭解這類謬誤之多，其實其來有自，難於避免。好在可以根據其他書籍，並不難加以勘正。反正，謬誤歸謬誤，就其記載之全體而言，如想知道德川時代某年某月某人的一面，沒有更優於武鑑的史料了。我自己於是決定著手武鑑的蒐集。

在我蒐集的過程中，屢屢遇到蓋著「弘前醫官澀江氏藏書記」朱印的書。其中也有我買回來的。我這才知道有個姓澀江的弘前醫官，收藏了許多武鑑。

這期間產生了一個問題：武鑑到底始於何時，而現存最古的本子成於何時？要解決這個問題，不得不先給武鑑一詞下個定義，特別是哪幾種書才算武鑑而可以歸入其類？

首先，我以為諸如《足利武鑑》、《織田武鑑》、《豐臣武鑑》等後人重構之書必須除外。其次，《群書類從》所載「分限帳」[3]之類也必須排除。這樣一來，時代較古者只剩下《馬印集成》、《大名家紋》、《館邸錄》[4]之類，而逐漸形成了所謂江戶鑑一類[5]；而所謂武鑑乃直承江戶鑑之後而來。

現在因為我還在蒐集中，對於武鑑相關的知識日日都在更新。就限於今日所知者而言，馬印集、或家紋集之類，在寬永年間已經出現，但當時的本子今已不存。所存者都是後來的改板本。只不過我想在這裡姑且提出一個題外的話題。那是在沼田賴輔[6]先生的研究報告裡，以鎌田氏《治代普顯記》[7]中的記載為最古的武鑑。沼田先生似乎有意把西洋特殊史料

1　武鑑：記錄諸大名與幕府高官之出身、地位、職務之年鑑似刊物。每年改訂刊行。

2　諸侯：各地封建藩主（大名）之漢稱。

3　分限帳：日本戰國時代（約當一四六七—一五六八）以後，記錄各領國家臣身份、俸祿之帳簿。《群書類從》，塙保己一主編。正編五三〇卷，成於文政二年；續編一一五〇卷，成於昭和四年（一九二九）。為日本史、文學相關資料之最大叢書。

4　《馬印集成》：原文《御馬印揃》，諸大名之馬印（會戰時豎在指揮大將身邊之標誌）集成。附載各國居城石牆高低大小等資料。《大名家紋集》：原文《御紋盡》，諸大名之家紋集。《館邸錄》：原文《御屋敷附》，各大名館邸之相關資料集。

5　江戶鑑：最初正式刊行於萬治二年。

6　沼田賴輔（一八六七—一九三四）：歷史地理研究者，著有《日本紋章學》（一九二五）等。

研究的紋章學在我國推展，正在進行日本紋章的研究。而且為此目的而涉獵武鑑時，發現了土佐鎌田氏所作寬永十一年一萬石以上諸侯的記載，就是《治代普顯記》中的一節。幸而沼田先生許我謄寫，我想在近日內對這節記載進行精細的考察。

那麼到現在為止，我所看到的最古的武鑑或其類書是甚麼呢？那是作於正保二年的江戶館邸錄。這是保存幾乎完整的板本。書末刻有「正保四年」四字。因為印有書名的封面已經遺失，所以有人任意在表紙上題了想當然耳的書名[8]。這本書雖然刻於正保四年，其實是成於正保二年。書中有數條證據。試看其一：舉出歿於正保二年十二月二日的細川三齋[9]，稱為三齋老；並介紹其館第為諸多宅邸的典範例子。這本書藏在東京帝國大學圖書館。

7《治代普顯記》：鎌田勘之丞著，寬永十三年成書。其中包括（日本國六十餘州知行高），記載一萬石以上大名之資料。知行高謂諸侯等高級武士之俸祿額。

8 表紙所題為「正保四年改，御大名並御旗本記」。據森鷗外推測，原名似為《江戶屋敷附》。日文屋敷，謂宅邸。

9 細川三齋（一五六三—一六四五）：名忠興。關原之戰（一六〇〇）立下戰功，封九州豐前國與豐後國，食祿三十九萬九千石。

其四〔抽齋後裔之搜索〕

我還沒見過比這本成於正保二年、刻於四年的館邸錄更早的武鑑類書。降至慶安年代的家紋集，現在上野帝國圖書館也有一冊。但可笑的是：封面標題慶安的都是其後寬文年代之作；而實際作於慶安年代的，卻附以後來的年號印行，內容一字不改。其後到了明曆中的本子，則稀稀落落地散見於世上。東大所藏的家紋集有伴信友親筆的序文。聽說伴信友於文政三年獲得此書，就當作最古的武鑑加以珍藏。然後到了寬文中的江戶鑑，傳於世者就稍稍多了起來。

這是我數年來搜索武鑑所得的結論。其實在我之前，早就有獲得了同一結論的人。這是看了上野圖書館所藏題為《江戶鑑圖目錄》[1]的寫本時發現的。此書是古武鑑之類與江戶圖的目錄。著者在書裡列舉了自己所寓目過的本子，以及買來收藏的本子。此書認為正保二

1《江戶鑑圖目錄》：今國立國會圖書館藏。成書於天保十一年。第一頁有「弘前醫官澀江氏藏書印」。書中列舉三十六冊武鑑、江戶圖五十三冊之目錄。

年的館邸錄應該是當時所存最古的武鑑類書，所以列在卷首；而在二年的「二」字旁註了「四」字。可見著者也注意到刻於四年的書中內容，其實是二年的事蹟。如此看來，著者與我兩人進行了同樣的蒐集，而得到了同樣的論斷。順便說，我也在收集古江戶圖。

然而這本目錄卻不署著者的姓名。僅在文中附有考證案語的處處，出現「抽齋云」的字樣。而且在這個寫本上，也蓋著我常常見到的「弘前醫官澀江氏藏書記」的朱印。

我看了之後，忽然起了疑問：澀江與抽齋是不是同一個人？於是決定設法來澄清這個問題。我每次碰到友人，尤其是來自東北地方的友人，就問：知不知道澀江？知不知道抽齋？也寫信給弘前的朋友，請他們幫忙查詢。

有一天拜會長井金風[2]先生，向他請教。他說：「說到弘前的澀江嘛，就是藏書家，寫了《經籍訪古志》的那個人。」不過是不是號抽齋，長井也不清楚。因為在《經籍訪古志》上並未刻印抽齋的號。

這期間，在弘前任職的同僚寄來了好幾封書信。根據這幾封信，我至少獲得了這些信息：澀江氏是元祿年間津輕家所聘任的醫學門第，代代世襲為津輕家醫官。但是因為一直常駐江戶，在弘前幾乎沒有深交之人，沒有澀江氏的墓地，也沒有子孫。目前在東京與澀江氏有交往的人，大概只有飯田巽[3]。又有一個鄉土史家，名叫外崎覺[4]，好像熟知澀江氏的事蹟。其中指出外崎氏的是佐藤彌六[5]，是一位精通鄉土事蹟的老先生，說他當時，即大正四年，快到七十七歲了。

我覺得應該先去訪問直接與澀江氏有交往的飯田巽先生，也顧不了唐突，就前往西江戶川町飯田先生的家。聽說飯田先生以前是宮內省的官吏，現在當某公司的監察人。西江戶川町的大宅院很快就看到了。我沒經過誰人的介紹就貿然而來，但飯田先生卻爽朗地見了我，回答了我的問題。飯田先生認識澀江道純。那是因為飯田先生有一位醫生親戚，碰到了醫學上的某些難題，就會向澀江求見請教。道純住在本所御台所町[6]。然而有關子孫的情形則一無所知，云云。

2 長井金風（一八六八－一九二六）：歷史學家，本名行。精通和漢之學。撰《秋田縣史》，在佛教大學等校講授《周易》、《說文解字》等典籍。

3 飯田巽（一八四二－一九二四）：常駐江戶之定府津輕藩士。明治時代歷任大藏省書記官、宮內省式部官、帝室會計檢察官。大正四年當時，任日本郵船株式會社監察。

4 外崎覺（一八五九－一九三二）：津輕藩士，定府。漢學家，博通地方史。歷任陵墓監、宮內省顧問。著有《殉難錄稿》、《越中守津輕信政公》、《山陵三千誌》等。

5 佐藤彌六（一八四二－一九二三）：津輕藩士。研究諸藩藩史，著有《津輕指南》、《陸奧評林》等書。

6 本所御台所町：今墨田區兩國二丁目至四丁目間。幕府御台所（膳房）官員之所居，故名。

其五〔抽齋後裔之搜索〕

我從飯田先生口中首次聽到了道純的名字。這是《經籍訪古志》序文後附言所署的名號。只是道純是否用過抽齋這個號，飯田先生並不了然。

好容易見到了認識道純的人，卻說不知道純有無子孫，當然失去了打聽墓地所在的線索。感到遺憾之餘，正想告辭時，飯田先生忽然想起似的說：「稍等一下，讓我問內人看看。」

夫人應聲進來。問她知不知道澀江道純的後代如何。答道：「道純老爺子的女兒就是本所松井町的杵屋勝久[1]師傅。」

我這時才知道，《經籍訪古志》的著者澀江道純是有後代的。名叫杵屋，大概是教長唄[2]的師傅吧。要是到本所松井町去訪問她，問她：「令尊是否有別號叫抽齋？」「令尊有沒有收集武鑑？」也許太唐突了。我有點擔心。

我於是請託飯田先生，能否代為打聽杵屋師傅有沒有男性的親戚。飯田先生快人快語，立刻承諾了。我為我的探索又進了一步，高高興興，告辭了西江戶川町的宅邸。

過了兩三天就收到了飯田先生的來信，說杵屋師傅有一個外甥，名叫澀江終吉[3]。說是杵屋師傅的外甥，那應該算是道純的孫子了。這麼說，可見道純有女兒有孫子，而且都還在人間。

我馬上給終吉先生寫了封信，請問他何時在何地能有機會見面請教。回信很快就來了。信上說，目前得了感冒，正臥床休養；痊癒後，他自己也可以前來拜訪。看手跡好像還是個年輕人。

我只好耐心等待終吉的痊癒了。探索工作在此不得不陷入停頓狀態，當然感到遺憾。不過我覺得不妨趁這空檔，拜訪在弘前來信裡提到的歷史學家，而可能知道道純事蹟的那位叫外崎覺的人。

外崎先生是一位官吏，隸屬諸陵寮。我前往宮內省。承告諸陵寮[4]在宮城外的霞關三年坂上。雖然我常在宮內省出入，今天才知道諸陵寮所在的地方。

在諸陵寮的小會客室裡，第一次與外崎先生見了面。飯田先生是長輩，這位則年齡與我相若，而且是以史學出仕的人。我油然起了傾蓋如故之感。

---

1 本所松井町：今墨田區千歲二至三丁目。杵屋勝久（一八七四—一九二一）：抽齋四女，本名澀江陸。長唄三弦曲師傅。

2 長唄：元祿年間（一六八八—一七〇四）發生於江戶地區之歌舞伎舞踊伴奏三味線樂曲。淨琉璃與能劇不久亦採用之。其後有專為宅邸表演所編之所謂「座敷長唄」，僅應邀在私人宅邸演之。

3 澀江終吉（一八八九—一九三三）：抽齋五男脩（專六）之長男。圖案設計家。有《名物裂之研究》等著。

4 諸陵寮：管理、調查皇家諸陵墓相關事宜之官署。今宮內廳書陵部前身。

初次會面寒暄之後，我表明了來意。我說：我在蒐集武鑑，有一精通古武鑑的無名氏傳有所著寫本，那位無名氏自稱抽齋，其寫本有弘前澀江的朱印，抽齋與澀江莫非是同一人物。我就這樣簡截地說明了後，懇求外崎先生幫忙。

其六〔抽齋後裔之搜索〕

外崎先生的回答非常明快。「抽齋就是寫了《經籍訪古志》的澀江道純的號。」

我釋然了。

抽齋澀江道純不但著有關於經史子集與醫書的考證之作，也蒐集古武鑑與古江戶圖，留下了考證的手稿。上野圖書館所藏《江戶鑑圖目錄》就是古武鑑、古江戶圖的訪古志。只因經史子集為世所重，《經籍訪古志》幸獲徐承祖之青睞而得以公之於世。至於古武鑑、古江戶圖之類，只有我等人微言輕之輩偶一顧之，難怪所編有關《目錄》僅存而無人識之。我輩對帝國圖書館能加以收藏保護，不能不為之感到僥倖。

我又這樣想著：抽齋是醫生，也是官吏。而且讀遍經學諸子等哲學方面的典籍，也讀歷史，也讀詩文集等文藝方面的書。他的行跡與興趣與我頗為類似。相違之處，只有古今異時、生不相及而已。不、不然。其實有一大差別。就是：抽齋在文史哲各領域裡，寄情於考證之學，而達到了足以立其名聲的地位；而我卻陷於駁雜淺薄的困境而不能自拔。面對著抽齋，我不得不感到慚愧。

抽齋這個人走過與我同樣的路。不過他的健步非我所能比。他具有遠勝於我的才器。抽齋之於我是一位可畏可敬的前輩。

然而令人驚奇的是：他走的不全是康莊大道，反而往往有行由小徑的時候。抽齋不但搜求宋槧本的經書子書，同時也愛翫古武鑑或江戶圖。假使抽齋是我同時代的人，我們兩人的袖子肯定會在小巷子的水溝蓋上摩碰過；他與我之間有志同道合的親近感。抽齋是能讓我感到親愛的人。

如此這般，我把心裡的喜悅告訴了外崎先生。接著，談起至今為止的尋人經過：起初根本不知抽齋為何許人，只能漫無所從地打聽抽齋手稿的蒐藏者澀江的事蹟；發現了《經籍訪古志》著者的姓名是澀江道純；從認識道純的人口中，聽到道純有在世的子孫；今天終於好容易知道了道純與抽齋是同一個人。

外崎先生聽了我尋人的原委，也不免感到驚訝。卻說：「若是抽齋的後代，我倒認得他的兒子。」

「是嗎？聽說是長唄的師傅。」

「不是。我不認識那一位。我認識的是繼承了抽齋家的兒子，名字是保[1]。」

「哈。那麼，澀江保這個人就是抽齋的嗣子了。現在保先生住在甚麼地方？」

「哎呀。好久沒碰面了，不知道他的地址。不過同鄉的友人之間一定會有人知道，我來打聽看看。」

1　澀江保（一八五七—一九三〇）：原名成善，抽齋七男。原津輕藩儒醫，後從事教育、媒體工作。易學研究家。晚年為博文館專屬著述家，出版啟蒙著作一三〇餘冊。

其七〔抽齋之子二人、孫一人〕

我當即麻煩外崎先生打聽保先生的住址。保這個名字，我不是第一次聽到。早先在弘前寄來的書信中，就有人提供了這樣的消息：歷代奉仕津輕家的當代戶主是澀江保，目前在廣島的師範學校當教員。我檢查了該校的職員錄，找不到澀江保的名字。又寫信給廣島高等師範學校校長幣原坦[1]先生，請他幫忙查詢。承告校裡並無此名之人。大概也不曾在該校擔過任何職位。我曾向好多人詢問過澀江保這個名字。有兩三個人告訴我，在博文館發行的書單裡有署此姓名之人的著作。然而既然在廣島找不到蹤跡，我懷疑這些報導的可靠性，因此沒有繼續追查下去。

到這時候，我才知道抽齋有子女二人、孫一人在世。女兒就是現住本所的勝久。男孩就是住處不詳的保先生。孫是住在下澀谷的終吉。但認識保先生的外崎先生卻不認識勝久與終吉。

我又向外崎先生詢問抽齋事蹟的細節。外崎先生說了記憶中的兩三件事：澀江氏的祖先是津輕信政[2]所召聘的醫官。抽齋為其數世之孫，生於文化年間，歿於安政中。嘉永中晉謁將軍德川家慶。墓誌銘是友人海保漁村[3]所撰。外崎先生大略談了這些事之後，約好隨後會設法從手邊的藏書中，抄下有關抽齋的資料送給我參考。於是我託外崎先生代尋保先生的地址，還有抄寫資料，就離開了諸陵寮的會客室。

不久就收到了外崎先生的來信。同封含有附件，是從《前田文正筆記》、《津輕日記》、《喫茗雜話》三書抄下的有關抽齋的資料。其中有抄自《喫茗雜話》的漁村所撰抽齋墓誌的摘要。從中我發現了這樣的句子：「道純諱全善，號抽齋，道純其字也。」

幾乎與此同時，終吉先生寄來了一封稍長的書信。他說感冒尚未痊癒，所以在與我會面之前，先寄來幾項有關澀江氏的消息。承告祖父墓地的所在、現存親戚的交互關係、繼承家業的叔父的住處等。墓地在谷中齋場對面西進巷子裡北側的感應寺[4]。到那裡就可看見漁村所撰墓誌銘的全文。在血親關係上，杵屋勝久師傅是姊姊，保先生是弟弟。兩個同胞姊弟之間還有一子，名脩，已經亡故。他的兒子就是終吉先生。只是勝久是長唄的師傅，保是著述

1 幣原坦（一八〇七—一九五三）：教育家、歷史學者。歷任東京帝國大學教授、廣島高等師範學校校長、台北帝國大學總長、樞密顧問官。著有《南島沿革論》、《朝鮮教育論》等。

2 津輕信政（一六四六—一七一〇）：津輕藩第四代藩主。封越中守。有開墾荒田、疏濬河川、開發銅山、發展產業、提倡教育之功，號稱津輕藩中興之祖。

3 海保漁村（一七九八—一八六六）：儒者，考證學家。名元備。安政四年為幕府醫學館教授。繼承清朝考證學派，專注漢代經書古注之研究。著有《傳經廬文抄》、《漁村文話》、《周易古占法》、《毛詩漢注考》等。

4 感應寺：日蓮宗。在今台東區谷中六丁目。

家，終吉是以創作圖案為業的畫家，三個家庭的生計之道頗為懸殊。終吉年輕失怙，似與姑母仍然保持往來；勝久則與保不知不覺疏遠起來，以致勝久很久不知弟弟的住處。當我開始搜尋澀江氏子孫時，保的女兒冬子病歿。保把死訊寄給姊姊，勝久才知道弟弟的所在。終吉告訴我住在某一地址的叔父就是保。於是，我也不必再麻煩外崎先生代為搜尋了，就立刻寫信告訴他保先生的今址在牛込船河原町。

其八〔澀江氏墓域〕

我前往谷中的感應寺尋訪抽齋的墳墓。很容易就找到了，就在朝南的本堂西側。墓域面西。〈抽齋澀江君墓碣銘〉的篆額與墓誌銘，都是出自小島成齋[1]親手所書。漁村的銘文頗長。後來聽保先生說，現在的銘文是因為怕碑面容不下，不得不割愛刪除部分而成。《喫茗雜話》所載的不足原文的三分之一。後來我又發現五弓雪窓[2]也將此文收在《事實文編》卷七十二中。檢閱國書刊行會刊本所收，好像並無脫誤。只是在「撰經籍訪古志」句旁施以訓點，而訓成「撰經籍而訪古志」的讀法，我並不以為然。《經籍訪古志》本來就是書名，不容置疑，乃是多紀茝庭之所題，見於抽齋與枳園所作的序文中。「訪古」一詞，據枳園所作〈書後〉，出於《宋史．鄭樵傳》：「遊名山大川，搜奇訪古，遇藏書家，必借留，讀盡

1 小島成齋（一七九六—一八六二）：名知足。福山藩儒者、書法家、考證學者。學《說文》於狩野棭齋，研究中國、日本之金石文。

2 五弓雪窓（一八二三—一八六六）：國學者。名久文。代代為備前府中八幡宮神官。入江戶學於齋藤拙堂門下。福山藩藩校教授。撰述有《事實文編》一一七卷、《神使》、《史補》、《溫史摘評》等多種。

乃去。」

墓誌謂有三子，名恆善、優善、成善，又云「一女平野氏出」。成善指的是保。又平野氏所生一女，指比良野文藏之女威能為抽齋第二妻室時所生的女兒純。勝久與終吉先生的先父脩之名並未列在碑文中。

從抽齋的墓誌向西有四座澀江氏歷代的墓地。其一：在墓碑右側雕著「性如院宗是日體信士，庚申元文五年七月十七日」者，是抽齋的高祖父輔之。位於中央而雕著「得壽院量遠日妙信士，天保八酉年十月二十六日」者，是抽齋的父親允成。在其中間與左邊，分別雕著高祖父與父親的配偶、夭折的兩個允成女兒的謚號。「松峰院妙實日相信女，己丑明和六年四月廿三日」，指輔之之妻。「源靜院妙境信女，庚戌寬政二年四月十三日」，指允成的第一妻田中氏。「壽松院妙遠日量信女，文正十二己丑六月十四日」，指抽齋生母岩田氏縫。「妙稟童女，父名允成，母川崎氏，寬政六年甲寅三月七日，三歲而夭，俗名逸」；又「曇華水子，文化八年辛未閏二月十四日」，都是允成之女。其二：並列兩行分別雕著「至善院格誠日在，寬保二年壬戌七月二日」與「終事院菊晚日榮，嘉永七年甲寅三月十日」。至善院是抽齋的曾祖父為鄰，終事院是抽齋五十歲時先父而死的長男恆善。其三：並排雕著五人的法謚。雕「醫妙院道意日深信士，天明四甲辰二月九日」者，指抽齋的祖父本皓。雕「智照院妙道日修信女，寬政四壬子八月二十八日」者，指本皓之妻登勢。「性蓮院妙相日緣信女，父本皓，母澀江氏，安永六年丁酉五月三日死，享年十九，俗名千代，臨終作歌曰，云云」者，乃登勢所生本皓之女。抽齋的高祖父輔之無子而歿，為十歲的女兒所贅之婿就是為鄰。為鄰在登勢未成年時去世。改取本皓為養子，成為登勢的配偶，生了千代。千代十九歲歿，澀江氏的血統一度斷絕。抽齋之父允成是本皓的養子。下面兩行刻著某某幼兒者，大概都是保先生的孩子。其四：刻著「澀江脩之墓」者，墓石尚新，是終吉先生的父親。

後來聽說，以前有一處墓座，刻著抽齋六世祖辰勝「寂而院宗貞日岸居士」、其妻「繫緣院妙念日潮大姉」、五世祖辰勝「寂照院道陸玄澤日行居士」、其妻「寂光院妙照日修大姉」、抽齋之妻比良野氏「偏照院妙淨日法大姉」、同岡西氏「法心院妙樹日昌大姉」的諡號。但是在那座墓石斷裂之後，現在變成了終吉先生的父親的墳地。

我對自己所敬愛的抽齋，及其前世後代的親屬，上香獻花後，離開了感應寺。

接著打算去拜訪保先生，卻碰巧女兒杏奴生病。每日還照常到官署辦公，但一下班就趕回家中。因此無法出去訪問別人，只好給澀江保、終吉及外崎三家寫了好幾封信。

三家都有回信。其中，在保先生的回信裡，還附來了些欲知抽齋不可或闕的資料。不僅如此，在這期間終吉先生病癒了，就先去訪問了保先生，請他向我說明抽齋的事蹟。聽說這是叔侄兩人隔了十多年來的首次見面。另外，外崎先生也曾代我拜訪了保先生。杏奴病好之後，我就準備前往船河原町，但保先生卻先到我的官署來。我終於見到抽齋的子嗣了。

其九〔初見澀江保〕

天候雖然變冷，但還不到火爐的季節，就在官署一個沒有爐火的房間裡，保先生與我隔著桌子，面對面坐了下來。於是談起抽齋的事蹟，暢所欲言，不知疲倦之為何物。

如今在世的勝久師傅與保先生姊弟，還有終吉先生已故的父親脩。這三人是同母同胞，都是抽齋第四妻山內氏五百所生。勝久原名叫陸，生於抽齋四十三、五百三十二歲的弘化四年。大正五年的現在應該是七十歲。抽齋於嘉永四年移居本所，所以勝久師傅是生於還住在神田的時候。

終吉先生的父親脩於安政元年生於本所。隔三年後的四年，保先生出生。當年抽齋五十三、五百四十二；勝久十一，脩四歲。

抽齋於安政五年五十四歲去世，所以當時保先生只有兩歲大。幸而母親五百活到明治十七年，保先生在二十八歲時喪母，因而生前有機會從慈母口中聆聽先考的生平事跡。

抽齋好像有讓保先生學醫的意思。根據死前留下的遺囑，希望保能學經於海保漁村，學醫於多紀安琢[1]，學書於小島成齋。關於洋學，也說最好能找機會教他蘭語。其實抽齋與多紀茝庭一樣，相當討厭荷蘭。學識淵博的抽齋不屑於與追新逐奇的世俗同流，並不意外。喜歡戲劇而在品評演員時，竟把市川小團次[2]的演藝說成「西洋」。這不等於讚許。然而這樣的抽齋到了晚年，也感到洋學的重要，而居然遺言要兒子學習蘭語。聽說那是因為借讀了安積艮齋[3]的著述寫本之後，幡然悔悟過來的。那本著述指的大概是《洋外紀略》。保先生後來不學蘭語而學英語，那是由於時代的變遷使然。

我把搜索抽齋事蹟的緣由告訴了保先生。卻很意外地聽保先生說，當他僅僅二歲時，玩過父親給他的一本武鑑，記得好像是出雲寺板[4]的《大名武鑑》；大名儀仗隊的道具之類都是彩色的。不止如此。保先生還記得父親有一個大書櫃，上面貼著「江戸鑑」的標籤，裡面滿滿都排著古武鑑之類。聽說這一櫃書到保先生五六歲時，還沒散佚。既有江戸鑑櫃，可能也就有收藏江戸圖的書櫃。我這時才了解了抽齋作《江戸鑑圖錄》的緣起。

我請求保先生把有關父親的記憶分條寫下來。保先生欣然答應了。同時說要把他以前在《獨立評論》[5]雜誌上發表過的回憶錄，讓我分享。

---

1 多紀安琢（一八二二—七六）：幕府醫官。名元琰，號雲從。茝庭之子，澀江保之師。
2 市川小團次（四代，一八一二—六六）：歌舞伎俳優。以扮演空中雜技、變身術出名。
3 安積艮齋（一七九一——一八六〇）：儒者。名重信。嘉永三年昌平黌教授。著有《艮齋文略》等。其《洋外紀略》三卷，成於嘉永元年。譯介西洋諸國之風土、人情、制度等。
4 出雲寺板：兩國橫山町書林出雲寺屋所出版本。

見過保先生後不久，我為了參加大正天皇的即位大典前往京都[6]。勤快的保先生在我滯留京都期間，就來信說已把資料整理好了。我從京都回來後，立刻到牛込去拜訪保先生，收了他所準備的書面資料，也向他借了《獨立評論》。這裡我要寫的主要是根據保先生所提供的資料而成。

5　獨立評論：山路愛山之個人雜誌。分兩次：第一次發行於明治三十六年至四十八年八月；第二次發行於大正二年二月至五年八月。後者從大正二年八月號至五年四月號，連載澀江保之談話記錄二十多回。

6　大正四年十一月十日，大正天皇登基大典在京都御所紫宸殿舉行。

其十〔澀江氏之祖先〕

澀江氏的祖先是下野國大田原家[1]的家臣。抽齋的六世祖叫小左衛門辰勝，侍候大田原政繼、政增二代，歿於正德元年七月二日。辰勝的嫡子重光繼承了家業，侍候大田原政增、清勝；次男勝重離家出仕肥前大村家[2]；三男辰盛出仕奧州津輕家；四男成為兵學者。大村家在勝重前往之前，就有從源賴朝時代的澀江公業傳下來的後裔。這一族系與來自下野的澀江氏有無關係，猶待調查研究。辰盛是抽齋的五世祖。

澀江氏出仕的大田原家，恐怕不是下野國那須郡大田原城主本家，而是大田原家的分支。其本家在澀江辰勝出仕的時候，應該相當於清信、扶清、友清等當家作主的世代。大田原家本來是一萬二千四百石的大名，但於寬文二年，二代藩主備前守政清讓主膳高清[3]繼承本家之後，分出一千石立了分支。澀江氏出仕的大概就是這個分支之家。現在手上沒有分家的

1　大田原家：今栃木縣東北部，原為戰國武將大田原家領地。德川時代為旁系（外樣）大名。

2　大村家：在今長崎縣大村市之旁系藩。二萬七千石。

系譜，無由查證。

辰盛通稱他人，後改小三郎，又改為喜六。道陸是剃髮後的法號。學醫於今大路侍從道三玄淵[4]；元祿十七年三月十二日，在江戶為津輕越中守所聘任，受俸金三枚、十人扶持。元祿十七年改元寶永，業師道三娶了土佐守信義的五女，變成了信政的姊夫。寶永三年辰盛隨從信政赴津輕。四年正月二十八日成為俸祿二百石。寶永七年第二次、正德二年第三次赴津輕，正德二年七月二十八日增俸至三百石，外加十人扶持。這時信政於寶永七年亡故，變成了土佐守信壽之世。辰盛於享保十四年九月十九日致仕，十七年歿。就是歿於出羽守信著繼承了家業的翌年。辰盛的生年是寬文二年，享年七十一歲。此人生為二男而出仕他家，聽說他的父母也離開了本家來津輕受他奉養。

辰盛從下野迎來了長兄重光的次男輔之為養子，命名玄瑳，授之以醫學。就是抽齋的高祖父。輔之於享保十四年九月十九日繼承了家業，隨即受祿三百石。服侍信壽二年後，繼仕信著，改稱二世道陸。元文五年閏七月十七日歿。生於元祿七年，算來享年四十七歲。

輔之僅有女兒登勢一人。登勢病重時，收養信濃人某某之子為後嗣，而以登勢配之。當時登勢僅僅十歲，所以只能算是名義上的夫婦。這個女婿名為為鄰，就是抽齋名義上的曾祖父。為鄰於寬保元年正月十一日繼承了家業，二月十三日改其通稱玄春為二世玄瑳。翌年寬保二年七月二日歿。身後留下了十二歲的未亡人登勢。

寬保二年，年齡十五而入贅登勢的是武藏國忍人竹內作左衛門之子。抽齋的祖父本皓就是這個人。津輕家已經變成了越中守信寧的世代了。寶曆九年登勢二十九歲，生了女兒千代。千代是唯一維繫了不絕如縷的澀江氏血統的孩子，而且聰明伶俐，父母稱她為一粒種子，寵愛備至。不幸到了十九歲，在安永六年五月三日，詠了〈臨終作歌〉而死。時本皓五十一歲，登勢四十七歲。本皓雖有庶子名令圖[5]，但澀江氏希望另找有學問而才識特優的人來做繼承人，所以本皓把令圖送給同藩醫官小野道秀家當養子，另外尋找澀江氏的繼承人。

　這時根津有一家旅店叫茗荷屋。其主人稻垣清藏[6]原是鳥羽稻垣家的重臣，由於諫上而忤情，遁入商界為商人。清藏有生於明和元年五月十二日的嫡子，名專之助。六歲而善於詩賦。本皓聞知之後，盼能收為養子；清藏亟願兒子恢復士籍，一拍即合，欣然答應了。於是以下野本家為義父，用大田賴母家臣執事八十石澀江官左衛門次郎的名義，迎接過來。專之助名允成，字子禮，號定所，題其居處之室曰容安。起初通稱玄庵，繼承家業之年的十一月十五日，改稱四世道陸。儒學以柴野栗山[7]為導師，醫術為依田松純之門人。著述有《容安

3　主膳高清（一六三七—九八）：即大田原高清，下野國大田原藩第三代藩主，封山城守。主膳為官職名，指東宮坊之主膳監。

4　今大路道三玄淵（一六三六—八六）：幕府醫官。慶安四年敘五位下典藥頭。著有《唐絁寄解入門考》、《寶篋方》等。

5　小野令圖（一七八三—一八六二）：繼其養父小野道秀（？—一八〇〇）為津輕藩醫。江戶定府，祿二百石。官至近侍醫官之長。

6　稻垣清藏（？—一七七六）：志摩鳥羽藩舊家臣。諫主逆旨，脫離士籍，安永中在根津經營旅店茗荷屋。嫡子專之助為澀江本皓之養子，即抽齋之父允成。

室文稿》、《定所詩集》、《定所雜錄》等。這個人就是抽齋的父親。

7 柴野栗山（一七三六－一八〇七）：儒者。名邦彥。讚岐人。學於昌平黌，任幕府儒官。與尾藤二州、古賀精里，號稱寬政三博士。著有《栗山文集》、《栗山堂詩集》等。

其十一〔抽齋之父允成〕

允成是才子美丈夫。安永七年三月朔十五歲為澀江氏養子，甚為當時儲君而大他四歲的出羽守信明所愛。養父本皓五十八歲去世的天明四年二月二十九日，恰好與信明襲封同日。信明已稱土佐守。主君二十三歲，允成二十一歲。

寬政三年六月二十二日信明卒，享年僅三十歲。八月二十八日和三郎寧親[1]從分支之家進來繼承了本家。後來稱為越中守。寧親當年二十七歲，允成大一歲二十八。允成與寧親也很親近，相待如兄如弟。允成平生喜穿長度四尺的衣服，聽說體重有二十貫[2]。堂堂的相貌可想而知。

當時津輕家曾用過一個女童侍，名叫靜江。年老落髮皈佛，法號妙了尼。妙了尼寄居澀江家時，說了一個可笑的往事：允成下班之後，女侍們都個個爭先用手指沾他茶杯底的餘滴

1 和三郎寧親（一七六五—一八三三）：即津輕寧親。津輕藩第九代藩主。致力於蝦夷地區之防衛，升至十萬石。又善於和歌、俳句。

2 貫：日本重量單位，一貫約等於三．七五公斤。

舔在嘴裡。妙了尼自己也舔過。

然而允成為人嚴以律己，不好女色。最初於寬政三年六月四日娶妻田中氏，無子，於翌年四月十三日亡故。其次於寬政三年六月四日，迎娶寄合[3]戶田政五郎家臣納戶役[4]金七兩、十二人扶持的川崎丈助之女。這個續弦於四年二月生下女兒逸，但在逸三歲夭折後的翌年，即七年二月十九日離異。最後於七年四月二十六日所納妻室，是下總國佐倉城主堀田相模守正順之臣岩田忠次之女，名縫。這就是抽齋的生母。結婚時，允成三十二歲、縫二十一歲。

縫於享和二年才生了名叫須磨的女兒。須磨在文政二年十八歲時，嫁給留守居年寄[5]佐野豐前守政親班底飯田四郎左衛門良清；九年卒，二十五歲。其次於文化二年十一月八日出生的就是抽齋。是允成四十二歲、縫三十一歲時的孩子。此後於文化八年閏二月十四日生了一女，未及命名而死。感應寺的墓碑上刻著曇花水子的就是這個女兒的謚號。

允成是寧親的侍醫，兼任津輕藩邸每月定期授課的教官，為藩內子弟講解經學與醫學。除了世襲的三百石加十人扶持之外，於寬政十二年增加勤務扶持五人、文化四年再加扶持五人、八年又加俸五人，終於變成了受領三百石加二十五人扶持的身份。隔二年的文化十一年，獲准調製一粒金丹出售。這是聞名於世的津輕家秘方，每月有百兩以上的收入。

在表面上，允成雖然只是侍醫與教官，因為深獲寧親的信任，敢於言人之不敢言，屢屢進諫而常蒙採納。寧親於文化元年五月，由於連年肩負蝦夷地區防備之功，從四萬八千石一躍而成為七萬石。所謂津輕家的發跡就是指此而言。五年十二月與南部家[6]同時奉永續警衛東西蝦夷地區之命，增祿至十萬石，敘從四位下。在這津輕家藩政發展之際，允成盡其輔佐之功自不在話下。

允成於文政五年八月朔日致仕，五十九歲。是抽齋十八歲之時。繼之寧親也在八年四月隱退，詩歌俳諧變成了他消遣的主要方式。於是歌會一定召來成島司直[7]等人，詩會則召允成列席。允成從天保二年六月起，開始服侍嫁與出羽國龜田城主岩城伊予守隆喜的信順之姊元姬；同年八月起，又兼任信順妻室欽姬的隨侍。大概因此，於八月十五日獲得隱居費三人扶持。隔一年的四年四月朔，又增隱居費二人扶持，變成了支領五人扶持的身份。

允成於天保八年十月二十六日歿，享年七十四。寧親早於天保四年六月十四日去世。允成之妻縫於文政七年七月朔落髮，法號壽松，十二年六月十四日歿，五十五歲。比丈夫早八年。

---

3 寄合：江戶時代三千石以上之旗本（直屬幕府武士）而無職者，屬「若年寄」管轄。案：若年寄為幕府官職名，輔佐老中參與樞政，負責旗本與家臣事務。「老中」為幕府最高執政官，定員四名至五名，統轄一般幕政，直屬將軍。

4 納戶役：為主君調度衣服、日用品、出納事務之官員。

5 留守居年寄：將軍不在江戶城中或藩主不在江戶藩邸期間，留守江戶之職。幕府留守居通常由老中（年寄）任之。

6 南部家：指盛岡藩主，二十萬石。當時藩主是十一代利敬。

7 成島司直（一七七八－一八六二）：幕府侍講。名邦之。博通古典故實。雅好和歌，有自筆歌稿六冊。編著有《德川實紀》、《三河後風土記》、《琉球錄話》等。

其十二〔抽齋誕生〕

保先生說，抽齋於文化二年十一月八日，生於神田弁慶橋。大概是聽母親五百所說而記下來的。當時父允成四十二歲，母縫三十一歲。抽齋出生之家到底在何處？弁慶橋不是橋名，而是町名。檢閱當時〈江戶分間大繪圖〉，在和泉橋與新橋之間的柳原路稍南邊，由西而東，依順序注著御玉池、松枝町、弁慶橋、元柳原町、四間町、大和町、豐島町的町名。向南渡過和泉橋，有一條稍稍偏東走的路，東側是元柳原町，西側是弁慶橋。根據我向富士川游[1]先生借來的津輕家醫官的《值宿日記》，允成於天明六年八月十九日租了豐島町鎌倉巷伊右衛門的房子。查看前舉地圖，這個鎌倉巷就在元柳原町與佐久間町之間，靠近北岸鮮魚市場。允成原來的住家於當年正月二十二日遭到火災，暫時寄居在多紀桂山家有幾個月，到了八月才租了這個房子遷移過去。那棟原來的住家，依日記的紀錄來推測，大概就在不遠的和泉橋附近。其次，在文政八年三月晦日，抽齋在元柳原六丁目的家遭火災，燒毀過半，也見於日記。元柳原町與弁慶橋同在一條街上，分別在東西兩側，地名不同而已。因而推想，澀江氏久來都住在和泉橋附近，大概在文政八年之前，從天明年間租借的鎌倉巷，搬到了元柳原町。這個元柳原町六丁目的家，說不定與抽齋出生的弁慶橋之家，就是同一個地方。或者可以說，抽齋出生的文化二年，家在弁慶橋西側；其後在文政八年之前，遷到對側的元柳原町，也不無可能。

抽齋小字恆吉。故越中守信寧的夫人疼愛此孩，從出生到五歲時，幾乎每天都要召他到身邊來，看他嬉戲為樂。可以想像，肯定是個酷肖美丈夫允成的可愛的孩子。

志摩稻垣氏的家世現已不知其詳。然而，抽齋的祖父清藏應該是個相貌堂堂的偉丈夫，而經由父親遺傳給了抽齋。這種身的遺傳必定有併行的心的遺傳。我在這裡特別注意到清藏諫主而丟官的事件。其次，考慮到能生出後來變成允成的神童專之助的家庭，估計不會是尋常的家庭。如果從意志方面、從智能方面，從這兩方面尋求遺傳系統的話，可以說抽齋前途之有望是命中注定的。

那麼，抽齋出生時的環境如何呢？允成的庭訓足以令人信從，自不待言。占星術觀測人出生時的星象。我卻想問當時社會上有甚麼樣的人物，而在這裡試著列舉學問藝術界裡的星宿。不過唯恐我的觀察失之泛泛，所以只想對後來與抽齋有交往的人物，即抽齋的業師以及忘年之交，進行考察。對抽齋而言，就是他的大己[2]。

1 富士川游（一八六五—一九四〇）：醫學史家，著有《日本醫學史》、《富士川游著作集》。
2 大己：禪宗語。對長輩前賢之尊稱。

抽齋的經學之師，先有市野迷庵[3]。其次有狩谷棭齋[4]。醫學之師則有伊澤蘭軒[5]。其次有抽齋學痘科的池田京水。至於抽齋所交長輩為數頗多。儒者或國學者有安積艮齋、小島成齋、岡本況齋[6]、海保漁村。醫師有多紀的本支兩家，尤其是茝庭與伊澤蘭軒之子榛軒[7]。此外有藝術家與藝術批評家谷文晁[8]、長島五郎作[9]、石塚重兵衛[10]。這些人物散布在社會各方面，好像都在等著抽齋的出世一般。

3 市野迷庵（一七六五—一八二六）：儒者，考證學家。名光彥。初奉朱子學，後尊漢唐注疏，致力於古書之校勘。抽齋經學之師。

4 狩谷棭齋（一七七五—一八三五）：儒者、考據學者、國學家。著有《倭名類聚箋注》、《本朝度量權衡考》等。

5 伊澤蘭軒（一七七七—一八二九）：福山藩儒醫、考證學者。名信恬，通稱辭安。博通儒學、醫學、本草。有《伊澤蘭軒全集》八卷。抽齋醫學之師。

6 岡本況齋（一七九七—一八七八）：國學者。名保孝。通和、漢、佛。著有《況齋雜話》、《況齋叢書》、《況齋雜著》等。

7 伊澤榛軒（一八〇四—五二）：福山藩儒醫。名信厚。天保十四年醫學館講師。抽齋之業師兼親友。

8 谷文晁（一七六三—一八四〇）：畫家。以多彩畫法稱譽於世。著有《本朝畫纂》等。

9 長島五郎作（一七六九—一八四八）：即真志屋五郎作。歌舞伎劇評家。自稱二世劇神仙。從事長唄三弦曲、淨琉璃之創作。出家後，號壽阿彌。劇神仙之稱則讓與抽齋。

10 石塚重兵衛（一七九九—一八六一）：歌舞伎愛好者、雜學家。主要著作有《花江都歌舞伎年代記續編》、《歌舞伎十八番考》、《吉原大全》等。

其十三〔抽齋之師市野迷庵、狩野棭齋〕

將來成為抽齋之師或長輩友人之中，現在還有不少普遍知名於世，所以我不想在這裡一一插入他們的傳記。只想趁敘述抽齋的誕生之際，對一些在抽齋成長而盡其天職的過程中有所助力的長者，略作介紹而已。

市野迷庵，名光彥，字俊卿，又字子邦。初號篔窗，後改號迷庵。此外有醉堂、不忍池魚等別號。抽齋之父允成所作〈醉堂記〉，見於《容安室文稿》。通稱三右衛門。六世祖重光自伊勢國白子[1]出江戶，在神田佐久間町開設當舖，舖號三河屋。當時店舖在弁慶橋。迷庵之父光紀娶香月氏，於明和二年生迷庵。抽齋出生時，迷庵已四十一歲。

迷庵是考證學者。即蒐集經籍古版本與古抄本，檢閱其中文字、典章、名物、制度等，進行考核辨證校勘的學問。或稱考據學派。此一學派源出於水戶吉田篁墩[2]，棭齋承其後而

1　白子：今三重縣鈴鹿市之一部分。
2　吉田篁墩（一七四五—九八）：儒者。曾出仕水戶藩。提倡考據學。著有《論語集解攷異》、《活版經籍考》等。

發揚光大。箕墩歿於抽齋出生前七年。迷庵與棭齋等人共同研究的果實，後來更加成熟，而結成了抽齋等人的《經籍訪古志》。迷庵晚年頗好《老子》，抽齋也變成了同好之人。

狩野棭齋，名望之，字雲卿。棭齋是號。通稱三右衛門。家住湯島，即今之一丁目。棭齋之家是津輕御用商人，稱津輕屋。棭齋在津輕家食祿一千石，忝列目見諸士末席。先祖是參河國刈屋人，移居江戶後始稱狩谷氏。只不過棭齋是狩谷保古之世招來此家為養子；親父是高橋高敏，母佐藤氏。安永四年生，與抽齋之母縫大概同年。若然，則抽齋出生時，母親年齡三十一，所以應該比迷庵小十歲。抽齋之師事棭齋說是在二十多歲時，恐怕是迷庵去世後改入棭齋之門的。迷庵於文政九年八月十四日亡故，享年六十二歲；時抽齋二十二歲，棭齋五十二。迷庵與棭齋都蒐集古書，而棭齋又集古錢。據說棭齋珍藏漢代五物[3]，自號六漢道人。有人質問是否尚缺一物，答曰尚有一物是漢學。抽齋不但收藏古書、古武鑑，也有愛好古錢之癖。

迷庵與棭齋，論年齒，彼是兄此是弟。但是就考證學的學統而言，則棭齋在先，迷庵在後。而且兩人的通稱都叫三右衛門。是以人稱文政六右衛門。抽齋等於師事了合稱六右衛門的兩人。

六右衛門之稱甚妙。而世人又加上一個三右衛門而稱三三右衛門。此另外之三右衛門是喜多氏，名慎言，字有和，號梅園，又號靜盧。名其居處曰四當書屋。曾改其姓氏喜多而自署北慎言，是住在新橋金春的葺屋匠[4]，通稱屋根屋三右衛門。原是芝區一家料理店鈴木的小孩名定次郎，屋根屋招來當養子。年輕時好作狂歌，號網破損針金，後來以博涉群書聞名於時。家永元年三月二十五日去世，享年八十三歲，因此抽齋出生時，應該與將為其師的迷庵同年，就是四十一歲。查閱與此三右衛門幾乎日有往來的小山田與清[5]的《擁書樓日記》，說他文化十二年是五十一歲。因此上面的推算應該不會錯。只不過把這個人與迷庵、棭齋相提並論，稍有西方人所謂牽其髮而使近之之意。屋根屋三右衛門與抽齋之間，似乎沒有任何交際關係。

3 漢代五物：漢鏡、漢錢、王莽威斗、中平雙魚、洗三耳壺。

4 葺屋匠：原文屋根葺。屋根即屋頂，屋頂葺匠謂屋根屋。

5 小山田與清（一七八三—一八四七）：國學者。又通漢學，致力考據。藏書五萬卷，稱擁書樓。著有《擁書樓日記》等。

其十四〔抽齋之師伊澤蘭軒〕

後來給抽齋講授醫學的人是伊澤蘭軒。名信恬，通稱辭安。伊澤氏的宗家是筑前國福岡城主黑田家的家臣。蘭軒出自分家，是備後國福山城主阿部伊勢守正倫[1]的家臣。文政十二年三月十七日歿，享年五十三，所以抽齋出生時應該是二十九歲，住本鄉真砂町[2]。阿部家已是備中守正精[3]之世。蘭軒移居本鄉丸山[4]阿部家的中邸，那是後來的事了。

阿部家其後於文政九年八月換了代，伊予守正寧[5]襲了封。蘭軒在正寧襲封登位之後，前後四年間在阿部家館邸出入。那時抽齋第四妻子五百的姊姊，在正寧的妻室鍋島氏身邊當女侍，人稱金吾。聽金吾說，蘭軒因為跛足，特准在館內乘輦。但下輦後，只能匍匐近君側。阿部家上房的侍女看了，就面面相覷而笑。有一天正寧偶而聽聞此事，告誡侍女們說：「辭安雖然無足，卻有兩人度量。」

其次是抽齋的痘科之師。池田氏，名奫，字河澄，通稱瑞英，號京水。

原來治療疱瘡之法，我國久未施行。這種俗稱天花的痘症一旦流行起來，尋常醫師就束手無策，只能旁觀。後來於承應二年，戴曼公[6]從中國渡來，開始治療這種不治之症。他傳來了以龔廷賢[7]為宗的療法。曼公名笠，杭州仁和縣人，曼公是他的號。明萬曆二十四年生[8]，來到長崎時五十八歲。曼公在周防國岩國停留期間，把治療法授予池田嵩山[9]。嵩山是吉川家醫官，名正直。傳其先祖出自蒲冠者範賴[10]，世世定居出雲，稱生田氏。正直的數世之祖信重從出雲移居岩國[11]，改稱池田氏。正直之子信之，信之之養子正明，代代傳下了曼公的遺法。

1 阿部正倫（一七四五―一八〇五）：福山藩第四代藩主。天明七年任幕府老中，不久以病請辭，致力福山藩藩政改革。享和三年退隱。封備中守，又伊勢守。
2 本鄉真砂町：今文京區本一丁目至四丁目一帶。
3 阿部正精（一七七四―一八二六）：福山藩第五代藩主。文化十四年幕府老中。在藩政上，整建鞆港，設立義倉，登用名漢詩人菅茶山，振興文化。
4 本鄉丸山：相當於今文京區西片一丁目至白山一丁目地區。
5 阿部正寧（一八〇九―一八七〇）：福山藩第六代藩主。病弱，天保七年退隱出家，法號不淨齋，以詩文自娛。封對馬守，後伊予守。
6 戴曼公（一五九六―一六七二）：明朝儒醫。來日後入黃檗僧隱元之門，號獨立性易。醫術之外，亦善書法、篆刻。著有《痘科鍵口譯》、《書論》等。
7 龔廷賢：中國明朝名醫。著有《種杏仙方》、《萬病回春》等。
8 萬曆二十四年：當西曆一五九六，日曆慶長元年。
9 池田嵩山（一五九一―一六七七）：從戴曼公學治痘法，為池田京水養父錦橋獨美三世祖。
10 蒲冠者範賴（？―一一九三）：平安末期武將，源賴朝之弟，與源義經消滅平家，但為賴朝所不容，而殺之於伊豆修善寺。事見《平家物語》、《源平盛衰記》。
11 出雲：舊國名，相當於今島根縣。岩國：在今山口縣東部，江戶時代為吉川氏城下町。

然而在寬保二年，正明病危臨終時，兒子獨美[12]僅有九歲。正明在瞑目前把療法傳給弟弟槙本坊詮應[13]。獨美長大成人後，向叔父詮應學得了父祖之法。寶曆十二年，獨美奉母遷居安藝國嚴島[14]。當時當地正在流行疱瘡。安永二年母親去世。六年獨美轉至大阪，住在西堀江隆平橋畔[15]。時獨美四十四歲。

獨美於寬政四年往京都，住進東洞院[16]。時五十九歲。同八年為德川家齊[17]所辟召，九年入江戶，住駿河台。此年三月起，獨美在躋壽館講授痘科醫術，受祿二百俵[18]。這是六十四歲時的事。躋壽館是為了獨美才開設痘科講座的。

抽齋出生的文化二年，獨美還在世，應該住在駿河台，年已七十二。獨美於文化十三年九月六日作古，八十三歲。遺骸葬在向島小梅村嶺松寺[19]。

獨美字善卿，通稱瑞仙，號錦橋，又號蟾翁。關於蟾翁之號，有一個有趣的逸話。獨美曾經夢見一隻大蟾蜍。後來讀了《抱朴子》[20]，覺得所夢是祥瑞，乃畫蟾蜍或雕蟾蜍以贈人。蟾翁之號由來於此。

12 池田獨美（一七三五—一八一六）：即池田瑞仙。痘科醫師，寬政九年幕府醫學館教授。著有《痘科辨要》、《痘診戒草》等。

13 詮應（一七一六—五四）：池田正明之弟。真言宗寺僧，周防國玖珂郡二井村槙本坊住持。

14 嚴島：古安藝國，今廣島縣佐伯郡，有名勝嚴島神社。

15 西堀江隆平橋：在大阪市西區南部堀江川上之橋。

16 東洞院：今京都市下京區深草町、福島町一帶。

17 德川家齊（一七七三—一八四一）：江戶幕府第十一代將軍。在位五十年。繼其位者第十二代德川慶喜，登位翌年即逢「大政奉還」，進入明治維新時代。

18 俵：裝米或炭之草袋，江戶時代用為實物俸給之單位。

19 嶺松寺：今墨田區向島一丁目之黃檗宗寺，已不存。

20《抱朴子》內篇卷十一〈仙藥〉：「肉芝者謂萬歲蟾蜍，頭上有角，頷下有丹書八字再重。以五月五日取之，陰乾百日……辟五兵，若敵人射己者，弓弩矢皆反還自向也。」

其十五〔抽齋之師池田京水〕

池田獨美前後有妻三人：歿於安永八年的妙仙，歿於寬政二年的壽慶，還有活到家永元年的芳松院綠峰。綠峰出生菱谷氏，成為佐井氏養女；大概獨美在京都時嫁給了獨美。三個妻子好像都沒生過小孩。

獨美從嚴島遷往大阪前後有一妾，生有一男二女。男孩名善直，因為多病而未能繼承家業。長女諡智秀，歿於寬正二年。次女諡知瑞，夭折於安政九年。另外聽說獨美還有兒子一人，住在鹿兒島，但至今未能查其詳情。

獨美從門生中選出一人為養子以承家業，稱二世瑞仙。這是上野國桐生人村岡善左衛門常信的二男。名晉，字柔行、直卿，號霧溪。躋壽館的講座也由此人繼承下去。

起初獨美在極端敬重曼公遺法之餘，規定只能傳一子，拒絕授予他人。然而在大阪期間，有人規諫他說：一人所能救者有限，有良方卻密而不傳是不仁。於是獨美要求弟子在誓狀上押血印，開始公開授課。從此門人逐漸增加，到他逝世時已逾五百人。二世瑞仙就是從中拔擢的螟蛉子。

獨美的初代瑞仙，雖說是名門源氏的後裔，發跡於周防國岩國，一路高升至德川幕府的幕臣，成為駿河台池田氏的宗家，卻沒有子嗣以克紹箕裘，才不得不從門下選出俊才來繼其後。驟然一看，並沒甚麼可怪的地方。

然而這裡有一個問題人物，就是成為抽齋痘科之師的池田京水。

京水到底是獨美之子或是姪子，至今並不清楚。根據立於向島嶺松寺的墓誌銘，好像當作兒子。但在二世瑞仙晉之子直溫所撰的過去帖[1]裡，卻寫明是獨美胞弟玄俊之子。無論是子是姪，獨美的血親京水竟然不能繼承宗家，只得另立門戶，在下谷徒士町[2]開業行醫了。因此之故，江戶在當時有駿河台的官醫二世瑞仙與徒士町的町醫京水，兩家並存的現象。

種痘術普及以來，世人已經淡忘了疱瘡的可怖。古人害怕疱瘡的程度甚於恐癆、恐癌、恐癩；一旦流行起來，社會就會陷入一種恐慌。池田氏療法之受到德川幕府與全國人民的歡迎，自是理所當然。因此抽齋在師事蘭軒學習一般醫學之後，特別入京水之門進修痘科療法。正如近來醫師必修細菌學、原蟲學、生物化學是同一道理。

池田氏受教於曼公的治痘療法，到底如何？從來一提起痘的病因，就說是源於胎毒、穢血，或後天食物中毒等等。眾說紛紜，各家各有所見，而各以其法，治療各種症狀。池田氏

1 過去帖：日文漢字詞。日人墳墓往往葬在佛寺後院，故每一寺中皆保存往生者名冊，記載死者之俗名、法名（法諡）、死亡年月日。或稱鬼簿、鬼帳。

2 下谷徒士町：今台東區台東一至四丁目與東上野一至二丁目一帶之通稱。

卻認為痘是一種異毒異氣，可以分成所謂八症四節三項，排斥偏頗的治法，期望對症下藥的療效。

其十六〔池田京水之父祖〕

我在上面，介紹了幾位後來將成為抽齋之師的人物，而終於寫到了池田京水這個人，卻想在這裡提出有關京水身世的疑問，以便就教於世人。

今天我要把這些疑問落筆之前，一直不停地搜求文獻、尋訪寺院，也請教過許多前輩知友，盼能獲得解答。然而畢竟徒勞而無功。其中最感遺憾的是居然無法找到京水的墳墓。最初是保先生跟我提到京水之墓。保先生說他幼時曾經參拜過，但不記得在哪個寺院，只記得在向島那邊。這期間我向富士川先生請教了種種問題。在他的回答中，告訴我京水之墓就在常泉寺[1]旁邊。

我小時候住過向島小梅村。起初住的家現在變成了須崎町；後來住的家變成了小梅町。從後來的家要走往堤壩，必須從常泉寺後面經過水戶官邸[2]的北邊。常泉寺是我熟識的寺廟。

1　常泉寺：在今墨田區向島三丁目。日蓮宗。
2　水戶官邸：原水戶藩邸，今隅田公園。

我往訪常泉寺。在現在的新小梅町內，度過枕橋向北，走到水戶官邸南側，同側有常泉寺的大門。我把本堂周圍的墓碑，也把院內分寺庭中的墓碑，一一查過了。因為屬於日蓮宗[3]，所葬者多為江戶市民。只在本堂西邊，看到知名學者朝川善庵[4]一家的墳墓。在本堂東南的分寺，有一處池田氏的家墓，但看來也像一般市民，應該與京水無緣無故。

然後，我向寺僧借了過去帖來看。帖是最近所編，按伊呂波[5]順序排列檀家氏姓。在伊的部分看不到池田氏。分寺墓地那座池田氏墓果然是無緣的。

我空手而還。我先藉由同鄉宮崎幸麻呂先生，請教了孰悉東京墓葬事宜的武田信賢先生。但武田先生也一無所知。

後來我在《事實文編》卷四十五中發現了霧溪所撰〈池田君行狀〉。這是養父初代瑞仙的行狀，記述其墓在向島的嶺松寺。又說嶺松寺有曼公標石，瑞仙即葬在其側。我雖然住過向島，卻不知有甚麼嶺松寺。不過，初代瑞仙既然葬在嶺松寺，推想京水大概也該葬在那裡。

我再度往訪向島。而且在新小梅町、小梅町、須崎町之間，徘徊搜尋，並無嶺松寺。我不得不絕望而歸。不過在歸家路上，順便到須崎町弘福寺[6]去拜先考之墓。然後拜謁住持奧田墨汁法師[7]，敘舊談今。在敘談中，我提到嶺松寺之名與池田氏的墓。沒想到墨汁法師對二者居然皆有所知。

法師說，嶺松寺原在常泉寺近旁。又說，記得在其畛域內排著幾座池田氏的墳墓；墓地上有許多墓誌銘之類；然而不久前嶺松寺成了廢寺，云云。我聽了之後，為了有緣認識兩位親眼見過池田氏墓地的人而感奮不已。兩位就是保先生與墨汁法師。

「變成廢寺的時候，那些墳墓如何處理？」我問道。

「墓是由檀家各家領走，移到別的寺廟去。」

「要是沒有檀家，那該如何？」

「按慣例，就遷葬無主的共同墓園。」

「那麼，池田家的墳墓說不定也被送到共同墓園去了。請問，知不知道池田家後代現在的情形？」我說著，不禁憮然。

3　日蓮宗：日本佛教宗派，日蓮（一二二二—一二八二）為其開山祖。諡號立正大師。以《法華經》為佛法之根本，信眾只須稱名「南無妙法蓮華經」題目，便可成佛救國。著有《立正安國論》、《開目抄》等。

4　朝川善庵（一七八一—一八四九）：儒者、考證學家。片山兼山之子，學於山本北山，遊學關西、九州等地，頗受松浦、藤堂、大村等諸侯之禮遇。著有《周易愚說》、《論語漢說發揮》、《古文孝經私記》等。

5　伊呂波：指以日文假名編成之歌詞，始於伊呂波（イロハ／いろは…），稱伊呂波歌，常被用於文中列舉事項之排序，如英文之ＡＢＣ……，或漢語之甲乙丙丁……。

6　弘福寺：在今墨田區向島五丁目之名剎，黃檗宗。

7　奧田墨汁（一八〇七—一九一八）：黃檗宗僧。大正四年當時是弘福寺住持。

其十七〔池田氏墳墓之探索〕

我告訴墨汁法師說：池田瑞仙一族是當年的名醫世家，所以自己很想探查他們墳墓的去向。還有，戴曼公的表彰石如果尚在，可算是歷史名跡之一。原在嶺松寺的無主墳墓不知遷到何處共同墓園。要是知道的話，希望能去尋訪。

墨汁法師也首肯同意，且說：有人為曼公獨立性易立表彰碑，倒是第一次聽到。這不僅僅與池田氏家族有關，老衲自己也是黃檗宗[1]衣鉢承傳之身，當然不能不關心獨立的遺跡及其存亡問題。推想一下，獨立於寬文年間，為了晉謁祖師隱元，在從九州上黃檗山的路上圓寂；所以在江戶應該沒有他的墳墓。嶺松寺的表彰碑雖然不知其詳，或許一種是牙髮塔之類吧。無論如何，當然也想知道那塊碑石的去向。總之，會向各方知情人士打聽看看。

我的第二次尋訪向島是在大正四年年暮，不知不覺間過完年進入了五年年初了。墨汁法師在賀年信裡順便提到了打聽的結果，語氣顯得毫無把握。他寫道：問了嶺松寺廢寺時參與其事的幾家寺院，都不記得池田氏的墳墓有檀家現身。當時那些無主的墓葬遷去的地方是染井共同墓園[2]。至於獨立的表彰碑一事好像沒人聽說過。

這麼一來，在我搜索的前途上，幾乎看不出任何一絲光明了。可是為了設法消除疑慮，我還是前往染井，訪問了聽說是照管墓園的一戶人家。

這是一戶讓掃墓人買莽草線香，也可供休息飲茶的民家。老闆娘看來三十多歲，聰明伶俐的樣子。我從這個女老闆的口裡聽到了絕望的答覆。她說，雖然說是共同墓園，地面卻井然劃成小區塊，每塊都有所有人，就是檀家。而且在現在的檀家中並沒有姓池田的。既然沒有姓池田的檀家，就表示沒有池田氏的墓地。

「儘管如此，報紙上不是登過，把倒塌的墳墓都埋到共同墓園來的消息嗎？這麼看來，即使沒有檀家，成了佛的人也該有遷居的地方。我想問的是：那些從前在嶺松寺的墳墓，不一定是倒塌的，在廢寺時被搬到這裡來了。那時候，有墓碑的也會把墓碑移過來，是不是？我想問的就是這件事。」我說，試著反駁老闆娘所說每一塊各有主人的說法。

「啊啊，掩埋倒塌的墓石，倒是有一個地方。可是根本沒人會費心去豎立那些倒塌的墓石甚麼的。而且沒聽說從寺院搬來過墓碑石塔之類。也就是說，在這裡墓石甚麼的一塊也沒有。」

「不過我既然專程來了，還是想到那邊去看看。」

---

1 黃檗宗：明僧隱元渡海至日本，於寬文三年（一六二六）在宇治開設萬福寺為本山，開始傳法，自成一派，號黃檗宗。

2 染井：今豐島區駒込六丁目之都營墓園，明治初年開設之公共墓地。

「算了吧。那邊是沒有墓石的，我保證。」

我也覺得確實是那樣，所以未進墓園一步，就離開了。

老闆娘的話沒有置疑的餘地。然而我還是想著，希望有機會能從經手人的口中，再度印證一下這個事實。於是在回家的路上，順便轉到町公所去詢問。公所的人說，他們不管墓園的事務，勸我到本鄉區公所去看看。

離開町公所時，冬陽都快西下了。於是，我改變了想法。嶺松寺廢寺時，並沒把墓石移到染井共同墓園去，那是明白不過的事實。而還要向區公所探詢這樣的問題，就顯得不免太愚蠢了。倒不如查一查在行政上，有無管理無主墳地的辦法或規定。若有的話，實際的管理情形如何？何況現在即使到了區公所，向值班的人查問墓地的事，恐怕也會無補於事，白跑一趟。這樣想著，我就回家了。

其十八〔池田氏墳墓之探索〕

我向人打聽後，才知道管轄墓園事務的是東京府廳，監視墓地遷移作業的是警視廳。於是麻煩友人代為詢問：有關嶺松寺廢寺的情況，府廳到底知道多少？又墓地在遷移時，警視廳到底監視到甚麼程度？

府廳存有一本編於明治十八年好像是墓地登記簿的冊子。然而檢閱之後，卻看不到嶺松寺的名稱。關於該寺的廢滅一事當然沒有任何記載。據說，警視廳遇到有廢寺而必須搬走寺裡的墓碣時，會派警官到場監視，不過那是僅限於有緣的墳墓；至於無緣的，只要把遷葬到何處共同墓園的情形，向上報備即可。

這般看來，嶺松寺在廢寺時，院內的無緣塚都被遷到染井共同墓園，而且說不定只有一紙公文呈報了遷葬之事而已。反正到了今天，還想追尋戴曼公的表彰碑或池田氏墓碣的蹤跡，大概已不可能了。我除了中斷搜索之外，別無他法。

就在這個時候，《東京朝日新聞》雜報欄刊登了我在搜尋池田京水之墓，而池田氏墓地所在的嶺松寺早已廢寺的報導。這大概是有記者從我請教前輩友人的書信內容得來的消息。

那則雜報消息刊出的當天傍晚，有一位不認識的人打電話給我，說他自己曾在府廳勤務過，那時有一本題為《無稅地段別帳》的帳簿，如果還在，說不定載有嶺松寺的案子云。我聽了他的話，託人到府廳去查問了，聽說並沒有那樣的帳簿。

我為了這件事，親自往訪的人，還有通信請教的人，人數頗多。起初我是為了要讀墓誌，所以尋找墳墓的所在；後來只想至少能知道京水逝世的年齡。我已推算了抽齋出生那一年，市野迷庵幾歲、狩野棭齋幾歲、伊澤蘭軒幾歲。同樣地我也想推算一下京水的年齡。即使無法以確切的數字表示出來，至少也希望能揣度雖不中亦不遠矣的結果。

諸位之中，戸川殘花[1]先生代我請教過武田信賢先生，又查閱了南葵文庫[2]所藏書籍。吳秀三[3]先生代為蒐集醫學史的資料。大槻文彥先生請問其弟如電[4]先生，而如電先生則特地為我到向島去探查墓場。如電先生的事是墨汁法師在來信裡提到的。大概由於對鄉土史的嗜好，才不辭親自踏查之勞吧。然而結果是徒勞諸位而無功，覺得不勝遺憾之至。

其實在另一方面，我還是多少有些收穫，並非一無所得；這要歸功於富士川游先生與墨汁法師。我在數次書信往來之後，有一天拜訪了富士川先生的家。而且聽到了這樣的話：富士川先生昔年為了蒐集日本醫學史[5]的資料，曾經去過池田氏的墓地。他的醫學史中，有腳注說〈墓誌〉的就是當時親手抄自墓誌的文字。可惜富士川先生並未抄下墓誌銘的全文，而且忘記了嶺松寺的名字。因此在回我的信裡才只說是在常泉寺旁邊。到這時候，有緣親眼見過嶺松寺墓園碑碣的已增至三人了。就是保先生、游先生與墨汁法師。游先生還無意中搶救了行將湮滅的墓誌銘上的幾句文字。

1　戶川殘花（一八五五—一九二四）：本名安宅，文學家、教會牧師、大學教授。著有《舊幕府》，晚年出任南葵文庫主任。

2　南葵文庫：原在今港區飯倉町之紀州德川家書庫。今已大部分移藏東京大學總合圖書館。

3　吳秀三（一八六五—一九三二）：精神病學者，留學歐洲，東京帝大醫科大學教授，擔當精神病學講座。著有《精神啟徵》、《精神療法》等。與富士川游等確立日本醫學史研究之基礎。

4　大槻文彥（一八四七—一九二八）：語言學家。漢學家大槻磐溪三男。撰有《言海》、《廣日本文典》等重要辭典。其二兄如電（一八四五—一九三一），考證學者。編有《新撰字書》、《東西年表》、《日本洋學年表》、《舞樂圖說》等。

5　《日本醫學史》：富士川游著，一九〇四年刊行。日本各代之醫師、醫療制度、醫學、疾病等相關之研究。書中所引京水墓誌銘文見於第八章。

其十九〈池田氏過去帖與行狀〉

弘福寺現任住持墨汁法師進入了大正五年後，仍然不停地繼續著他的搜索工作。終於借出了下目黑村海福寺[1]所藏的〈池田氏過去帖〉，拿來讓我查閱。這本帖子除封面外，共有十五張。封面上題著「生田氏中興池田氏過去帖慶應紀元季秋」十七字，分成四行。讀其跋文，可知此乃二世瑞仙晉之子直溫，字子德，於慶應元年九月六日，適逢初代瑞仙獨美五十忌辰，重設歷代牌位時，並撰此帖而納之於嶺松寺者。是直溫的手筆。

此〈過去帖〉列舉了池田氏一族一百零八個男女，或注其墓地所在，或不注明。注明葬於嶺松寺或葬於嶺寺者，有初代瑞仙、其妻佐井氏、二代瑞仙、其二男洪之助、二代瑞仙之兄信一，共五人而已。不過，既然京水之墓葬在同寺，則徒士町池田氏諸人之墓應該也在此寺之中。要之，葬於嶺松寺而有確證者，有駿河台池田氏墓五座，加上京水墓，合計六座而已。

此帖所記，許多對我是聞所未聞。其中有一事尤其詭異，謂獨美有一弟名玄俊，娶宇野氏，二人所生之子即是京水。若依此帖，可知獨美曾收其姪京水為養子，卻不讓京水嗣其家，而另取門人村岡晉為養子以繼其業。

然而富士川先生所抄的墓誌，似乎說京水是獨美之子而被廢。而且說被廢的原因是放縱不羈、難容於人；遂以多病廢之，云云。

兩種說法並不完全矛盾。獨美以弟之子京水為養子。京水放蕩無度，所以與京水斷絕了關係，改收門人晉為養子。這樣說也不一定說不通。

然而，京水後來卻能自樹自立，其文章事業與晉相比，毫不遜色；由此看來，不難推測京水絕非凡庸之輩[2]。其著述之可考者，有《痘科舉要》二卷、《痘科鍵會通》一卷、《痘科鍵私衡》五卷、口授抽齋之筆錄《護痘要法》一卷。養父獨美視京水為尋常蕩子，而竟不惜逐出家門者，恐怕是情分不深或某些恩怨所致。

況且我並不知道京水的墓誌出自何人之手。如果京水真是獨美的姪子，即使獨美曾一時收為養子，而墓誌卻逕直說是瑞仙之子，不知何故？甚至如富士川先生，在所著《日本醫學史》裡，也據墓誌而稱京水為瑞仙之子。又在墓誌裡寫著甚麼放縱啊廢嗣之事，是否合乎墓誌之體。我覺得用心相當可疑。只是無法閱讀墓誌全文，無法詳知撰者是誰，實在是莫大的遺憾。

我不但懷疑撰者不詳的京水墓誌的可靠性。我也不得不懷疑二世瑞仙所撰的所謂〈池田

1　海福寺：黃檗宗，山號永壽山。在目黑區下目黑町三丁目。現存。

2　《日本醫學史》引京水墓誌云：「頗能發揮其家學，精於治痘而名。」

氏行狀〉。該文載於《事實文編》卷四十五。

根據〈行狀〉，初代瑞仙獨美生於享保二十年乙卯五月二十二日，歿於文化十三年丙子九月六日。但注明安永六年丁酉是四十歲、寬政四年壬子五十五、同九年丁巳六十四，而書其歿年為八十三。其實，假如從生年向後順算，應該是四十三、五十八、六十三、八十二才對。而記其某年歲數時，幾乎每次必有誤差。是何道理？順便提一下，〈過去帖〉也說享年八十三。因此我決定以此八十三為基點來逆算年代歲數。

其二十〔抽齋長輩安積艮齋、小島成齋〕

二代瑞仙晉所撰〈池田氏行狀〉舉出初代瑞仙的庶子善直，說他「多病不能繼業」。且在此句之前，記述初代瑞仙病中告訴晉的話，長達八十四言。瑞仙感嘆治痘之難，謂「數百弟子無能熟得之者」，然後稱讚晉說：「而汝能繼我業。」

我在未獲〈過去帖〉之前讀過這段話，以為善直大概是京水的幼名。因為與京水墓誌說他多病而遭廢嗣，若合符節。如果依從〈過去帖〉，庶子善直與姪子京水應該是別人。但是我總覺得善直與京水可能是同一人，京水並不是玄俊之子而是初代瑞仙之子。這個疑問一直在我心中浮現，至今揮之不去。特別是在〈過去帖〉中列舉遠近親戚一百零八人，而初代瑞仙唯一的兒子善直卻被除去，完全不見痕跡。這一件事也助長了我的疑惑。

我在撰者不詳的墓誌殘文中，每次看到譏刺京水的字句，就覺得肆無忌憚之至；而讀至養父讚美晉之詞，一無貶抑之句，不禁感到簡傲不遜，莫此為甚。我不由得懷疑在初代瑞仙獨美、二世瑞仙晉與京水三人之間，可能隱藏著甚麼不可告人的戲碼。這就是我想向世人請教的疑惑[1]。

我在談到抽齋誕生時，列舉了以後將為其師的幾個人。他們是抽齋出生的那年，四十一歲的迷庵、三十一歲的棭齋、三十歲的蘭軒三人，還有京水。但只有京水，在獲讀〈過去帖〉之前，無法推算他的年齡。何則?雖然保先生知道京水歿於天保七年，至於年齒卻一無所知。據〈過去帖〉，京水之父名某，字信卿，寬政九年八月二日歿，享年六十；母宇野氏，天明六年歿，三十六歲。而京水則歿於天保七年十一月十四日，五十一歲。法謚宗經軒京水瑞英居士。

由此觀之，京水應該生於天明六年，抽齋出生的文化二年是二十歲。是抽齋四位業師中最年輕的一位。

後來在抽齋所交往的人物中，先抽齋而生的學者有安積艮齋、小島成齋、岡本況齋、海保漁村。

安積艮齋與抽齋的交誼似乎並不深，然而翻轉了抽齋猜忌西學之念的，就是此人之力。艮齋名重信，又名信，通稱祐助。奧州郡山八幡宮神官安藤筑前親重之子，大概生於寬政二年。十六歲時，入贅鄰村里正今泉氏為婿；被妻嫌棄，翌年遠走江戶。但無可投靠之人，正在街頭徬徨之際，被日蓮宗僧日明發現，帶他回本所番町妙源寺[2]，收留數月之久。然後安排他在佐藤一齋[3]家當學僕。妙源寺現在立有艮齋的墓碑。二十一歲入林述齋[4]之門。其後，在二十四歲時，遷居駿台，開塾授徒。如此看來，抽齋出生的文化二年，是艮齋入江戶的前一年，十六歲。這是從艮齋七十一歲，歿於萬延元年十一月二十二日，推算出來的。

小島成齋名知足，字子節，初號靜齋，通稱五一。㭊齋門下，以善書聞。依海保漁村所撰墓表所記，文久二年十月十八日歿，六十七歲。所以抽齋所生的文化二年，成齋才十歲。其父名藏，出仕福山侯阿部備中守正精，成齋也隨父住在江戶藩邸。

1 正如鷗外所疑，事實是京水成為獨美養子之後，為獨美第三妻子菱谷氏澤及其愛人佐佐木文仲所設計，失去養子名義而廢嗣。參照《伊澤蘭軒》〈其二三二〉與〈二三三二〉。

2 妙源寺：現已移至葛飾區堀切三丁目。有艮齋墓。

3 佐藤一齋（一七七二—一八五九）：儒學者，昌平黌教授。名坦。奉朱子學，但不排除陽明學。門下出渡邊崋山、佐久間象山、中村敬宇、橫井小楠等俊秀。著有《言志四錄》、《大學一家言》、《愛日樓文集》等。

4 林述齋（一七六八—一八一四）：儒學者。昌平黌祭酒。著有《德川實紀》、《蕉軒雜錄》、《述齋文稿》等。

其二十一〔抽齋長輩岡本況齋、海保漁村、多紀茝庭、伊澤榛軒、谷文晁〕

岡本況齋，名保孝，通稱勘右衛門，後稱縫殿助。別號拙誠堂。官至幕府儒員之列。致力於《荀子》、《韓非子》、《淮南子》諸書之考證，兼通日本國典籍。明治十一年四月歿，八十二歲。寬政九年生，抽齋出生之文化二年，僅九歲。

海保漁村，名元備，字純卿。又名紀之，字春農。通稱章之助，別號傳經廬。寬政十年生於上總國武射郡北清水村[1]。晚年講經於躋壽館。慶應二年九月十八日歿，六十九歲。抽齋出生的文化二年時，漁村只有八歲，還在鄉里，從父親恭齋學習句讀功課。

換言之，抽齋出生時，學者前輩的年齡分別是：艮齋二十、成齋十、況齋九、漁村八歲。

至於醫學的長輩，可以先舉多紀本家與支系。本家方面有桂山，名簡，字廉夫。抽齋生於文化二年時，桂山五十一歲。其子柳沜，名胤，字奕禧，十七歲。支系有茝庭，名堅，字亦柔，十一歲。桂山歿於文化七年十二月二日，享年五十六。柳沜於文政十年六月三日歿，三十九歲。茝庭於安政四年二月十四日歿，六十三歲。

其中與抽齋最親近的是茝庭。還有恩師伊澤蘭軒之長子榛軒，也同樣變成了莫逆之交。榛軒通稱長安，後改稱一安。文化元年生，大抽齋一歲。嘉永五年十一月十七日歿，四十九歲。

可以說，年長的醫師朋友在抽齋出生時，有十一歲的茝庭，與二歲的榛軒。

其次要提的是藝術家與藝術批評家。值得在此一提的藝術家，其實只有谷文晁一人而已。文晁，本作文朝，通稱文五郎。薙法後稱文阿彌。其他如寫山樓、畫學齋等，都是廣為人知的別號。最初拜狩野派加藤文麗[2]為師，後來轉入北山寒巖[3]之門，終能別出機杼。天保十一年十二月十四日歿，七十八歲；在抽齋出生的文化二年，已經四十三歲。兩人年齡的差距與迷庵的略同。抽齋曾從文晁學過畫，所以把他列為抽齋之師，似乎並無不妥。

我在這裡為了要介紹真志屋五郎作[4]與石塚重兵衛，特別設立了藝術批評家的名目。因為兩人都是戲劇通人，才如此稱呼。不過與其稱為批評家，說不定稱為戲迷或業餘愛好者，更加合適。

---

1 北清水村：今千葉縣山武郡橫芝町。

2 狩野派：自室町時代末期至江戶末期，日本畫之代表門派。加藤文麗（一七〇六—八二）：畫家。學畫於狩野周信。

3 北山寒巖（一七六七—一八〇一）：畫家。本名馬孟熙，馬道良之子。長於明朝畫風，與文晁並稱。三十五歲早逝。

4 真志屋五郎作（一七六九—一八四八）：歌舞伎愛好者、劇評家。本姓長島，名秋邦。自稱二世劇神仙，專擅長唄、淨琉璃之作詞。出家後號壽阿彌。晚年讓劇神仙之號與抽齋。

抽齋後來之愛上戲劇，在當時世人的眼光裡，是一種癖好、一種逸樂。不只是當時如此，即使到了今天，這種前代傳下來的觀點，依然遺留在教育家之間，陰魂不散。我記得在歷史教科書裡，出現近松、竹田的腳本以及馬琴、京傳[5]的小說後，有人投書說，就是這類教材導致了風俗的頹敗。

然而，如果把所有文類視同詩的變體，就不能不承認腳本、小說的價值；而依據腳本演出的戲劇，就不得不當作高級藝術而予以尊重。我要對於這幾位開拓了抽齋的心胸，引導他進入劇中三昧的人士，表示由衷的敬意。我把他們列在學者、醫師、畫家之後，平等對待，並沒有阿其所好的意思。

5 近松門左衛門（一六五三—一七二四）：淨琉璃作者。本名杉森信盛。代表作有《曾根崎心中》、《心中天網島》、《女沙油地獄》等。按：日文「心中」相當於漢語之男女殉情。竹田出雲（一六九一—一七五六）：淨琉璃作者，本名清定，二世出雲。與他人合作之《菅原傳授手習鑑》、《義經千本櫻》、《假名忠臣藏》等，最負盛名。瀧澤馬琴（一七六七—一八四八）：讀本（小說）作者，名興邦，號曲亭。代表有《椿說弓張月》、《南總里見八犬傳》等。山東京傳（一七六一—一八一六）：小說家。本名岩瀨醒。著有黃表紙《江戶生艷氣樺燒》、讀本《櫻姬全傳曙草紙》等，頗能獨開別徑，自成一派。

其二十二〔抽齋之長輩長島壽阿彌〕

真志屋五郎作是神田新石町的糕點商，兼營水戶家膳食供應差事。從某一時代起，因故獲賜世祿三百俵。有街談巷語說，那是因為與水戶侯有血緣關係[1]。為甚麼有那樣的流言，現在已無從查考。我只知道他是個風度翩翩的偉丈夫。保先生的母親五百說，五郎作是位嚴肅端莊的好男子。除了糕餅店與公務之外，這個人也擔任幕府連歌師的書記[2]。

五郎作出生江間氏，一度冒稱長島氏，終於承襲真志屋西村氏。名秋邦，字得入，有空華、月所、如是緣庵等號。平生所用花押是邦字。剃髮後，號五郎作新發智東陽院壽阿彌陀佛曇奝。所謂曇奝是戲迷五郎作以劇場的緞帳與入宋僧奝然之名，取其音近而合成的戲號[3]。

五郎作襲劇神仙之號於寶田壽來[4]；然後傳給了抽齋。

---

1 據壽阿彌之書信，五郎作之五世祖六代西村東清，是德川光圀（水戶藩主）與麵粉商河內屋之女阿島所生之庶子。

2 書記：原文執事。在幕府每年連歌會上，於將軍座前誦讀百韻連歌之職。

3 緞帳指劇場幃幕，緞與曇同音（どん），宋僧奝然之奝與帳讀音亦同（ちよう）。故曇奝與緞帳為同音異字之詞。

4 寶田壽來（一七三八—九四）：歌舞伎作者。本姓鈴木。初代劇神仙，代表作有〈積戀雪官扉〉等。

寶田壽來，通稱金之助，一號閑雅。在《作者評林》[5]一書中說，寶田原姓神田，但恐怕並非其真正姓氏。聽說淨琉璃〈關戶〉[6]是此人所作。寬政六年八月歿，五十七歲。時五郎作二十六歲，抽齋生於十一年後。他就是初代劇神仙。

若是從歿年逆向推算，五郎作應該生於明和六年，到了抽齋出生的文化二年時，已經三十七歲。對抽齋而言，其長幼關係與師迷庵或文晁並無太大差別。嘉永元年八月二十九日歿，八十歲。因此，抽齋應該是在四十四歲時，繼此二世劇神仙而成為三世劇神仙。五郎作與抽齋之父允成早有親密的交往，但允成的逝世比五郎作早了十一年。

五郎作不但喜歡看戲，也參與舞台的製作與監督。自己說過，為了捧四世彥三郎[7]的場，曾經為他寫過舞劇台本。壽阿彌最擅於朗讀吟誦，連寡情的對手喜多村筠庭[8]都說，朗誦台詞是壽阿彌唯一的長技。由此可見一端。

五郎作雖有異才奇行[9]，卻天生不嗜酒，而恆常寄情於養性功夫。文政十年七月末，在姪子家從地板間墜下，受了傷，往元大坂町訪當時骨科名醫名倉彌次兵衛[10]，接受診療。聽說，那時名倉醫師對他說：您這個人因為不喝酒，而且戒行堅實、氣魄強韌，所以受到如此重傷而不致昏厥。若此三中闕其一，則必昏厥無疑。一旦昏厥，療治需二百餘日；看此情形，只需一百五六十日，便可痊癒。說是戒行，可見那時五郎作已剃髮皈佛了。兩臂受傷，雖然幸而骨骼未損，卻疼痛不已，久纏不去。五郎作繼續看了名倉，直至十二月底。胳膊的麻痺終究無法根治。那一年他五十九歲。

五郎作善作文章，能以簡潔之筆敘述纖細之事。就其表現技巧而言，並不下於馬琴[11]或京傳[12]。只因不寫小說，世人無由得知。這是我一己的判斷。我在大正四年的十二月，聽說有五郎作的一封信札要出售，就趕在除夕到築地的弘文堂去買了回來。這是一封以細字寫在十二張縱格紙上的長信。從信中的記事，可知寫於文政十一年二月十九日。我在這裡所寫有關五郎作的性情品行，有一半是取材於此封簡牘的。收信人苾堂，桑原氏，名正端，字公圭，通稱古作。駿河國島田驛素封之家，諳於詩書之道。苾堂的玄孫喜代平先生現住離島田

5 《作者評林》：原文「作者棚をろし」（一八四三），三升屋二三治著。收錄狂言作者秘事。其中有「寶田壽助」一項，言及寶田壽來。

6 〈關戶〉：正題〈積戀雪關扉〉，原為淨琉璃所做，後成為歌舞伎三大舞踊之一，立役（男角）舞戲；至於〈娘道成寺〉則為女形（男扮旦角）之舞。

7 四世彥三郎（一八〇〇—七三）：即坂東彥三郎。歌舞伎俳優，屋號音羽屋。三代彥三郎之甥，繼三代為四代彥三郎。晚年改名龜藏。

8 喜多村筠庭（一七八三—一八五六）：國學者。本名信節。通和漢之學，性狷介，善於考證民間風俗、市井雜事。著有《嬉遊笑覽》、《萬葉集折木考》、《新增年中行事》、《武江年表補正》等書。

9 壽阿彌奇行之一例：常持一升大酒壺，內裝水，路旁小便後，用以洗手。

10 名倉彌次兵衛：江戶中期骨科名醫。本名直賢。通武術，並通武備心流接骨術。

11 瀧澤馬琴（一七六七—一八四八）：江戶後期戲作小說作者。又號曲亭。山東京傳門人。強調因果報應、勸善懲惡為其作品特色。代表作有《南總里見八犬傳》、《椿說弓張月》等。

12 山東京傳（一七六一—一八一六）：江戶後期戲作小說作者。本名岩瀨醒。門下有馬琴等名家。代表作有《江戶生艷氣樺燒》、《櫻姬全傳曙草紙》等。

驛半里許的傳心寺[13]。五郎作之能文善筆，徵之此信，就可一目了然。

13 傳心寺：在今靜岡縣島田市，曹洞宗。苾堂祖先所立，為桑原氏累代之菩提寺（家廟）。

其二十三〔壽阿彌之書信〕

在我所獲得此封五郎作的書信裡，有一首描寫時髦骨科名醫名倉彌次兵衛的狂歌。這是他胳臂受傷後親自接受治療時所詠：「雖無刀劍姿，磨得天下知。打在人身上，莫非名倉石。」[1]我自己並不太喜歡狂歌，也不敢以解人自居，但拿此歌與蜀山[2]等人之作相比，不見得有甚麼遜色。筠庭似乎認為五郎作沒有文筆之才，雖能詠些和歌，而於文章，則如漢文之訓讀一般，只能以假名書寫。如此見解，絕非公平之論。筠庭素有謾罵他人之癖。嘗批評與五郎作同年去世的喜多靜廬，認為其秉性缺乏風流，只會觀賞祭禮之類的繁華場景。不知他所理解的風流是甚麼。我無意勉強自己為靜廬辯護，但讀到這種評語，不禁想起了托爾斯泰在《甚麼是藝術》一書裡，舉出「詩意的」等詞的負面解釋，而極口加以嘲罵的章節[3]。

1　此首狂歌不易譯，勉強為之。歌中所磨者非劍非刀，蓋喻藥石之「石」，謂「名倉」醫術磨練之高，聞名蒼天之下。「名倉石」與「名倉醫師」二詞讀音同（なぐらいし）義雙關，亦藉以聯想從前名醫「名倉砥石」也。

2　蜀山：即大田南畝（一七四九—一八二三），狂歌師、戲作者，名覃。別號四方赤良、蜀山人、寢惚先生等。有狂詩文集《寢惚先生文集》、隨筆《一話一言》等。

我所敬愛的抽齋，聽說喜歡角兵衛獅子舞，總會擱下任何工作，跑出玄關去觀賞。這就是風流。就是有詩情畫意。

五郎作年輕時，在山本北山[4]的奚疑塾與大窪天民[5]同窗，後來變成了終生的摯友。嗜酒如命的天民總是藏著小酒壺，走到哪裡喝到哪裡。北山在巡塾時看到了，就告訴大家說，愛上小酒壺的人會被當成小人物。天民聽在耳裡，就曾扛了大酒桶到塾裡來[6]。那時，滴酒不沾的五郎作一定是旁觀者清，拱著手微笑吧。

五郎作也與博學的山崎美成[7]、畫家喜多可庵[8]時有往來。其中，比抽齋僅大四歲的山崎，居然把五郎作當前輩，向他質疑問難。五郎作有甚麼稀覯珍玩，也會拿到山崎那裡去共賞。

文政六年四月二十九日之事。五郎作帶著傳說是八百屋[9]阿七的小方綢巾，專誠來到還在下谷長者町賣藥的山崎家。這條綢巾是屬於數代前嫁入真志屋的阿島的遺物。阿島的娘家叫河內屋半兵衛，與真志屋同為水戶家的膳食供應者，支領三人扶持。阿七的父親八百屋市左衛門是河內屋的租戶。阿島開始到某館邸奉公時[10]，年幼的阿七在七寸見方的緋縐綢巾上，縫上了紅絹裡子，送給了阿島。不久阿七在本鄉森川宿[11]的家毀於天和二年十二月二十八日的大火。在避難期間認識了情人。翌年春天回家後，據說只因想與情人重溫舊歡，竟然自己縱了火，趁火離家出走。阿七於天和三年三月二十八日，十六歲，被處死刑。阿島珍藏這塊綢巾當紀念，又隨身帶到真志屋來。而且把祐天上人所書名號[12]裹在其中。五郎作又用白絹寫了綢巾的由來，縫在上面，特地拿來給山崎觀看。

石塚重兵衛也是個戲劇愛好者，與五郎作一樣，比抽齋僅大六歲。寬政十一年生，抽齋出生的文化二年還是七歲的孩童。文久元年十二月十五日歿，享年六十三。

3《甚麼是藝術》（一八九六）：英譯 *What is Art*？在第十章裡，托爾斯泰以為現代藝術墮於剽竊或模仿，而所謂「詩意的」或「寫實的」諸詞，蓋為其合理化而用之。

4 山本北山（一七五二—一八一二）：儒學者。名信有。學於折衷學派井上金峨。力排古文辭學派，著《作文志彀》、《作詩志彀》，江戶文風為之一變。又著有《經義撮說》、《孝經樓詩話》、《孝經集覽》等書。

5 大窪天民（一七六七—一八三七）：儒者文人，善於漢詩。名行，號詩佛，別號詩聖堂。學於山本北山，後加入市河寬齋江湖詩社。與寬齋、柏木如亭、菊池五山並稱江戶四詩家。著有《詩聖堂詩集》、《卜居集》等。

6 此事見於依田學海《學海一滴》卷一，謂聞之於朝川善庵者。

7 山崎美成（一七九六—一八五六）：考證學者、隨筆家。通稱長崎屋新兵衛，又稱久作。成立耽奇會，集友人同好觀賞古董、書畫。著有《耽奇漫錄》二十冊。

8 喜多可庵（一七七六—一八五六）：畫家。名武清。學浮世繪於谷文晁。自成一家，最善於人物畫、花鳥畫。

9 八百屋：原義為菜舖。蔬菜商。

10 奉公：原義為奉仕朝廷或貴族主君。後來廣其意而包括當幫工、傭工之意。江戶時代庶民家庭有送女兒入士人館邸當女傭之習，通稱武家奉公或屋敷（官邸）奉公。

11 本鄉森川宿：在今文京區彌生一丁目東京大學農學部校園內。

12 名號：指「南無阿彌陀佛」六字名號。

其二十四〔豐芥子、抽齋與森枳園之交遊〕

石塚重兵衛的祖先是相模國鎌倉人。重兵衛的曾祖父於天明中來江戶，住在下谷豐住町[1]。世世為麵粉商，人稱之為芥子屋。真的店號是鎌倉屋。

重兵衛曾親自在庭院裡踩過芥子臼，所以取豐住町的芥子屋之意，自署豐芥子，而以此名行於世。又號豐亭，也取自豐住町。另有集古堂等號。

重兵衛有兩個女兒。長女招了女婿，因為放蕩不羈而被迫離去。不過據說後來移居淺草阪訪町[2]西側街角後，又把這個女婿叫了回來。

重兵衛於文久元年往訪京都，路上罹病，十二月十五日歿。六十三歲。抽齋出生的文化二年，重兵衛應該還是七歲的孩童。

重兵衛的子孫的情況如何，並不清楚。數年前大槻如電先生往淺草北清島町報恩寺內專念寺[3]，禮拜重兵衛的墳墓時，聽寺僧說，每逢忌日前來拜墓的只有河竹新七[4]一人。向河竹問了緣故，回答說他自己之能成為默阿彌[5]的門人，完全要感謝豐芥子的介紹。

以上，列舉了抽齋之友而年長者。學者有抽齋出生時二十歲的安積艮齋、十歲的小島成齋、九歲的岡本況齋、八歲的海保漁村。醫師有當時十一歲的多紀茝齋、二歲的伊澤榛軒。此外有畫家文晁四十三歲、劇評家壽阿彌三十七歲、豐芥子七歲。

抽齋於文化六年始入市野迷庵之門。師四十八歲，弟子五歲。其次為了進修醫學，於文化十一年師事伊澤蘭軒。師三十九歲，弟子十歲。可見父親允成教他經藝文章，授之以家傳醫學，早已用心妥為安排。想來抽齋與將為其師的狩野棭齋，早在家裡見過，也在迷庵師那裡見過，從幼時就很親近。又後來成為莫逆的小島成齋，大概也早在迷庵塾裡結了同門之誼。抽齋何時敲了池田京水之門，現在雖然無法查考，恐怕是在師事蘭軒之後。

文化十一年十二月二十八日，抽齋首次晉謁藩主津輕寧親。時寧親五十歲，抽齋之父允成五十一歲，抽齋自己十歲。想來謁見之處應該在本所二丁目[6]的上邸。晉謁即所謂目見，是抽齋身為弘前士人受到禮遇之始。過七年後，奉命每月定期出勤；八年後，奉命正式改為

1　下谷豐住町：今台東區西部，在上野車站東北方。
2　淺草阪訪町：今台東區駒形一、二丁目，沿隅田川西岸一帶。
3　報恩寺內專念寺：報恩寺在今台東區上野六丁目，現存真宗大谷派名剎。專念寺在近鄰，屬同一宗派，但非報恩寺之末寺。
4　河竹新七〔三代〕（一八四二－一九〇一）：歌舞伎作者。河竹默阿彌弟子。三代河竹新七。代表作有〈籠釣瓶花街醉醒〉、〈鹽原多助一代記〉、〈怪異談牡丹燈籠〉等。
5　河竹默阿彌（一八一六－九三）：歌舞伎作者。二代河竹新七。為江戶後期集歌舞伎之大成者。代表作有〈蔦紅葉宇都谷嶺〉、〈三人吉三廓初買〉、〈島千鳥月白浪〉等。
6　本所二丁目：今墨田區南部堅川二橋之東北方龜澤一帶。

專任。同年承襲了家督。

抽齋成為迷庵門人後第八年的文化十四年，有一件值得紀念的事。就是抽齋與森枳園的結識定交。枳園後來說是入門拜師。文化四年十一月生的枳園是十一歲，等於說十三歲的抽齋收了十一歲的枳園為弟子。

森枳園，名立之，字立夫。初稱伊織，改稱養真，後襲用父號養竹。維新後以立之行。父名恭忠，通稱養竹。恭忠出仕備後國福山城主阿部伊勢守正倫、同備中守正精二代。兒子枳園出生時住在北八丁堀竹島町[7]。後來在《經籍訪古志》連署的作者二人，這時就開始攜起手來了。順便提一下，同時拜師的不止枳園一人，還有同齡十一歲的弘前醫官小野道瑛之子道秀[8]，也聯袂入了抽齋之門。

7　北八丁堀竹島町：今中央區日本橋茅場町三丁目。

8　小野道秀（一八〇七－七六）：津輕藩醫。又名富穀。稱五代道秀。官至近侍醫者。子道悅，亦為津輕藩醫。

其二十五〔津輕家與南部家、抽齋初次迎妻、迷庵之死〕

文政五年八月朔日，抽齋繼承了家督。此前的四年十月初一，抽齋奉命每月輪番出勤；五年二月二十八日，奉命成為專任見習表醫師[1]。抽齋立刻就任見習之職，三月朔日正式升為醫官。抽齋繼承家督時十八歲，父親允成五十九歲。抽齋成為家長之後，就承授了一粒金丹的製法。這是八月十五日的事。

抽齋繼承了家業的同年同月二十九日，相馬大作[2]在江戶小塚原被處死刑。我無意利用這個巧合，在此談論相馬大作的事。只不過想順便說幾句話。大作認為津輕家的祖先是南部家的家臣。因此對文化二年以來津輕家的日漸繁榮，心懷不平，企圖在寧親返國途中突加狙擊，偷偷來到出羽國秋田領白澤宿驛[3]。然而寧親獲得密報而改變了路途。大作因事洩漏而

1　見習表醫師：表醫師，指在江戶城外殿執勤之醫官。按：其在內殿（內院）值班者謂奥醫師（原文奥醫者或近習醫者），為醫官之最高位。見習即實習。

2　相馬大作（一七八九－一八二二）：南部藩浪人。本名下斗米將真。在江戶小塚刑場（今荒川區南千住迴向院）受刑。

3　白澤宿：今秋田縣大館市白澤町。羽州街道驛站，由此經矢立嶺入津輕藩。

被捕。

津輕家的祖先原為南部家的屬下一事，內藤恥叟[4]在《德川十五代史》裡也有記載。但精於鄉土史的外崎覺先生嘗寫信給內藤，希望糾正此說之謬誤[5]。

信中說，起初津輕家與南部家是對等的家世。然而津輕家在秀信之世，勢力失落，不得不受南部家的監護。其間元信、光信父子還曾在南部家當過人質。但未嘗聽說津輕家臣事過南部家。光信就是招聘澀江辰盛的信政的六世祖。津輕家的興隆不可能引起南部家的怨望。寫了這篇雪冤正誤之信的外崎先生，在我搜索澀江氏子孫的過程中，頗有居間協助之功。所以信中內容，只點到此為止。

抽齋在繼承家督的翌年，即文政六年十二月二十三日，十九歲，首次娶了妻子。新娘是以下總國佐倉城主堀田相模守正愛[6]的家臣監察官一百石岩田十大夫之女百合之名嫁來；其實是下野國阿蘇郡佐野[7]的無職浪人尾島忠助的女兒，名定。聽說是因為抽齋之父允成，希望為兒子娶個生長於貧家、嘗過辛苦勤勞的媳婦，才有如此安排。新夫婦的年齡是抽齋十九歲，阿定十七歲。

這一年，抽齋的弟子森枳園，亦即伊澤蘭軒孫弟子，離開了抽齋而直接師事蘭軒。枳園就像西方的所謂犬儒主義者，憤世嫉俗，言行乖僻，朝晚喜歡模仿俳優的身段聲腔，忸怩作態。枳園有一個同窗，名叫鹽田楊庵的奇人。原是越後新潟人士，由於抽齋與伊澤蘭軒的介紹，變成了宗對馬守義質[8]的家臣鹽田氏的女婿。鹽田出門散步時不帶友伴。有人在暗中尾隨其後，卻見他把竹杖豎在指肚子上，在本鄉追分[9]一帶來回徘徊。伊澤門下的枳園、楊庵二人被當作一雙怪癖奇人。一個裝腔做作，一個愛耍雜技，兩人都是十七歲的塾生。

抽齋之母縫在娶了媳婦半年後，於文政七月朔日落髮為尼，法號壽松。

翌年文政八年三月晦日，當時抽齋所住元柳原町六丁目的家大半燒毀。此年津輕家換了世代。寧親致仕，由大隅守信順襲了封。時信順二十六歲，比抽齋大五歲。

次年即文政九年是抽齋多事之年。先是六月二十八日，姊姊須磨二十五歲去世。接著八月十四日，恩師市野迷庵歿，享年六十二歲。最後十二月五日，嫡子恆善生。

須磨如前所述，嫁給飯田良清為妻。良清是抽齋之父允成的親父稻垣清藏之孫。清藏之子是大矢清兵衛。清兵衛之子就是飯田良清。須磨之夫冒用飯田氏是因為買了幕府家臣的名號[10]。其父之冒用大矢氏，恐怕也是買來的身份。

---

4 內藤恥叟（一八二七—一九〇二）：歷史學家，名正直，號恥叟。東京帝國大學文科大學教授。著有《安政紀事》、《德川十五代史》等。
5 指外崎覺〈與內藤恥叟翁辯德川十五代史中津輕條書〉。
6 堀田正愛（一七九九—一八二四）：佐倉藩第四代藩主，文化八年襲封。
7 佐野：今立木縣佐野市。佐倉堀田家分家堀田氏舊城下町。
8 宗義質（一八〇〇—三八）：對馬藩第十四代藩主，幼名岩千代。文化九年襲封。
9 本鄉追分：今東京大學農學部正門一帶。
10 名號：原文株，原義為股票，引申為幕府家臣武士之地位、名號。買株謂平民買武士家名號，類中國之捐官，唯只買其名，無實際之職位。

迷庵之死大概是促使抽齋師事狩野棭齋的動機。所以抽齋入棭齋之門可能就在這個時候。迷庵之後由子光壽繼承。

其二十六〔蘭軒之死、抽齋再度及三度迎妻、抽齋之弘前行〕

對抽齋而言，文政十二年也是多事之年。三月十七日恩師伊澤蘭軒歿，五十三歲。二十八日抽齋晉升副奧醫師[1]。六月十四日母壽松卒，五十五歲。十一月十一日與妻定離婚。十二月十五日第二次結婚，新娘是同藩留守居一百石比良野文藏之女威能，二十四歲。抽齋此年二十五歲。

我想在這裡，就抽齋之師伊澤氏之事，還有抽齋前後配偶定與威能之事，附帶稍加說明。有關亡母則別無可言之事。

抽齋與伊澤氏的交誼，即使在蘭軒歿後，也不稍減。蘭軒嫡子榛軒是抽齋親近的朋友，比抽齋大一歲，已如前述。榛軒之弟柏軒，通稱磐安，文化七年生。兄弟失怙時，兄二十六歲，弟二十歲。抽齋之愛護柏軒[2]，如待自己之弟。柏軒娶了狩野棭齋之女俊。生長男磐

1 副奧醫師：原文近習醫者介，在奧醫者之下。
2 伊澤柏軒（一八一〇—六三）：福山藩儒醫、幕府醫官。蘭軒三男、榛軒之弟。本名信重，通稱磐安。醫學館講師，官至幕府奧醫師。

安，次男信平現在當牙科醫師。

抽齋最初的妻子定為何被離了婚，詳情不得而知。只不過澀江家預期貧家之女應該具備的某些特質；不幸的，說不定是阿定並不具備。

繼定之後，嫁入澀江家的第二位妻子威能，父親是世居要職的比良野氏當代家主文藏。因為有前車之鑑，大概不敢再娶貧家女為媳婦了。這個媳婦雖然短命，卻好像很受夫家人人的歡迎。為甚麼這樣說呢？因為在威能亡後，第三位妻子又亡，而在從商家迎娶第四位妻子時，威能的父親文藏還高高興興地當了義父。澀江氏與比良氏的交誼，如此久而不渝，可以想像威能生前一定是個好媳婦；而兩個親家之間，也維持著十分密切的良緣。

比良野氏是擁有武士氣質的門第。文藏的父親，即威能的祖父助太郎，名貞彥，是個能文能武、智勇雙全的豪傑之士。號外濱，又號嶺雪。安永五年舉江戶藩邸教授。善畫，有〈外濱畫卷〉及〈善知鳥畫幅〉傳世。劍術拔群。壯年時佩帶村正作的名刀，徘徊於本所水溝到大川端邊，進行試刀殺人。聽說還想要殺滿千人之數。抽齋聞知此事，嘆息不已。反而發了要以醫藥拯救千人之願。

天保二年，抽齋二十七歲時，八月六日長女純生，十月二日妻威能歿。于歸以來剛入第三年，二十六歲。十二月四日，備後國福山城主阿部伊予守正寧的醫官岡西榮玄之女，名德，嫁給了抽齋。是年八月十五日，抽齋之父允成承賜隱居費三人扶持。本來允成一直輪班伺候寧親、信順二公，但從六月起，奉命伺候岩城隆喜之妻即信順之姊元姬；八月起，又奉命兼職伺候信順夫人欽姬。增俸之事大概由此而來。

此時抽齋的家族有父允成、妻岡西氏德、尾島氏所生嫡子恆善、比良野氏所生長女純，一共四人。抽齋所娶第三位妻子，名德，是抽齋在蘭軒門下時結交的文友岡西玄亭[3]之妹。這是哥哥促成的婚姻。

天保四年四月六日，抽齋隨從藩主信順離開江戶，首次往訪弘前。翌五年十一月十一日，返抵江戶。出外期間，前藩主寧親逝世，六十九歲。抽齋之父允成於四月朔日，又承加二人扶持；隱居費增至五人之數、大概為了特別報答他伺候寧親生前的辛勞。

抽齋之友森枳園娶了佐佐木氏勝，開始成立家庭，也在天保四年，抽齋訪問弘前之時。此前枳園於文政四年失怙，十五歲形式上繼承了家名。這是師事蘭軒前兩年的事。

3　岡西玄亭（？—一八五六）：考證學者。岡西榮玄次男。名德瑛。蘭軒門下蘭門五哲之一。善詩文、能書。

其二十七〔棭齋與京水之死、允成之死、枳園失祿〕

天保六年閏七月四日，抽齋喪失了恩師狩谷棭齋，六十一歲。十一月五日，次男優善生。後來改名為優。此年抽齋三十一歲。

棭齋歿後，由懷之，字少卿，通稱三平繼其家。抽齋的家族有父允成、妻德、嫡男恆善、長女純、次男優善，變成了五人。

同年，森枳園家也生了嫡子養真。

天保七年三月二十一日，抽齋從副晉升為正奧醫師。十一月十四日，師池田京水歿，五十一歲。此年抽齋三十二歲。

京水有二男。長子名瑞長，襲了家業。次男名全安，成為伊澤家女婿。配偶是榛軒的女兒，名柏。後來全安自立門戶，住在本鄉弓町[1]。

天保八年正月十五日，抽齋的長子恆善首次晉謁藩主信順。年甫十二。七月十二日，抽齋隨信順往弘前。十月二十六日，父允成歿，七十四歲。此年抽齋三十三歲。

抽齋原來不喝酒。此次弘前之行，藩主不依一年就回江戶的慣例，決定要在弘前過兩個冬季。於是在寒冬之前，必須做種種防寒的準備，包括飼養有人送來的小豬。不覺間冬天來了。父親病重的消息從江戶傳到，卻無法回家探視。抽齋只得飲酒解悶。從此開始，抽齋養成了飲酒吃肉的習慣。

然而，抽齋終生不抽菸。聽說允成的直系晚輩，直到當今的保先生，抽菸的人一個也沒有。只有抽齋的次男優善是唯一的例外。

一棒抽齋離開江戶前發生的事。在徒士町的池田家，當今家主瑞長倣父親京水之例，舉行春初開診儀式。京水生前每年都會集合門人行此典禮。然而今年抽齋親自前往參加，雖然名為開診式而所見卻與從前大異其趣。京水時代的寧靜肅穆，已蕩然不留痕跡。有藝妓在斟酒。森枳園在耍戲腔。抽齋暫時默然環視會場光景，終於改容而起，責備主客非禮之舉。瑞長慚愧無言，立刻請藝妓離座回去。

繼之在二月間，森枳園家發生了奇怪的事件。枳園被逐出阿部家，乃帶著祖母與母親、妻勝與三歲的兒子養真四人，趁夜間逃走。後來枳園在自撰的〈壽藏碑〉[2]上說：「有故失祿。」若問其故若何，其實是又悲慘又滑稽。

枳園是個戲迷。如果說只是愛好戲劇，抽齋也是一樣。只不過抽齋是坐在觀眾席上，欣

1 本鄉弓町：今文京區本鄉一至二丁目，舊壱岐坂北側一帶。
2 〈壽藏碑〉：生前自撰之墓碑。在此應該是指紙面壽藏碑文。

賞俳優的演技，樂在其中而已。枳園則自發學其科白。學科白而不足則上舞台打梆子。最後則混在那些無名的俳優之間，或充當臨時背景演員，或做傳信跑腿的工作。

有一天，阿部家的一個女傭下班後趕去看戲。忽然注意到上場的俳優之一很像養竹先生。越看越像，終於斷定是養竹先生無疑。回到館邸後，把這件事告訴了朋儕。原來是當一個笑話傳來傳去，根本沒想到會給枳園帶來災禍。

當此奇譚趣事在阿部邸前廳後院傳開時，上級認為不能置之不理。於是呈報主公，褫奪了枳園的俸祿。

其二十八〔枳園消息、抽齋歸府〕

枳園因與俳優為伍而登場之罪，失去了阿部家的俸祿，變成了長期的無業遊民。後來成為抽齋第四妻室的山內氏五百，有一個姊姊名金吳，曾在阿部家內院奉公，也認識枳園這個人；但在三、四年前就已辭職離開，所以對阿部家當時發生的這一件事，並不知其詳。

阿部家當局為了這件事，大概也進行了相應的審議。在枳園的友人當中，應該也有人想方設法加以營救。然而枳園是平生不拘細節的人，且在多方面積下了不少世人口中的忘恩負義。其中甚至有一兩件事是不便以筆墨寫在紙上的。那些想幫忙的人對著這些不利的證據，無話可說，只好知難而退了。

枳園暫時在江戶過著浪人的生活。但由於債務累累，不堪負荷，終於帶著家人趁夜逃走了。最後採取這樣的對策，恐怕事先也沒跟抽齋說一聲。因為這是面目攸關的問題。即使是書絜矩之道於紳[1]的抽齋，也為了枳園而不止一次嘗過難於容忍的苦頭。

1《大學》：「君子有絜矩之道也。」《論語．衛靈公》：「言忠信，行篤敬。……子張書諸紳。」

枳園逃向相模國。因為當時三十一歲的枳園，已有一些門人；其中有住在相模的，就想去投靠他們。這段落魄期間的詳細經過，我並不清楚。從枳園當時的著述，如《桂川詩集》、《遊相醫話》等書，或許能夠窺知一二，但我都還來不及拜讀。在〈壽藏碑〉上，舉出的有浦賀、大磯、大山、日向、津久井縣等地名。大山是現在的大山町，日向是現在的高部屋村[2]，都與大磯同屬中郡。津久井縣是現在的津久井郡，相模川流貫其中。桂川是相模川的上游。

根據後來枳園自己所說的話：逃離江戶時，懷中只有八百文錢。逃到箱根湯本時，這點錢都已用光了。於是，枳園暫且替人按摩。上下身收費十六文，權充糈費，亦非得已，只是聊勝於無。不止是按摩而已。枳園有甚麼就做甚麼。自己在〈壽藏碑〉上說：「無論內外二科，或為收生，或為整骨，至於牛馬雞狗之疾來乞治者，莫不施術。」收生是接生。整骨是接骨。甚至進入了獸醫的地盤。這對不想讓一般醫師治療牙齒的現代人而言，無疑是難於想像的事。

老祖母在浦賀歿於困厄之間，但留下母與妻與子，連自己共四人還活著，必須設法餬其口。不過從枳園的性格來推測，應該不至於頹然沮喪，仍然保持著幾分積極樂觀的精神[3]。

枳園終於在大磯定居下來。有門人在此當里長，大大宣稱枳園是江戶大大有名的醫生，而且協助枳園在此開設診所行醫。不多久，患者之數漸增。有不能以金錢付費者，或送來米穀蔬菜，擺滿庖廚之內。後來有從遠方以轎來迎者，有以馬來接者。就這樣，枳園以大磯為基地，往來於中郡與三浦郡[4]之間，前後度過了十二年的歲月。

抽齋在弘前迎接了天保九年之春。在前舉的值宿日記中，正月十三日條有服滿[5]之語。表示服父之喪已畢。接著第二個冬季也在弘前度過。天保十年，抽齋隨從藩主信順返回江戶。此年三十五歲。

是年五月十五日，津輕家換了代。信順四十歲致仕，遷居柳島下邸；同齡的順承從小津輕[6]來襲封。據說信順性好奢華，動輒大張夜宴，導致財政拮据，才不得不引退下來。

抽齋從此奉命伺候退位的信順，平日在柳島館邸，偶而會到上邸去勤務。

---

2 大山町、高部屋村：均在今伊勢市區內。

3 〈壽藏碑〉有「此間十二年，辛苦不可勝言。然樂亦在其中」，又有「入山采藥，下溪釣魚」等文句。

4 三浦郡：今三浦半島一帶，包括三浦、橫須賀、逗子三市。

5 服滿：原文忌明，謂服喪期滿也。

6 小津輕：陸奧黑石藩一萬石俗稱。津輕藩支藩。

其二十九〔文晁之死、抽齋受聘躋壽館講師〕

天保十一年是谷文晁歿於十二月十四日之年。文晁是抽齋亦師亦友的長輩。抽齋平素鑑賞書畫時，每每向他請教；為了描繪古器物或本草[1]中可供參考的動植物圖時，也求他指導畫筆的用法或如何溶解顏料。去年剛在兩國萬八樓[2]為他舉行七十七壽宴，今年已入亡者之列。身後由文化九年生、二十九歲的文二繼其家。文二之外，生了六個兒子的文晁的後妻阿佐，早於五年前先夫而死了。此年抽齋三十六歲。

天保十二年，岡西氏德生了次女好。好不幸早世，生於閏正月二十六日而死於二月三日。翌十三年，三男八三郎生，亦夭折，生於八月三日，死於十一月九日。這些不幸之事都發生在抽齋三十七歲至三十八歲之間。我在此書講述抽齋的生平，一開始就引了抽齋作於天保十二年歲暮的述志詩，還列舉了當時澀江氏家族的人數。可是未能舉出倏來倏去的女兒好的名字。

天保十四年六月十五日，抽齋晉升奧醫師。三十九歲。

是年講書於躋壽館，開了幕臣與町醫旁聽的先例。那是十月的事。翌年十一月才開始就任正式講師之職。起初躋壽館僅設塾長與教授，收學子以傳道授業而已。多紀蘭溪時代曾一度設置百日學制，分醫學與經學兩科，限以百日為期授完課程。不過那也只是為學生而設。百日課程在四年內即遭廢置。非得等到設置了講師的職位，才允許幕臣、町醫前來聽課。五個月後，幕府之所以起用抽齋，就是因為有這個新制。

弘化元年為抽齋帶來了一大轉機。在社會上成了幕府的直屬醫官，在家庭裡則於岡西氏德去世後，終於迎娶了一位才貌兼備的妻子。

此一年間發生的事，順次列舉如下。先是二月二十一日妻德亡。三月十二日以老中土井大炊頭利位之名，召聘抽齋為躋壽館講師。四月二十九日奉命定期登城。即在年初、八朔[3]、五節[4]、每月例會[5]，必須往謁江戶城，行禮如儀。十一月六日，娶了神田紺屋町五金行[6]山內忠兵衛[7]之妹，名五百。表面上是以弘前藩監察官百石之比良野助太郎之妹翳的名義嫁來的[8]。

1 本草：本草學，研究植物、藥物、動物、礦物之學，類後來之博物學。
2 萬八樓：兩國柳橋附近之料理店。萬屋八右衛門之略。
3 八朔：陰曆八月一日。德川家康於天正十八年（一五九〇）此日進入江戶城。為德川幕府特別紀念日。
4 五節：人日（一月七日）、上巳（三月三日）、端午（五月五日）、七夕（七月七日）、重陽（九月九日）。
5 每月例會：原文「月並之禮」，指每月朔日、十五日、二日八日，稱三日或式日，規定諸大名、直屬官員、家臣皆須登城參加儀式。
6 五金行：原文鐵物問屋。實際店名是「釘鐵銅問屋」。問屋謂如今之批發商或營業種類。
7 山內忠兵衛（？—一八三九）：五金行日野屋主人。五百之父。名豐覺，抽齋之父允成之友。好詩文書畫。
8 按：當時商家之女不許與士族結婚，但准以某士人（稱假親）之養女或義姊義妹身份出嫁。

十二月十日幕府賜白銀五枚。這是恆例，不一定有紀錄。同月二十六日，長女純嫁與幕臣馬場玄玖。時十八歲。

抽齋之娶岡西氏德是因為看到玄亭相貌才學均優，覺得這種人的妹妹一定會是個賢內助。然而一旦成為伉儷，才貌卻不如預期。如果只是才貌不佳，那還可忍受；德既處處不如其兄，反而遺傳了父親榮玄褊狹固陋的性格。這才是引起抽齋反感的主要原因。

第一妻阿定因為不具貧家之女應該具有的美德，聽說抽齋之父允成有一次還為自己錯誤的想法而表示悔恨。其實抽齋自己並不覺得有那麼討厭。第二妻威能非常伶俐而有善於用人之才。總之，只有第三妻阿德才引起了抽齋的反感。

其三十〔抽齋與山內氏五百之婚姻〕

抽齋從未忘記克己復禮的功夫，因而從未斥罵懲治過阿德。不止如此。也從未顯露過不悅之色。然而結婚一年半之久並不感到親近。於是往弘前出差。下面是抽齋首次旅居弘前期間的事。

抽齋在弘前時，每次從江戶送來的郵件中，必定含有德所寫的長信。她會把家裡發生的瑣事，像記日記一般，一一寫在信裡。起初抽齋讀了數行之後，就直覺地發現這些書信不是德自動靠自力所寫。文章的字裡行間，總有父親允成的性格痕跡，歷歷可見。

允成不忍看著抽齋對德冷淡，擔憂他們婚姻的前途，所以等抽齋一出差，就立刻為德設定日課。讓她練字帖。教她記日記。規定她親自執筆，把家裡的事鉅細靡遺地寫成文章，向在外的丈夫做報告。

抽齋每讀江戶來信就哭。不是為妻子而哭，是為父親而哭。

從旅居將近兩年的外地回來，抽齋為了安慰父親的苦心，也勉力與德親密相處。二年後，生了優善。

其後抽齋又赴弘前，前後淹留三年。羈旅期間父親去世。返回江戶，中隔一年，生好。其翌年又生八三郎。德在生下八三郎後一年半亡故。

德亡故後，山內氏五百來。抽齋的身份在德去而五百來之間，成為幕府直參醫官。交際廣了，費用多了。五百忽然身在其中，不得不應付突來的困局。好在五百的材器適足以任其勞，真是抽齋的好運氣。

五百的父親山內忠兵衛，名豐覺，在神田紺屋町開五金行，店號日野屋。商標在斜井字形中書一喜字[1]。忠兵衛善於詩文書畫，與許多文人墨客交往甚繁，而且常捐財為贊助者。

忠兵衛有三個兒女。長男榮次郎[2]、長女安、二女五百。忠兵衛是允成之友，久來把嫡子榮次郎的教育，託給抽齋照顧指導。文政七八年間，抽齋每次造訪日野屋，談到有關戲劇的話題時，九或十歲的五百與大一歲的安，總是在旁邊聽得好像津津有味。安就是後來在安部家奉工的金吾。

五百生於文化十三年。是兄榮次郎五歲、姊安二歲的時候。忠兵衛看著三個孩子漸漸長大，希望嫡子獲得足以成為士族的教育；對兩個女兒，除了尋常女子所學的讀寫之外，也教授武藝，而且讓她們從小就出去武家奉公。尤其讓五百還學習經學，受了幾乎與男人同樣的教育。

忠兵衛如此教育子女是有來由的。據說忠兵衛的祖先，出自山內但馬守盛豐之子對馬守一豐[3]之弟；變成了江戶的商人之後，也一直帶著三葉柏家紋，自報姓名時總是堅持要用豐字。我查了手邊的系圖，一豐之弟只有兩人：臣事織田信長[4]的修理亮康豐[5]，與臣事武田信玄[6]的法眼日泰[7]。忠兵衛一家到底是此二人中誰人之後裔，或另有一豐之弟，在此無法遽下定論。

1 在斜井字形中央書片假名「キ」，與喜同音。日文讀井桁喜（いげたき）。

2 山內榮次郎（一八一二―五八）：日野屋主人，承忠兵衛之稱號。好學能文，准入聖堂。後因娶娼妓濱照，讓出家業隱居，改稱廣瀨榮次郎。

3 山內盛豐（一五〇八―五七）：戰國時代武將，尾張黑田城主。其子山內一豐（一五三六―一六〇五），初代土佐藩主。先仕織田信長，後依豐臣秀吉，關原之戰時屬德川家康，因功封土佐國，居高知城。土佐守，二十萬石。

4 織田信長（一五三四―八二）：戰國武將。滅室町幕府，據有北路道與畿內諸國，意欲統一日本。因明智光秀謀反，不敵，自殺於京都本能寺。

5 山內康豐（一五四七―一六二五）：盛豐四男。一說曾仕織田信長長男織田信忠。一度為土佐守豐昌之養子，其後家系斷絕。

6 武田信玄（一五二一―七三）：戰國時代武將。曾支配信濃至遠江諸國。病死於信濃國伊那。

7 山內日泰：盛豐五男，一豐與康豐之弟，仕武田信玄。其子奉命駐五味常運名跡，因號五味。至三代豐廣時斷嗣。

其三十一〔五百之經歷〕

聽說五百在十一、二歲時，就在內殿奉公。推算年代，應在文政九年或十年，德川家齊五十四、五歲的時候。伺候的貴夫人[1]是近衛經熈的養女茂姬[2]。

聽說五百與上房女傭名姊小路[3]者同房，應該是一位上婦[4]。然則，五百的住處當在長局的南一棟中[5]。五百等人一到黃昏，就得巡迴長廊去一個地方關上窗戶。有謠言說走廊上常會出現鬼影。鬼是何物，出來作甚，誰也沒好好見過鬼的真面目，不過有人說，好像穿著男裝，額上生角。而且那個鬼還會向人投小石頭、撒煙灰甚麼的。因此小女傭們都忌憚而互相推諉，不敢走過去。五百年幼但有膽力，也練過武藝，就自願走去關上窗戶。

在陰暗的長廊向前走去，果然看到有甚麼東西突然冒了出來。哎呀，說時遲那時快，五百的臉上已蒙了一層灰塵。五百倏忽間沒看清楚對方的樣子，但覺得只是個少年的惡作劇，所以撲過去加以抓住了。

「對不起，請原諒。」那個鬼扭著身大叫。五百不鬆手，緊緊壓著。不久，其他女傭們都跑過來了。

那個鬼投降了，脫下了鬼面。原來是叫銀之助的公子爺，自幼入贅美作國西北條郡津山城主松平家的年輕人。

這個入贅津山城主松平越後守齊孝次女徒公主的，就是家齊三十四個兒子中排行十四的參河守齊民[6]。

齊民幼名銀之助。文化十一年七月二十九日生。母親是御八重[7]。十四年七月二十二日成為將軍夫人的養子，九月十八日入贅津山松平家，十二月三日住進松平邸[8]。是個四歲的

1 貴夫人：原文御台所，為御台磐所之略，指貴人之妻起居處。在此指將軍夫人。

2 茂姬（一七七三―一八四四）：德川家齊夫人。薩摩藩主島津重豪之女，本名寔子。以近衛經熙養女身份嫁與家齊。生子敦之助。

3 姊小路：江戶城內院資深女傭。起初隨將軍家齊之女和姬嫁毛利家；和姬歿後，還城中內院本殿。第十二代將軍嘉慶之世，在女傭間氣勢頗盛。按：資深上婦，原文作上臈年寄。編制員額三名，須出公家名門，以生家之名稱之。

4 上婦：原文上臈，原為佛語，指年功深厚之高僧。在日本，除其本義外，多用以指宮中高級女官。至江戶時代則指城中內院後宮之女傭，分為上臈、中臈、下臈三級。臈字在漢語中無等同用法，故分別譯之為上婦、中婦、下婦，求其方便而已。

5 長局：內院女傭居處之稱。南一棟（原文南一の側）指第一棟，位於大內院中央。

6 松平齊民（一八一四―九一）：美作津山藩第八代藩主，十一代將軍家齊十四男。文化十四年為齊孝養子，祿十萬石。天保二年襲封。

7 御八重：（?―一八四三）：清水家家臣牧野忠克之女。入城為中婦之首，頗得將軍德川家齊之寵，生四男一女。齊民為其長男。

8 松平邸：津山藩上邸在今千代區丸之內二丁目。

小女婿。文政二年正月二十八日新居落成，乃遷移過去。七年三月二十八日，十一歲元服後，敘從四位上侍從參河守齊民。九年十二月，十三歲，拜少將銜。這位成年後人稱確堂公的人物，曾經親筆為成島柳北[9]的墓碑篆額。如此看來，此人裝鬼而被五百所捉時，已官拜從四位侍從，不過是否已成少將，則不得而知。津山邸雖然為他築了新館，恐怕也還是常常待在城中內院鬼混，喜歡別人叫他小名銀之助。年齡比五百大兩歲。

五百何時離開內院雖然不詳，但知她在十五歲時已在藤堂家[10]奉公。五百十五歲相當於天保元年。若是十四歲離開了內殿，應在文政十二年。

五百決定在藤堂家奉公之前，聽說跑了二十多家大名的館邸去試工。其時女傭的所謂試工，大概已變成「非獨君摘臣也，臣亦摘君矣」[11]的情形。五百之如此參訪諸多藩邸內院，似乎並不是因為無人聘僱，而是在到處找尋適合自己的工作環境。

然而在二十餘家試工的過程中，五百覺得合適的卻只有一處。而且正巧是土佐國高知城主松平土佐守豐資之家，即與五百同祖的山內氏後裔。

五百被帶到鍛冶橋內的上邸，與在別家一樣接受了考試。考的科目不外書法、和歌、音曲之類。試官是一位老女人。有人拿出硯台與色紙[12]來，老女人說：「請在這紙上面寫寫看。」五百寫了自作的和歌，同時也加以朗詠出來。然後唱了一曲常磐津[13]。這些都與別家的試工方式沒甚麼不同。但五百卻注意到，這裡的女傭們都穿著棉布衣服。看到二十四萬二千石大名的內院，生活居然如此質樸，五百立刻愛上了這個地方，決定來此家服務。夫人是松平總介齊政[14]之女。

　就在此時，老女人發現五百的衣服上印著三葉柏的家紋。

---

9 成島柳北（一八三七—八四）：幕臣，隨筆家。名惟弘。生於代代將軍侍講之家。完成《續德川實紀》、《後鑑》。維新後拒仕新政府。明治六年任《朝野新聞》社長。著有《柳橋新話》、《京貓一斑》等。

10 藤堂家：伊勢安濃津藩主。當時藩主是第十一代藤堂高猷（一八一三—九五），活躍於幕府末期與明治初年。封伯爵。

11 語出《後漢書・馬援傳》。《孔子家語》亦云：「君擇臣而任之，臣亦擇君而事之。」

12 色紙：方形厚紙板，為寫和歌、俳句、繪畫之用。紙面不同顏色，通常灑以金粉或銀粉。

13 常磐津：江戶淨琉璃之一派，十八世紀中葉常磐津文字太夫所創，故稱常磐津節（曲）。至今仍為歌舞伎舞劇之伴奏樂曲。

14 松平齊政（一七七三—一八三三）：池田齊政。備前岡山藩第六代藩主。官侍從、左少將。

其三十二〔五百之經歷〕

山內家問五百，為何把與本家家紋相同的家紋繡在衣服上。

五百回答說，舍下是山內氏，自古以來，就代代穿著帶三葉柏紋的衣服。

老女沈吟了一下說，看來是可用之良材，很想向上建議即行雇用。可是最好請把那個家紋先收起來，暫時停用。家紋有其歷史淵源，隨後不妨提出申訴，或許能夠得到許可也說不定。

五百回到家，就與父親討論暫時隱藏家紋以便受雇的問題。然而父親忠兵衛即刻反對。姓名與家紋，乃是受之於先祖而傳之於子孫的大事，豈可隨便隱匿或更改？如果不隱不改，就不能奉公，那還是不要去的好。

五百婉拒了山內家之聘後，接著去應試的地方是向柳原[1]藤堂家的上邸。例行的考試順利考完了。對方懇求五百肯來應聘，甚至會考慮加以特別重用。至今跑了那麼多家而感到疲憊的五百，於是決定來此家工作。

五百很快就升上了中婦，指定她為老爺的隨侍，同時兼任夫人的祐筆。老爺是伊勢國安濃郡津[2]之城主、三十二萬三千九百五十石的藤堂和泉守高猷。官位是從四位侍從。夫人是藤堂主殿頭高崧之女[3]。

此時五百還只有十五歲，若是尋常女孩子，只能當小女侍童。五百卻一躍而成中婦，的確是破格的擢用。女侍童的工作是準備煎茶、抽菸、洗手水之類，就像今天的小使女。當了中婦，就要在夫人身邊伺候，處理種種雜事。依幕府的慣例，如果當了將軍的隨侍，可說就等於侍妾了。不過在大名館邸，只是不仕夫人而改仕老爺而已。祐筆就像秘書，負責記日記、寫書信等文書工作。

藤堂家給五百取了新的名字叫插頭。後來決定要嫁給抽齋，成為比良野氏的養女時，就襲用了此名而以同音的翳[4]字登記。五百開始奉公後不久，別人知道她會武藝，就給她一個外號，叫男之助。

藤堂家也與其他的藩邸一樣，中婦可以配到三個房間，使用三個女童。膳食自理。其他藩邸所付年薪都在三十兩上下，藤堂家卻僅付九兩。當時做武家奉公的女孩，多半不是為了獲得高薪；而是像現在女孩上女校一樣，主要是為了勵志修行。五百只想找到教養良好的門

1　向柳原：今台東區西南部神田川左岸，對右岸之柳原而言。今千代田區神田和泉町。
2　津：今三重縣津市。
3　藤堂高崧（一七六五—？）：津藩九代藩主高嶷之庶子。寬政元年大學頭。
4　翳：與插頭讀音同（かざし），故用之為人名。

第去做事，至於薪水的高低，從一開始就不放在心裡。

修行是使錢之業，取錢之道非修行。像五百寄宿在館邸之內，聽說為了贈送長官禮物、宴請儕輩同仁、整備服飾用品、使用女童僕等費用，父親忠兵衛每年還得支援四百多兩銀子。因此，對於薪俸領三十兩或領九兩，大概也不至於感到甚麼太大的差別。

五百在藤堂家大受信任。所以勤務不滿一年，就在天保二年元日，晉升中婦頭之職。中婦頭的編制只能設一人，通常由二十四、五歲的女人擔任，五百卻在十六歲時就當上了。

其三十三〔五百之經歷〕

五百在藤堂家奉公了十四年之久。於天保十年二十四歲時，為了父親生病而辭掉了工作。將來的夫婿抽齋，當五百在城內本殿服務時，娶尾島氏定為妻；在藤堂家工作時，前後又與比良野氏威能與岡西氏德相繼結了婚。

五百辭去藤堂家之年，即父親忠兵衛去世之年。不過五百辭職的時候，忠兵衛還沒病到必須叫回女兒的程度。辭職的原因是忠兵衛不願女兒出去旅遊。這一年藤堂高猷夫妻決定去參拜伊勢神宮，把五百也列在隨從名單中。於是忠兵衛在高猷離開江戶之前，就讓五百辭職回家了。

五百回到紺屋町的家。當時家裡在父親忠兵衛之外，還有父親五十歲的妾牧、二十八歲的哥哥榮次郎。二十五歲的姊姊安，四年前辭去安部家，嫁給了橫山町[1]的漆器批發商長尾宗右衛門。宗右衛門是比安只大一歲的丈夫。

1　橫山町：今中央區日本橋橫山町。自江戶時代至今，為諸多問屋（批發商）之集中區。

忠兵衛的子女都還幼小時，在榮次郎六歲、安三歲、五百二歲那一年，正妻亡故。她是麴町紙商紙問屋山一的女兒，曾有在松平攝津守義建[2]的宅邸裡奉公的經驗。忠兵衛在妻死亡之後，把從享和三年十四歲就來日野屋工作的阿牧，納之為妾。

忠兵衛晚年變得心虛膽怯，衝勁盡失；阿牧也不是能踩在別人身上發號施令的女人。當五百從藤堂家返回家裡時，日野屋正面臨著一個難關。那是有關五百之兄榮次郎的為人問題。

榮次郎先師事抽齋，隨後進入昌平黌[3]。恰好與妹妹安的丈夫宗兵衛同窗。而且在同校諸生中，只有他們兩個是商家之子，其他都是士人階級的子弟。打個比方說，就如同今天非華族而進入學習院一般。

五百在藤堂家勤務期間，榮次郎討厭學校生活，開始進出吉原。對方是山口巴[4]的妓女，名叫阿司。五百辭去工作前二年，榮次郎沈溺已深，居然到了要替阿司贖身的地步。忠兵衛聞知之後，就考慮斷絕父子關係。因為五百從館邸趕來調解，才不了了之。

然而當五百從藤堂家辭職回來時，同樣的問題又重新燃了起來。

榮次郎由於妹妹的調解而免於被逐出家門，只好暫時在家慎獨，不敢潛出大門之外。在這期間，阿司被一個鄉下財主贖走了，榮次郎陷入了憂鬱。忠兵衛一時心軟，還託人把榮次郎帶到吉原去玩樂。這時碰到阿司的小侍女，名濱照，訂於下月開始接客。榮次郎變成了濱照的常客，尋歡作樂，比以前更加頻繁。忠兵衛又說要斷絕父子關係，自己卻病倒了。榮次郎也大為驚慌，暫時不敢再到吉原去。這是五百回來時的狀況。

當此之際，有意扶持日野屋家業之將傾者，不難想像，除了剛放棄奉公回來的五百之外，並無他人。姊姊安優柔寡斷，其夫宗右衛門繼承了早世的哥哥的家業，天天紙醉金迷，連自己的家產都忘記如何管理了。

2　松平義建（一七九九—一八六二）：名古屋藩支藩美濃高須藩（今岐阜縣海津郡）尾張松平氏第十代藩主。封掃部守、攝津守、左少將。

3　昌平黌：即昌平坂學問所，直轄德川幕府。本來為幕府旗本子弟之學校，寬政四年以後始准諸藩士、鄉士、浪人等入學聽講。又於享和二年開設不分士農工商皆可入學之日講。町人如榮太郎與宗右衛門因之而能入昌平黌。

4　山口巴：吉原遊廓（妓館區）仲之町七大嚮導茶館之一。

其三十四〔五百之經歷〕

五百一邊照顧安慰父親忠兵衛，一邊勸戒鼓勵哥哥榮次郎，掌握了風雨飄搖中名叫日野屋的船舵。而且請來忠兵衛異母兄而擔任十人眾[1]的大孫某為證人，保證哥哥免於廢嗣而逐出家門的命運。

忠兵衛於十二月七日去世。日野屋的財產繼承人，曾依忠兵衛之意一度改成五百。但五百立即改回哥哥之名。

五百受過男人一般的教育。在藤堂家時，因為懂武術而有男之助的外號；另一方面，由於五百也通達文學，在世上又有新少納言[2]之稱。因為約在同時，狩野椩齋的女兒俊已有少納言之號，五百後出，才有了這樣的稱號。

五百所師事的人，經學有佐藤一齋、書法有生方鼎齋[3]、繪畫有谷文晁、和歌有前田夏蔭[4]。由於早在十二歲時就出外工作，受教的方式可能是：趁每次請假回家時旁聽講學、以臨摹範本之作懇求是正、以課題所詠之歌呈繳請教。大概只有這些學習的方式而已。

在這幾位師長之中，最老的是文晁，其次是一齋，其次夏蔭，最年輕的是鼎齋。推算他們的年齡，在五百出生的文化十三年，文晁五十四、一齋四十五、夏蔭二十四、鼎齋十八。

如前所述，文晁歿於天保十一年，七十八歲，五百二十五的時候。一齋歿於安政六年八月二十四日，八十八歲，五百四十四的時候。夏蔭歿於元治元年八月二十六日，七十二歲，五百四十九的時候。鼎齋歿於安政三年正月七日，五十八歲，五百四十一的時候。鼎齋是去訪畫師福田半香[5]在村松町的家拜年時，喝醉了酒，與水戶劍客某人引起口角，而被某人的門人砍死。

五百師事鼎齋之外，也臨摹過近衛予樂院與橘千蔭[6]的字帖。予樂院家熙於元文元年去世，當五百生前八十年。芳宜園千蔭的身份是町奉行與力[7]，稱加藤又左衛門，文化五年歿，當五百生前八年。

---

1 十人眾：從江戶富豪中選出十人為十人眾，參與幕府黃金買賣與稻穀出納事務，支援主管稅收財務之勘定奉行，協助推行幕府之政策。

2 少納言：平安中期有才女作家名清少納言，著有《枕草子》等。後世常以少納言比喻女性文學愛好者或作者。

3 生方鼎齋（一七九九—一八五六）：儒者。善漢詩、書法。嗜酒。

4 前田夏蔭（一七九三—一八六四）：國學者、歌人。晚年參與幕府所主導編撰《蝦夷志料》二〇九卷、附錄圖譜二十卷之史料收集計畫。

5 福田半香（一八〇四—六四）：南畫家。學六法於勾田台嶺，後師事渡邊崋山。善山水。

6 近衛予樂院（一六六七—一七三六）：名家熙，剃髮後號予樂院。關白太政大臣。精通和漢書體，自成一家。著有言行錄《槐記》等書。橘千蔭（一七三五—一八〇八）：同加藤千蔭。書法家、歌人、國學者。又號芳宜園。其書體號稱千蔭流，風靡一時。和歌與村田春海號稱江戶雙璧。著有《萬葉集略解》三十卷等。

7 與力：江戶時代輔佐諸奉行之官吏，同心（同僚）之上位者。

五百離開藤堂家後第五年嫁入了澀江氏。這是把從小就熟識的親友變成了丈夫。不過就五百而言，從來沒想到會有這門婚事，只有到了三月岡西氏德亡故之後，才產生了這種可能性。澀江家是常相往來的家庭，所以從德去世的三月到自己出嫁的十一月之間，五百曾去探望過抽齋。甚麼未婚男女的交際啦自由戀愛結婚之類的問題，當時的人連在夢中也不會夢到。兩個受過良好教育的人，男四十歲、女二十九歲，放棄了經閱多年的友人關係，而遽然進入了夫婦關係。這在當時，兩個頭腦清醒的人如此這般地成為伉儷，可以說絕無僅有。

我不由得想像，五百往訪鰥夫抽齋時的緊張而尷尬的情形。我是想起了保先生告訴我的一樁豐芥子的逸事，不覺莞爾。有一天，五百來看抽齋，兩人正在閒話家常時，豐芥子帶來了一個竹葉包；把包打開了，就請抽齋吃壽司，自己也吃，也要五百非吃不可。五百後來回憶說，從來沒碰到過那樣尷尬的窘況。

其三十五〔五百之經歷〕

五百在嫁抽齋之前，做了比良野文藏的養女。現任監察官的文藏之子貞固[1]生於文化九年，與五百之兄榮次郎同齡，所以五百變成了貞固的妹妹。然而，五百既然要接其姊威能之位，貞固還是決定稱五百為姊姊。貞固通稱與祖父相同，叫助太郎。

文藏既然要當義父，希望建立情同真正父女的關係，因此在五百于歸澀江氏約三個月前，就把五百叫到家裡來住；放在自己身邊，讓她做些填裝菸斗、煮茶、斟酒的工作。

助太郎是個喜歡耀武揚威的男人。頭髮編成線鬢[2]，愛穿帶有家紋的黑色絲綢服裝。擁有新娘藍原氏，名可奈。這一對新人的來由是：當可奈仍是藍原右衛門的女兒時，由於助太郎鑽穴隙相窺[3]，兩人分別被父母逐出家門，姑且在陋巷中同居。只不過兩個都是討人喜歡

1 比良野貞固（一八一二—七六）：津輕藩士。抽齋第二妻威能之弟。比良野氏六代文藏之子。歷任步卒頭（隊長）、留守居等職。

2 線鬢：原文糸鬢。江戶時代，尤其元祿年間，男子髮型之一。頭頂剃光，兩鬢梳成細長辮子。或稱撥鬢，流行於俳優、俠客、僕人之間。

的孩子，不久經過一番求情道歉，果然如願以償，助太郎終於公開把可奈娶進門了。

五百于歸抽齋時，準備極為周全。日野屋的資產雖因哥哥榮次郎的遊蕩而中落，但先父忠兵衛為五百往武家奉公所購置的首飾、衣服、妝奩、用具等；光把這些加在一起，就足以駭人聽聞。據說現在的世人奉公時也有治裝費，不過那是雇主之所賜。反之，當時的武家女傭主要是靠親人的支援。五年之後，當抽齋晉謁將軍時，五百就賣了部分首飾等物，得以救助了丈夫一時之急。又在前此一年，森枳園返回江戶時，五百以其中另一部分相贈，使枳園之妻得以保住了面子。枳園之妻後來只要想穿新裝，每每會來請求五百幫忙。五百曾說阿勝好像以為我藏有用之不盡的財寶似的，而為之感慨不已。

五百嫁來後，抽齋的家族有主人夫婦、長男恆善、長女純、次男優善，一共五人。但是不久純就出嫁了，成了馬場氏的媳婦。

從弘化二年到嘉永元年，即抽齋四十一歲到四十四歲之間，澀江氏一家值得一提的事情很少。五百所生的孩子有：弘化二年十一月二十六日生的三女棠、同三年十月十九日生的四男幻香、同四年十月八日生的四女陸。四男生時已死，幻香水子是其法謚。陸就是現在的杵屋勝久師傅。嘉永元年十二月二十八日，長男恆善，二十三歲，奉命每月定期輪班出勤。

在五百的娘家，先父忠兵衛歿後約三年間，榮次郎倒是勤謹慎行，專心於家務。但天保十三年三十一歲時，又開始出入吉原了。對方是從前的濱照，而且忠兵衛終於把濱照贖了出來，娶為妻室。到了弘化三年十一月二十二日，忠兵衛開始隱居，把日野屋的家督過繼給僅二歲的抽齋三女棠，自己則買了金座[4]官吏的名號，自稱廣瀨榮次郎。

娶了五百之姊安的長尾宗右衛門，在繼承了亡兄的家督之後，就終日手不釋杯，漆器行的帳務則任由掌櫃處理，從不關心。性情太過溫和的姊姊也不敢加以勸諫；五百每次來訪，看到這種情形就感到焦急，但也無可奈何。宗右衛門一看到五百，好像碰到了好聽眾，就開始評論《資治通鑑》的人物，喋喋不休，沒完沒了，不許五百回家。如果五百要強行離去，宗右衛門就會叫安所生的阿敬與阿銓兩個女兒，出來挽留阿姨。兩個女孩哭著挽留。這是因為怕阿姨走後家裡會顯得寂寞冷清，又怕父親會變得陰沈慍怒才哭的。就這樣，五百常常無法按時如意回家去。五百把這件事告訴了丈夫。抽齋是榮次郎的同窗，為了妻之姊夫宗右衛門的作為，感到憂心，所以專程到橫山町去勸說。宗右衛門大感懺悔，從此才對家營產業稍稍關心起來。

3 語出《孟子・滕文公下》：「不待父母之命，媒妁之言，鑽穴隙相窺，踰牆相從，父母國人皆賤之。」喻私通。

4 金座：江戶時代，幕府指定之金貨鑄造與鑑定之獨占鑄幣所。

其三十六〔枳園復職〕

枳園在大磯行醫，相當順利，生活也寬裕起來，所以常常來江戶訪問。每次來，都會在澀江家住上六、七天。枳園的行相絕不像潛回曾經夜奔之地的人。據保先生回憶五百的話說，枳園穿著特等綢緞的衣服，腰插蝦殼飾鞘短刀，提起下襬走路，閃露稍帶淺藍的白犢鼻褌。若是有人知道他是七代團十郎[1]的捧場者，聽說只要喊一聲成田屋，枳園就會停下腳步，扮起擺頭瞪眼的歌舞伎身段來。當時枳園已經是個四十歲的大男人。其實，愛穿特等綢緞一事，也算不上是甚麼大奢侈。保先生說，當時一段[2]的價格是二分一銖或二分二銖[3]，只要想穿，大概不至於穿不起。

枳園來住時，抽齋家有一個女傭名阿祿。阿祿是五百在藤堂家奉公時所使的小侍女；五百嫁給抽齋時就順便把她帶來了。枳園每次來寄宿，就會糾纏這個女孩。終於有一次枳園在追捉阿祿時，不小心碰翻了大燈籠，燈油漫污了房間的草席。五百為此還戲作了一首絕交詩送給枳園。當時喜歡調戲阿祿的，不止是只有枳園，豐芥子每次來時，也會打情罵俏，謔浪為歡。好在阿祿不久就由澀江家安排嫁出去了。

枳園見當時纔過二十歲的抽齋長男恆善，太過忠厚老實，好幾次想誘他到吉原去玩。可是恆善不理他。枳園向五百說明了他的用意，想以母親已有默許為由鼓動恆善。但五百知道丈夫認為吉原是罪惡的淵藪，所以拒絕讓恆善到那種地方去。五百為此還與枳園引起了好幾次論爭。

枳園之如此屢屢來訪江戶，並非只為了尋歡作樂。主要是想回故主家恢復舊職；何況又是個恃才務高之人，正在等候適當時機，盼能順利變成幕府直屬的醫官。其策源地就在澀江家。

遽然一看，枳園要回阿部家的古巢好像比較容易，要爭取幕府的新職似乎相當困難。實際上卻正好相反。枳園已以學術馳名於世。尤其精於本草之學，人莫不聞其名。阿部伊勢守正弘[4]不是不知枳園的才學，但對他輕佻的人格特質，心中頗不以為然。多紀一家，特別是茝庭，看法稍有不同，而與抽齋一樣，基本上贊成袒護其短處而善用其長才。

枳園企圖復歸舊職，盡力最大的要算伊澤榛軒、柏軒兄弟了。但抽齋也在私下見過福山

---

1 七代市川團十郎（一七九七—一八五九）：江戶歌舞伎名優（演員），號成田屋。導入能劇演法，改進歌舞伎，貢獻良多。集《歌舞伎十八番》演技之大成。

2 段：日文或作反，讀音同。日本布疋單位，長十公尺，寬三十四公分。足以縫製一套一般成人和服之用。

3 分是一兩之四分之一。銖，或作朱，是一分之四分之一。

4 阿部正弘（一八一九—五七）：福山藩阿部氏七代藩主。弘化二年為老中首座，幕府末年參與外交談判，與美、英、荷、俄等國締結和親條約。倡議創設講武場、長崎海軍傳習所、洋學所，致力於日本之近代化。功未半而逝。

藩公務官服部九十郎、財政官小此木伴七、大田、宇川等，又有好幾次請小島成齋等前往說情，然而卻仍無法撫平藩主的反感。於是，伊澤兄弟與抽齋只好求情於莅庭，設法讓枳園先到幕府出勤，然後藉之以說服阿部家。這一招果然奏效，終底於成。

在此期間之末年，即嘉永元年，枳園獲得密令，著即協助躋壽館校刻《千金方》[5]之大業。然後在五月間，阿部正弘終於准許枳園回歸本藩。

5《千金方》：《備急千金要方》之略。唐代主要醫學全書，孫思邈撰，三十卷。列舉敘述疾病內臟別分類、診斷法、養生、針灸等二三二門，並收方論五千三百條。

其三十七〔枳園復職、抽齋晉謁將軍〕

阿部家的復職夢如願以償，枳園決定把家人遷回江戶。抽齋就在御玉池的住家附近代為租了房子，付了押金與房租，購置了應急的用具，以備歡迎。枳園所從事的是必須探訪病患之家的職業，因此衣著用品倒還齊備，至於家人則除身上所穿之外，別無所有。五百看著枳園之妻勝的打扮樣子，覺得幾乎可說等於赤身露體。於是五百把髮飾、布襪、木屐等物，湊集起來，送了過去。不過在此時節，還是不免會有缺少的東西，五百就會從儲藏室裡找出些來，讓勝拿回去用。有一天，又送了六塊茶道用的白縐綢巾時，五百說了這樣的話：我五百是多麼親切地加以幫忙，而勝受人幫忙卻多麼恬然不以為意，由此可以想像個中消息。又無論枳園有再多的怪癖惡習，抽齋是多麼看重他的才學，由此也想像得出來。

枳園於嘉永元年十月十六日，奉躋壽館之召，職稱是醫書雕刻所助理。

當時躋壽館從事校刻的是宋槧本《備急千金要方》三十卷三十三冊。在此之前，多紀氏校刻了同是孫思邈的《千金翼方》三十卷十二冊[1]。底本是元成宗大德十一年梅溪書院刊本。隨後入手的就是宋版《千金要方》。這個刊本每卷都有金澤文庫[2]的押印，原本是北條顯時[3]的舊藏，後來由米澤城主上杉彈正大弼齊憲[4]獻給了幕府。細加檢閱，其中雖雜著南宋乾道淳熙中的補刻數葉，大體上保存了北宋的原來面目。多紀氏也有意加以私費刊刻。然而幕府聞知之後，下令改為官方刊行。於是聘了三個助手充當影寫校勘之任：伊勢正弘的家臣伊澤磐安、黑田豐前守直靜[5]的家臣堀川舟庵[6]，加以多紀樂真院[7]的門人森養竹。磐庵就是柏軒；舟庵是見於《經籍訪古志》跋裡的堀川濟。舟庵的主人黑田直靜是上總國久留利的城主，其上邸在下谷廣小路[8]。

這些任命是受若年寄[9]大岡主膳正忠固的指示，由館主多紀安良宣布。有幹事小島春庵[10]、幹事助理勝本理庵、熊谷辨庵列座。安良就是曉湖。

枳園是以多紀門人的身份應召，不知何故。大概當時回歸阿部藩的事只是一種默契，尚未向外公開出來。時枳園四十二歲。

是年八月二十九日，真志屋五郎作逝世，八十歲。抽齋就在此時襲了三世劇神仙之號。

嘉永二年三月七日，抽齋奉命登城。在躑躅廳恭聽老中牧野備前守忠雅[11]所傳的口頭諭旨：年來學業精進，便時將予以接見，云云。同月十五日晉見畢。取得了可在《武鑑》登載姓名的身份。

我所藏嘉永二年的《武鑑》裡，在〈目見醫師〉部分載有澀江道純之名，寓所欄從闕。三年的《武鑑》裡則刻有紺屋町一丁目。這是因為御玉池的居處太過狹窄，才把五百的娘家山內家當作澀江邸申報的。

1 孫思邈：唐朝名醫。通老莊百家之學，兼及佛典，人稱神仙。在《千金方》之後，又著有續篇《千金翼方》，偏重傷寒論。

2 金澤文庫：鎌倉時代，北條（金澤）實時在武藏國久良郡六浦莊金澤村（今橫濱市金澤區金澤町）所建文庫，又稱金澤學校，為當時日本重要學術中心之一。

3 北條顯時（一二四八—一三〇一）：又稱金澤顯時。鎌倉後期武將。繼父志，好讀書。所藏古書與抄本約二萬冊，今為縣立圖書館。

4 上杉齊憲（一八二〇—八九）：米澤藩十二代藩主，又稱彈正大弼。明治元年與官軍交戰，敗績，隱居。

5 黑田直靜（一八一〇—五四）：上總國久留里七代藩主。創藩校三近塾。封豐前守。久留里在今千葉縣君津郡上總町。

6 堀川舟庵：上總久留里藩士。名濟。醫學館講師。

7 多紀樂真院：即多紀茝庭。

8 廣小路：今台東區上野一至二丁目。黑田家之上邸在一丁目。

9 若年寄：江戶幕府官銜職稱。位在老中之下，掌旗本、家臣之事務。無確切對等漢詞，姑且沿用原文漢字詞。按：老中為江戶幕府官名，直屬將軍，總理政務之最高位者。

10 小島春庵（一七九七—一八四八）：幕府醫官。名尚賢，號寶素。官至醫學館執事、奧醫師、法眼。

11 牧野忠雅（一七九九—一八五八）：越後國長岡藩主。幕臣，歷任寺社奉行、京都所司代而至老中。幕府末年，與阿部正弘同為幕使，與英美等國締結和親條約，開放下田、箱館二港。安政五年罹霍亂，死於江戶藩邸。

其三十八〔晉謁儀式〕

抽齋之晉謁將軍德川嘉慶，世人多認為是一大異數。素來在躋壽館執教的醫師當中，當時已有如建部內匠頭政醇[1]的家臣而為奧醫師的辻元崧庵，蒙受召見之榮的先例。不過對於像早於抽齋行了目見之禮的伊澤榛軒，就有人表示，那是因為藩主阿部正弘是幕府老中，提前加以推薦而促成的看法。與抽齋同日目見的人，還有五年前一起出任講師的町醫坂上玄丈[2]。但由於抽齋比玄丈廣為人知而得此殊遇，人們在讚美之餘，都拿他與三年前目見的松浦壹崎守慮[3]的家臣朝川善庵並稱。善庵於抽齋晉謁前一個月的嘉永二年二月七日去世，六十九歲。生前與抽齋時有往來，而且是澀江家每年開診儀式必到的老人黨之一。善庵，名鼎，字五鼎，親父其實是江戶儒學家片山兼山。兼山歿後，妻原氏再嫁江戶町醫朝川默翁[4]。善庵之姊壽美與兄道昌是拖油瓶，善庵則還在母親胎內。默翁到了又老又病時，藉由已出嫁福山氏的壽美，轉告善庵他的真實身世，並勸他恢復本姓。不過善庵感戴默翁撫育之恩，始終不肯聽從。默翁也就不再強其所難。善庵讓其次男，名格，繼承了片山氏，可惜早逝。長男正準已離家而冒相田氏，善庵之後乃由次女婿橫山氏震繼之。

弘前藩並不大鼓勵藩士出仕幕府。抽齋晉謁將軍時，藩中同僚來賀者一人也無。然而當時世間一般人卻對於晉謁一事，即所謂目見，極為敬重。如伊澤榛軒比抽齋較早晉謁時，阿部家的反應就使榛軒自己大吃一驚。榛軒於目見之日自本鄉丸山中邸登城。目見之後歸來，照常進入通用門時，門衛卻忽然在門側行平伏禮。榛軒以為在迎接甚麼要人，但環顧四周，不見任何其他人影，這才知道是在對自己行禮。接著如常走進中門時，只見在玄關左右也平伏著值班的武士。榛軒又吃了一驚。不久阿部家就把榛軒升到等同監察官的職階。

因為世人有如此重視目見的習慣，所以獲此殊榮的人不得不多籌些費用。津輕家以一年內還清為條件，借給了黃金三兩。抽齋感激主人的好意，至於如何使用這些金子，卻頗茫然。

按照慣例，目見之後要大開盛宴。賓客的數目也有先例可援。但抽齋的住處沒有可以宴請許多客人的大房間，必須另築新屋。五百之兄忠兵衛來出主意，以三十兩的預算開始動工。抽齋自知疏於金錢米穀之事，所以只好聽從商人忠兵衛之言，一概任其經營。但忠兵衛

1　建部政醇（一七九五—一八七五）：播磨林田藩第八代藩主。前代藩主政賢之子。好學，從清水濱臣學國學，善和歌。致力於藩校教育。在林田藩二百五十年歷史中，政績最好。
2　坂上玄丈（？—一八五四）：天保五年與抽齋同時舉醫學館講師，講授素問、傷寒論等。
3　松浦鷹（一八一二—五八）：肥前平戶藩第十一大代藩主。推動軍政、財政、農政、土地等多方改革。為人溫厚，頗受愛戴。
4　朝川默翁（一七五四—一八四九）：醫學家。本姓平井氏，世世事廣島藩淺野家。讓家督於弟，移江戶為醫。

是大少爺出身，慣於一擲千金，不知如何節撙儉用，以致施工未半而所費已達百數十兩。

平生不關心金錢的抽齋也為之頗感困惑，在鉅聲槌響中，臉色越來越蒼白。五百從頭起就擔心著哥哥的調度情形，這時對丈夫說：

「我這麼說，好像越分多嘴。可是在一生只有幾次可賀的喜事當中，實在不忍默默看著您為些金錢小事而如此煩心。關於費用的事就讓我來想辦法吧。」

抽齋睜大了眼睛。「雖然這麼說，要籌措幾百兩金子可不是那麼容易。妳是有甚麼把握才那樣講的吧？」

五百嫣然一笑。「是啊。我再痴呆，也不會說沒把握的話。」

其三十九〔五百之金子籌法、比良野貞固〕

五百叫女傭帶著一封信去一家鄰近的當舖。就是繼承了市野迷庵之後的那一家。正如松崎慊堂所寫而至今尚未刊刻的文章裡說，迷庵歿於柳原店中[1]。嗣其後者為松太郎光壽，也繼承了三右衛門的名號。迷庵之弟光中在外神田另開了一家。爾後就有內神田的市野屋與外神田[2]的市野屋，對立並存；彼家則世世稱三右衛門，此家則代代號市三郎。五百送信去的市野屋，當時在弁慶橋，早已變成了光壽之子光德的世代。光壽在迷庵歿後僅五年，於天保三年，就讓光德繼承了家業。光德小字德治郎，繼嗣後改稱三右衛門。這時外神田的店主還是迷庵的姪子光長。

1　松崎慊堂（一七七一－一八四四）：儒家。名密或復。出身農家，初出家為僧，後出奔，入昌平黌。出仕掛川藩。致仕後開石經山房。與狩野棭齋、抽齋等交往甚繁。文政十年開設說文會。著有《慊堂日記》、《海錄碎事》等。有全集二十八卷。所作〈迷庵市野先生碣銘〉一文收於《事實文編》卷五十五。中云：「丙戌歲（一八二六）吾友迷庵先生市野君終於神田柳原肆宅。」

2　內神田：神田川右岸，今從萬世橋至大手町一帶。外神田在神田川左岸，萬世橋至湯島、上野一帶。

過不多久，光德店裡的伙計就來了。五百從衣櫥箱子裡拿出了二百數十件的衣類寢具，表示願以質押貸款。伙計說可依平均一件一兩計價。經五百討價還價的結果，終於借到了整數三百兩。

三百兩是足以支付建築費而有餘的，然而隨著目見而來的酒宴饋贈等的花費實在太大，五百只好委託豐芥子代為賣掉一些貴重的首飾之類，以補其不足。五百的做法似在行其所當行，抽齋自知根本無法插嘴，也樂得置身事外。但心中是不勝感恩戴德的。

抽齋目見之年閏四月十五日，長男恆善二十四歲，開始出仕供職。八月二十八日，五女癸巳生。當時家族有主人四十五歲、妻五百三十四歲、長男恆善二十四歲、次男優善十五歲、四女陸三歲、五女癸巳一歲，總共六人。長女純已嫁馬場氏，三女棠繼承山內氏。次女與志、三男八三郎、四男幻香三人夭折。

嘉永三年，自三月十一日起，抽齋開始從幕府接受十五人扶持。藩祿依舊。八月晦日，嫁給馬場氏的純二十歲去世。此年抽齋是四十六歲。

同年四月二十二日，五百的義父比良野文藏歿。其次子貞固由監察官晉升留守居。按津輕家當時的職制，等於進入了所謂獨禮班[3]。獨禮指在儀式時，可以單獨晉謁藩主。其次是二人組、三人組等。馬衛隊以下則團體敬禮。

當時駐在江戶的列藩留守居，宛然是一個外交使節團，形成了頗具特色的生活圈子[4]。像貞固那樣的，可以說是體現了其光明面的人物。

頭梳線鬢而愛黑色家紋絲綢裝束的貞固，本來不是喜歡讀書的人。但尊重書卷而欲提要鈎玄於其間，在留守居官僚之中亦屬稀有人物。貞固於就任留守居之日，一回到家就致書請抽齋來，正容鄭重道：「今天繼承先父之後，奉命出任留守居之職。自覺要就任此一新職務，非有異於過去的新作風不可。坦白說，所以這才敢勞大駕，盼能面聆教言。記得好像有古人說，使於四方不辱君命[5]。可不可以講解一下諸如此類的古語？」

「首先要說一聲恭喜。至於講解經書，想法甚好。當然恭敬不如從命。」抽齋欣然答應了。

3　獨禮班：包括家老、城代、用人（執事）、側用人、大目附（監察官）、物頭（組頭）、留守居等。
4　諸藩留守居為應付幕府政策，共同結成留守居組合以討論對策；其開會場所以餐廳、茶屋或遊廓為主。紙醉金迷，浪費公帑，頗受爭議。
5　語出《論語・子路》：「行己有恥，使於四方，不辱君命，可謂士矣。」

其四十〔比良野貞固〕

抽齋請貞固取出了現有的道春[1]標點本《論語》，翻開卷三，從「子貢曰：何如斯可謂之士矣」講起。根本不理朱注，皆依古義[2]而縱橫成說。抽齋對恩師迷庵校刻的六朝本[3]，於每頁每行之文字及其配置，不管何時，都能憑空回想出來。

貞固洗耳恭聽。當抽齋說到「子曰：噫，斗筲之人何足算也」[4]時，貞固的眼睛為之一亮。

講畢之後，貞固暫時瞑目沈思。然後徐徐站起，走到佛龕前面，膜拜祖先牌位，而且用清楚的聲音說：「我發誓從今日起，拚我一命，盡我職責。」貞固的眼裡充滿著淚水。

抽齋當天從比良野家回到家後，告訴五百說：「比良野的的確確是一位優秀的武士。」五百後來還記得，那時抽齋的聲音還有點激動。

貞固就任留守居後，每晨與日出同起。然後先去巡視馬廄，裡面拴著愛馬濱風。有朋友問為甚麼如此關心馬，貞固的回答是馬可以與人共生死。從馬廄回來盥洗後，坐在佛壇前敲木魚誦經。這時候，告誡家人不得有任何傳話；有客人來了，也請就地稍候。誦經畢，結髮後，始進早餐。每餐必定有酒，早餐亦不能省。菜餚雖不挑剔，卻特愛野田平的魚糕，每餐必備。這是奢侈品，一板需要二分二銖。當時鰻魚丼二百文、天婦羅三十三文、泡飯只要十六文。

早餐吃完時，藩邸巳刻的大鼓就會擊響。就是有名的津輕上邸的望樓大鼓。有街談巷議說，江戶町奉行曾下過令不准擊鼓，但津輕家不服，乾脆把上邸遷到隅田川之東。津輕家遷其上邸至神田小川町，是在元祿元年，信政的時代。貞固一聽到大鼓聲，就會上津輕家留守居官署處理公務。然後登上江戶城與諸藩留守居會合。身邊帶著私自雇用的持履童僕之外，另有主家派遣的隨從一人。

留守居有所謂集會日。當日必須從城內前往會場，設在八百善、平清、川長、青柳等餐廳。有時也會在吉原聚會。集會有繁瑣的集會禮節。稱之為禮節未免溢美。譬如筵席的勸酒做法，就像西洋的學生兄弟會。然而能在集會列席的，卻不得不拼命花費應酬。尤其必須嚴守的是新進資深的次序，資深者絕不會為新進而起座：新進必須向資深者行禮致敬。

1 林羅山（一五八三—一六五七）：幕府儒官林家之祖。名信勝，通稱道春。學於藤原醒窩，奉朱子而排陽明，建立朱子學為幕府官學。著有《群書治要》、《羅山先生集》一〇五卷等。
2 朱注：指朱熹《四書集注》等書。所謂古義，指反對所謂朱子學而重漢唐注疏之學，泛稱古學，主要流派有伊藤仁齋的古義學派、荻生徂來的古文辭學派。
3 六朝本：特指六朝魏人何晏《論語集解》正平本與大永本之復刻本。
4 語出《論語．子路》。斗筲之人謂氣量狹小、才疏學淺者。

津輕家的留守居年俸是三百石，另付每月交際費十八兩。比良野原有世祿一百石，所以加補俸祿二百石以足三百之數。根據五百的筆錄，三百石加十人薪俸的澀江，每月平均所得是五兩一分；二百石加八人薪俸的矢島，每月平均是三兩三分。矢島是後來抽齋的二男優善去當養子的家姓。由此觀之，貞固每月收入五兩一分加十八兩，共計應有二十三兩一分。然而貞固每月交際費至少要一百兩。這還是平時的費用。吉原一旦發生火災[5]，貞固在情義上不得不送一百兩給妓樓佐野槌。此外對寵妓阿黛的求索無厭，有時也不得不應付一下。有一年歲暮，貞固私下對五百說：「姊姊，請多多見諒。都要過年了，可是說真的，我連買一件新兜襠布的錢也沒有。」

5　吉原火災頻繁。從延寶四年（一六七七）後，平均每八、九年發生火災一次。

其四十一〔平井東堂〕

有一個與貞固同是津輕家藩士，稍後從柳島下邸[1]來的監察轉任留守居的人。平井氏，名俊章，字伯民，小字清太郎，通稱修理，號東堂[2]。文化十一年生，比貞固小兩歲。平井家世祿二百石加八人扶持，任留守居之職後，補祿一百石。

貞固是個相貌堂堂的偉丈夫，東堂也風采出眾而溫恭直諒。所以聽說世人合稱兩人為津輕家的留守居雙璧。

當時留守居官廳裡，在此二人之下有留守居助理杉浦多吉、留守居書記藤田德太郎等人。杉浦後來改稱喜左衛門，是個諳練事務的六十多歲老人。藤田當時還年輕，維新後改名潛。

有一天，東堂在官廳想發一件公文，吩咐藤田屬稿。藤田呈上草案。

「喂喂，藤田，這是多麼笨拙的文章。而且這種書法，怎麼拿得出去！再寫一遍看看。」

1　柳島下邸：前藩主津輕信順隱退後所居之處。
2　平井東堂（一八一四—七二）：津輕藩士。書法名家，名俊章，號東堂。官至留守居。門生數百，顯貴諸侯亦師事之。

東堂的臉色顯得很不高興。

原來平井氏是善書門第。祖父峨齋[3]嘗學書於高頤齋，其法書曾風行一時。峨齋，通稱仙右衛門。其子仙藏，後襲其父之通稱。此仙藏之子就是東堂。

東堂為澤田東里之門人，亦有書名，且具詩文之才。反之，藤田於文於書，均無專業之素養。雖然改稿再呈，當然也無法令東堂滿意。

「真是拙劣，簡直不堪一讀。只能寫出這樣的東西嗎？要是這樣，只能說根本辦不了甚麼公事。」東堂說罷，把文稿還給藤田。

藤田全身股慄。一己的恥辱、家族的悲嘆，頓時浮現在這個垂著頭的年輕人的想像裡，眼裡不由得湧出淚來。

此時貞固正好到官廳來。問了東堂，才知道事情的原委。

貞固讀了藤田手中的文稿。「哦，也不是完全不通，可平井是不會滿意的。足下真夠笨。」說罷，貞固拿起筆來，把原稿幾乎同樣地抄在捲紙上，然後遞給了東堂。「怎樣，這樣夠不夠好？」

東堂一點也不敬服。但對老同事的文稿也不好意思加以批評，只好以緩和的口氣說：「不，很好。如此相煩，實在過意不去。」

貞固把文稿從東堂手裡拿過來，交給了藤田。「好啦，把這個謄清吧。以後文案的處理就要如此。」

藤田說了一聲「是」，就接過文稿退下了。心中對貞固感激莫名，彷彿再造之恩。比較起來，好像東堂是外柔內剛而貞固是內寬外猛的人。

我在前面提到，貞固為了官場的體面而手頭拮据，窮到非得穿舊兜襠布迎接新年的故事。如此窮困的情形，雖是東堂似乎也不能免。在此有中井敬所[4]告訴大槻如電先生的一件事，足以證實東堂的窮境。

這是我日前在查尋池田京水的墓地與年齡時，託大槻文彥幫忙打聽；文彥之兄如電抄了一段自己過去的手記送給文彥，文彥轉送給了我。我在打聽池田氏的事，如電卻以平井氏之事答我，何以故？那是有理由的。平井東堂的典物當死了，買那典物的就是池田京水之子瑞長。

3 平井峨齋（?—一八一三）：津輕藩士，書法家。名維章。東堂祖父。從高頤齋學戴曼公書法。高頤齋（一六九〇—一七六九）：書畫家。江戶人。先祖為明福建人。從父高天漪（幕府儒官）學戴曼公書法，又善明王履吉書風。

4 中井敬所（一八三一—一九〇九）：篆刻家。本姓森江，名兼之。為中井由路養子，出仕幕府為雕飾師。成立篆刻會。著有《印譜考略》、《皇朝印典》等書。

其四十二〔平井東堂〕

東堂所當的是銅佛一尊與六方印一顆。銅佛是印度鑄造的藥師如來，是戴曼公的遺物。六方印是六面有雕刻的遊印[1]。

死當之時，池田瑞長買了這尊佛像。後來東堂有錢了，與瑞長交涉，盼以加倍的價錢買回。瑞長不應。那是因為平井氏與池田氏都愛惜戴曼公遺物的關係。

戴曼公學書法於高天漪[2]。天漪，名玄岱，初名立泰，字子新，一字斗膽，通稱深見新左衛門。是歸化明人的後裔。祖父高壽覺來長崎而終其一生。父大誦為譯官，稱深見氏。深見喻渤海。高氏來自渤海，故自稱深見[3]。天漪以書鳴，如淺草寺的「施無畏」匾額[4]，盡人皆知。享保七年八月八日歿，七十四歲。大概在十多歲時從曼公學書。天漪之子是頤齋。頤齋弟子是峨齋。峨齋之孫是東堂。平井氏之戀戀於曼公師所遺如來佛像，原因就在於此。

戴曼公曾授痘科於池田嵩山。嵩山之曾孫錦橋、錦橋之姪京水、京水之子就是瑞長。池田氏之偶獲曼公遺物，珍愛之而不捨，原因就在於此。

此尊藥師如來到了明治時代，聽說成為守田寶丹[5]的寶藏。又六方印則歸中井敬所之所有。

貞固與東堂都身兼留守居與頭目之職。明白地說，頭目指初級步卒隊長，是藩屬兵卒的首領。留守居與頭目都有獨禮的資格。平時在中邸或下邸附近發生火災時，就必須穿消防裝、騎馬、率步卒數十人，前往臨檢。貞固在返回途上，幾乎每次都會順便拜訪澀江家。聽說總是一副威風凜凜的狀貌。

當時諸藩的留守居中，貞固與東堂都算是屈指可數的崢嶸人物。帆足萬里[6]曾為文詆毀留守居，說他們糜費公帑、中飽私囊。居此職位者，或許的確有人因而蓄集不少不義之財。然而保先生說，小時候每讀帆足的那篇文章，就覺得忿忿不平。那是因為他實在敬愛著貞固的為人。

嘉永四年的二月四日，抽齋三女而過繼給山內氏的棠子，死於痘瘡，七歲。接著同月十

1 遊印：似為日文漢語詞。印石做六面柱形，每面刻以詩文或畫。鎌倉時代至江戶時代之文人書畫上常見之。
2 高天漪（一六四八—一七二二）：日本姓名深見玄岱。儒者、書畫家。祖父壽覺，明福建人。戴曼公（獨立性易）弟子。長於醫術，初以醫術仕薩摩藩，後為幕府儒官。著有《斗膽集》、《獨立禪師範》、《家世舊聞》等。
3 深見：渤海為中國東北部之國名（六九八—九二六），原意謂深水湧出之海。深見與深海訓讀同音（ふかみ），高氏原出渤海，故以深見為其日本姓氏。
4 施無畏：此匾懸於淺草寺本堂正面。施無畏者，謂佛菩薩能施眾生以無畏之教也，故或以稱觀世音菩薩。施無畏三字為高天漪遺墨集字。
5 守田寶丹（一八四一—一九一二）：江戶下谷藥商。安政五年霍亂流行，曾獲某人處方箋調製藥丸，取名寶丹，相傳頗為靈效。維新後任東京府會議員、市會議員。
6 帆足萬里（一七七八—一八五二）：儒者，尤重理學。又通西洋自然科學。有《帆足萬里全集》二卷。

五日，五女癸巳也染痘而死，三歲。均屬重症，是以曼公遺法亦不能奏其功。三月二十八日，長子恆善二十六歲，出任隱居柳島的信順近侍醫師。六月十二日，次男優善，十七歲，成為二百石八人薪俸的矢島玄碩[7]的晚年養子。是年，澀江氏移居本所台所町，神田的家變成了別邸。時抽齋四十七歲、五百三十六歲。

優善打破了澀江一族的成例，從小就開始抽起菸來。又喜歡涉足紙醉金迷之地，動輒易於嚮往市井色情場所、愛好追逐時尚風流；令人早就對他的前途不免感到憂心。

澀江氏移居的本所台所町宅邸就在現在的小泉町。在當時的局部詳圖上載有其宅邸的地點。

7 矢島玄碩（一七九六－一八五一）：津輕藩醫。臨終時收抽齋二男為養子。

其四十三〔伊澤榛軒之死〕

到嘉永五年的四月二十九日，抽齋長子恆善二十七歲，娶了外城火災消防員受俸六十俵的田口儀三郎的養女，名糸。五月十八日，恆善獲得職務加給三人扶持。時抽齋四十八歲、五百三十七歲。

此年十一月十七日，伊澤氏的榛軒去世，四十九歲。榛軒比抽齋大一歲，兩人的交往相當親密。榛軒以楷書雜片假名所寫的一封尺牘，收信人姓名就寫「抽齋賢弟」。不過抽齋對榛軒的交情，好像還不如對小島成齋的傾心景慕。

榛軒住在阿部家本鄉丸山的中邸。是父親蘭軒時代以來的宅院，格局頗為宏偉。庭院栽種吉野櫻八株，每到花季，就招待親戚知友來賞花。那天榛軒之妻志保與女兒柏就會使用許多女傭，準備醬烤豆腐串，以便招待客人，提前舉行園遊會。歲初開診典禮也都比別家講究。志保的母親原是京都諏訪神社神官飯田氏的女兒，在典藥頭[1]某的家奉公時，與其嗣子

1　典藥頭：典藥寮長官。或指宮中或幕府之醫官。

私下生了志保。志保落魄潦倒，來到江戶，變成了木挽町[2]的藝妓。不過積蓄了些許財產之後，就罷其業而遷到新堀去住了。榛軒就在這時娶了她。志保從母親承接了一個藥盒，說是從未見面的父親的贈品。榛軒與志保所生的女兒柏，一度曾招池田京水之二男全安為夫，但由於全安無意於一般內科的研究，而只偏重痘科與小兒科。聽說榛軒不滿意，就把全安送還京水了。

榛軒不修邊幅。每次來訪澀江家，總是手舞足蹈地進入玄關，走到起居間外面，才會叫出聲來。有時會隨身帶來外賣的鰻魚，要求吃粥。而且習慣上會對抽齋說：「請別管我。我還是跟令夫人比較談得來。」就退入書房，要五百與他一起邊談邊吃。

榛軒歿後一個月，十二月十六日，其弟柏軒就任躋壽館講師。時在森枳園等奉命校刻《千金方》後四年。柏軒四十三歲。

是年，五百的姊夫長尾宗右衛門企圖事業革新，決定把橫山町的家全部充當漆器行，另外在本町二丁目購置了住宅。為了此一計畫，抽齋把自家二樓的四個房間騰出來，讓宗右衛門夫婦、敬、銓二女兒、女傭一人、學徒一人居住。

嘉永六年正月十九日，抽齋的六女水木出生。現在家族有主人夫婦、恆善夫婦、陸、水木六人。優善已成矢島家的主人。抽齋四十九歲，五百是三十八歲。

此年二月二十六日，堀川舟庵轉任躋壽館講師。於是原來從事《千金方》校刻的三人中，只剩了森枳園一人。

安政元年是稍微多事之年。二月十四日五男專六出生，就是那位後來改名為脩的人。三月十日長子恆善病逝。抽齋憐憫媳婦糸娘家的清寒，致送一百兩金子給親家公田口儀三郎後，還安排讓糸再嫁有馬宗智為妻。十二月二十六日，抽齋以躋壽館講師身份，增受年薪五人扶持，等於現在的職務加給。二十九日又奉命協助躋壽館醫書的雕刻事宜。此次校刻之書是圓融天皇天元五年丹波康賴[3]所撰的《醫心方》[4]。

保先生所藏的抽齋手記裡，有一段談到《醫心方》的出現。把這本自古鄭重秘藏下來的書，忽然出現在眼前的情狀，在這首詩裡表達得淋漓盡致：「秘玉突然開櫝出，瑩光明澈點瑕無。金龍山[5]畔波濤起，龍口出採是此珠。」這是抽齋亡妻之兄岡西玄庭所詠當時喜悅之情。其所以說龍口[6]，大概是因為《醫心方》是由若年寄遠藤但馬守胤統之手交給躋壽館。遠藤的上邸在辰口北角。

---

2 木挽町：今中央區東銀座，有名之戲劇曲藝遊樂地區。

3 丹波康賴（九一二—九九五）：平安中期醫家，傳為漢靈帝後裔。應神天皇時，避靈帝五世孫阿智王之亂，歸化日本，定居丹波。康賴擅於醫術，敕賜丹波宿禰之姓。又為醫博士，號左衛門佐兼丹波介。《康賴本草》為後世假託之書，成立於十四世紀，《續群書類叢》收。

4 《醫心方》：現存日本最古醫書，丹波康賴著。三十卷。以中國古醫書如《外台秘要》、《病源候論》、《千金要方》等為基礎，參考引用隋唐醫書約八十種，加以分類、安排而成書。永觀二年（九八四）撰呈，萬延二年醫學館刊。

5 金龍山：指金龍山淺草寺畔之隅田川。

6 龍口：遠藤胤統之上邸在辰口，辰在十二生肖中屬龍，故稱龍口。辰口在江戶城內堀水道三堀出口處、和田倉門外。

其四十四〔醫心方之出現〕

日本的古代醫書而收在《續群書類從》者，有和氣廣世的《藥經太素》[1]、丹波康賴的《康賴本草》、釋蓮基的《長生療養方》[2]；其他有多紀家校刻的深根輔仁《本草和名》[3]、丹波雅忠的《醫略抄》[4]、寶永中印行的具平親王《弘決外典抄》[5]。僅此數種而已。具平親王之書本屬字書之類，似乎不宜算在其內，但含有許多醫事相關的記載，因此也加以列舉出來。至如出雲廣貞等所呈上的《大同類聚方》[6]等，則已散佚而失傳於世。

職是之故，當此成於天元五年、獻於永觀二年的《醫心方》，幾乎在九百年之後重現於世時，學者會熱血沸騰，也就不足為奇了。

《醫心方》是宮闕秘藏本。正親町天皇[7]取出宮來，賜予點藥頭半井通仙院瑞策[8]，以後世世為半井氏家寶。德川幕府於寬政初年，使人謄寫仁和寺文庫本[9]而藏之於躋壽館。不過此本脫簡極多。幕府為了要取得半井氏藏本，好像屢屢下令傳話。然而當時半井大和守成美不肯獻出，其子修理大夫清雅亦不肯，終於到了清雅之子出雲守廣明的世代。

半井氏起初以何理由推辭拒命，詳情如何不得而知。不過後來說，已在天明八年毀於京都的火災。天明八年的那次火災，正月晦日起於洛東團栗辻，延燒開去，全城化為灰燼。幕府不之信，仍然誅求不已，且說類似者亦可，不必真本。幕府似乎知其內實，才採取如此強制的手段。

半井廣明不得已，只得上繳了《醫心方》，同時稟明說：封面標題雖同，唯此書抄寫者

1 和氣廣世：奈良末期名醫，官至典藥頭兼大學頭。醫官和氣家之祖。所著《藥經太素》，列述藥種、名稱、效果與用法。今所傳者成立於江戶前期，《續群書類叢》雜部第四十一收。

2 釋蓮基：平安末期高僧，通醫學，著有醫書《長生療養方》二卷，談衛生、養生法等。

3 深根輔仁：平安中期醫家。百濟人後裔，本名蜂田藥師，代代以醫仕朝廷。官侍醫、權醫博士。撰有《掌中藥方》一卷、《本草和名》二卷、《養生抄》七卷、《養生秘要抄》一卷等。按《本草和名》，列舉本草內藥、諸家食經、本草外藥一〇二五種，附記和名。寬政八年多紀桂山校刊。

4 丹波雅忠（一〇二一—一〇八八）：平安中期醫家。康賴曾孫，歷任侍醫、右衛門佐、掃部頭、丹波守、典藥頭等職。有日本扁鵲之名。《醫略抄》為《醫心方》之抄錄。

5 具平親王（九六四—一〇〇九）：村上天皇第六皇子。通稱中書王、六條宮。資性英敏，有文才，通諸藝。著有《六帖》、《真字伊勢物語》、《弘決外典抄》等。按《弘決外典抄》四卷，有正曆二年（九九一）自序。對天台宗《摩訶止觀》所引外典（儒家、老子、莊子）之出典考證與注釋。

6 出雲廣貞（？—八七〇）：平安初期醫家。侍醫。大同三年（八〇八）奉命與安倍真直撰進《大同類聚方》一百卷（已佚）。後為內藥正，賜姓宿禰。

7 正親町天皇：第一〇六代天皇，在位一五五七—一五八六。

8 半井瑞策（一五〇一—一七七）：安土桃山時代醫家。初名光成，通稱驢庵。代代業醫。留學明朝，歸國後賜號通仙院。典藥頭。其後裔成美、清雅、廣明皆為幕府醫官。

9 仁和寺：在京都市右京區御室。其文庫所藏《醫心方》，僅存一、五、七、九、十共五卷。

眾多，脫漏筆誤不少，疑為贗物，恐無多大用處。茲謹遵囑奉上，以供內部閱覽，云云。書是由廣明之手交到六鄉筑前守正殷[10]的手上；正殷持之往老中阿部伊勢守正弘的官邸。正弘派公務官渡邊三太平呈獻了幕府。那是十月十三日的事。

旋至十月十五日，《醫心方》由若年寄遠藤但馬守胤統交付躋壽館。如果斷定此書有其用處，大概就會奉命摹寫雕版。若是奉命雕版印行，所需費用可著由金藏[11]出資。於是上面有交代：對本書須審慎處理，而且刻本出售所得必須返回金藏，並須查究歲收賦稅情形。

半井廣明呈獻的本子，有三十卷三十一冊。卷二十五有上下。細加考較，果然不負眾望，的確是善本。本來《醫心方》是以單元方《病源候論》[12]為經，以隋唐百餘家方術之書為緯而作成；其所引用，在中國佚失者不少。躋壽館人人之驚喜，自在情理之中。

幕府聽從館員的建議，隨即下令校刻。同時任命總裁二人、校正十三人、監理四人、寫字生十六人。總裁是多紀樂真院法印、多紀安良法眼。樂真院就是茝庭，安良就是曉湖，都是俸祿二百俵的奧醫師。一個是法印，一個是法眼[13]，當時矢倉的分家就在向柳原的宗家右側[14]。校正十三人之中，包括伊澤柏軒、森枳園、堀川舟庵與抽齋。

躋壽館制定了《醫心方》的影鈔程式。寫字生每日辰刻登館，一人一日影模三頁。模完三頁即可隨時退出。不能模完三頁者，模完二頁亦可離開。模完六頁者，翌日准予休息。影鈔始於十一月朔日，止於二十日。一日僅能模二頁者，則可延至晦日。在此期間停止三八休課[15]。這就是程式的大要。

10 六鄉正殷（一八二八—六一）：出羽本莊藩第十代藩主。封伊賀守、佐渡守。世襲江戸城膳食之職。

11 金藏：江戸幕府掌貨幣收藏及出納之機關。

12 病源候論：應作《諸病源候論》，單元方、吳景賢等著。記述病源、症候、診察等之醫學名著。隋大業六年（六一〇）成書。平安時代傳入日本。

13 法印、法眼：原指佛教界最高與次高之官僧職稱。在此則指幕府醫官之最高位與次高位。

14 矢倉分家：指茝庭。矢倉在今中央區東日本橋一、二丁目，兩國橋西南邊。幕府醫學館及多紀氏宗家私邸在向柳原一丁目，今淺草橋四、五丁目一帶。右側，謂在上方或上位也。

15 三八休課：指每月三日與八日之休假。

其四十五〔醫心方之校刻、學問生活與時務之召喚〕

在校刻半井本《醫心方》的過程中，當然會參考抄自仁和寺本的躋壽館舊藏本。這是不須多問的。然而另外又有一善本，是出自京都加茂醫師岡本由顯家的《醫心方》卷二十二。正親町天皇之時，有一個從五位上姓岡本名保晃的人。保晃向半井瑞策借了一卷《醫心方》去抄寫，但不知何故，未及把原本還給半井氏而歿。保晃就是由顯的曾祖父。由顯有他的說法：《醫心方》乃是德川家光[1]授與半井瑞策之書。保晃在江戶師事過瑞策。瑞策的女兒產後大病，瀕臨死亡。保晃投藥，救其一命。瑞策為了報答救女之恩，才贈送了《醫心方》中的一卷，云云。

授《醫心方》與瑞策者應該不是家光。瑞策是住在京都的人，應該沒到過江戶。即使瑞策為了報恩，總不至於從皇室所賜《醫心方》三十卷中，抽出一卷當禮物來送吧。此等事項都已有人討論過。

既而岡本氏一家衰落，託畑成文求善價而沽之。成文勸錦小路中務權少輔賴易[2]買下原本，把副本留在自己家裡。錦小路是京都丹波氏的後裔。

岡本氏的《醫心方》一卷，就如此流傳下來，而在校刻時提供了對照之用。

是年正月二十五日，森枳園應聘躋壽館講師，於二月二日登館。《醫心方》之開始校刻，在枳園擔任教職十個月之後。

此年抽齋的家族是主人五十歲、五百三十九歲、陸八歲、水木二歲、專六剛生一歲，一共五人。過繼給矢島氏的優善二十歲。二年前來寄居的長尾氏家族，已移到本町二丁目的新宅去了。

來到了安政二年。在抽齋家的家史上必須先記下一樁徒然的喜慶。那是三月十九日，六男翠暫的出生。他是到了十一歲就夭折的孩子。此年是人盡皆知的地震之年[3]，然而當時震撼抽齋的不止是地震而已。

所謂學問，必須體之於身，措之於事，始有其用，否則即是死學問。這是世間普通的見識。然而鑽研學藝而求其造詣之深者，往往不欲直接體之於身。往往無意逕行措之於事。當其矻矻而歷經歲月期間，心中姑且置有用與無用之念於度外。如此這般，學術研究才有可能贏得豐碩的業績。

---

1 德川家光（一六〇四—五一）：德川幕府第三代將軍。據考證，家光應作秀忠（一五七九—一六三二），第二代將軍，號台德院殿。

2 錦小路賴易：公卿、醫師。錦小路氏為平安中期丹波康賴之後裔，至江戶時代寶永四年森賴庸復興，始稱錦小路。

3 安政二年十月二日江戶發生地震，史稱安政大地震。

如此不問有用無用的期間，不止是經年累月。說不定要終其一生。或說不定要連續數代。而且在這期間，學問與時務是截然分之為二的。若時務的需求逐漸增強而逼近學者之身，學者也許會拋棄學問生活而起，投筆而面對時務。但其負面的影響卻是學問的損失，因為不得不從此中止研究工作。

我看到在安政二年，抽齋開始置喙於時事問題，才引起了這樣的看法。

其四十六〔抽齋藩政進言〕

兩年前，嘉永六年六月三日，美國軍艦首次出現在浦賀。翌年，安政元年正月，美艦再來浦賀，六月從下田離去[1]。這期間江戶的騷動有不可名狀者。幕府於五月九日，通令萬石以下的武士準備甲冑。可見當時軍隊缺乏動員準備的癱瘓情形。在新將軍家定[2]之下，當此難局的是柏軒、枳園等人的藩主阿部正弘。

進入今年之後，幕府下令設立講武所。繼之京都皇室也下詔，可徵收寺院梵鐘以鑄造大砲小銃。多年來校勘古書而廢寢忘食的抽齋，至此漸漸稍為風波所誘，而開始關切時事。在這方面，當時在產蓐中的女丈夫五百大概也有加以啟迪之功。抽齋終於挺身而出，進而為津輕士人運籌畫策於幕後了。

藩主津輕順承接到了一篇進言。進呈的人是執事加藤清兵衛[3]、近侍兼松伴大夫[4]、監

---

1 一八五三年美國提督裴利（Mathew C. Perry）率艦隊來浦賀港要求開國。翌年再來浦賀，在神奈川簽訂〈日美和親條約〉，在下田簽訂〈下田條約〉後，率艦九艘離去。

2 德川家定（一八二四—五六）：幕府第十三代將軍。嘉永六年襲將軍位。

察兼松三郎[5]。進言云：幕府已下準備甲冑之令，而藩士之堪能遵行者甚少。蓋皆以衣食猶且不給，不遑及此也。現無甲冑者，宜貸與金十八兩以充其貲，而後可依其年賦扣還之。且今後每年一度進行盤查，使不可怠於拾掇。順承認可而採納之。

此次進言，其實闔藩皆知，是出於抽齋之意，由兼松三郎承之而具結成案，再獲得兩位近臣之贊同而後上呈者。三郎號石居，以其隆準之故，抽齋稱之為天狗。佐藤一齋、古賀侗庵[6]門人，學殖超儕輩，嘗任昌平黌舍監。在當時弘前胥吏中有有識之士之譽。

抽齋與天下多事之秋相際會，偶有所言論而涉及政事與武備，原本不是他的本行專業。這是身為弘前藩士的抽齋，有感於外來事物而引起的一時反應。抽齋朝朝暮暮用力最勤者，是古書之考究、古義之闡釋。這才是學者抽齋獻其一生的不朽事業。

這時抽齋的校勘工作好像進行得相當順利。森枳園在明治十八年所寫的《經籍訪古志》的跋文中，提到綠汀會，說是三十年前的事。所謂綠汀是多紀茝庭在本所綠町[7]的別墅。茝庭每月一次或二次，在此招集抽齋、枳園、柏軒、舟庵、海保漁村等人。諸子環坐，披閱古書，檢討論定。會後則開宴。然後乘醉踏月於二州橋[8]上，詠詩而歸云。在同書上，另有茝庭於此年，即安政二年之後一年所寫之跋，中有「諸子裒錄惟勤，各部頓成」之語，可見在論定之後繼之以編述，亦是當時之事。

我要在此談大地震之前，一想到台所町澀江家設有禁閉室，就悲從中來。這是把二樓的一間房以方格子板牆圍繞而成。地震之日工事已竣，幸而其中猶然空虛無人。若其中有人，則澀江家恐怕免不了會惹出死亡事件。

　　這個禁閉室是抽齋忍其所難忍，而忍痛為次男優善設置的。

---

3 加藤清兵衛：津輕藩士。第十一代藩主津輕順承近臣。兼松石居之兄。明治三年為參政。

4 兼松伴大夫（一八〇〇—六三）：津輕藩士。石居之兄。第十一代藩主順承近臣。安政三年連坐藩主繼嗣問題，奉命謹慎（閉門思過）。

5 兼松三郎（一八一〇—七七）：津輕藩士。儒者。名誠，字成言，號石居、晚甘亭。入昌平黌，師事古賀侗庵、佐藤一齋。安政三年連坐藩主繼嗣問題，奉命蟄居（隱退禁閉）。赦免後為藩校教授、督學。維新後創東奧義塾。所著有《藩祖略記》、《討南北紀略》等。

6 古賀侗庵（一七八八—一八四七）：江戶幕府儒官。名煜，古賀精里第三子。通諸子百家。昌平黌教授、將軍侍講。著有《劉子論語管窺記》、《海防臆測》等書。

7 綠町：今墨田區綠一至四丁目一帶。

8 二州橋：兩國橋之漢式名稱。跨武藏國與下總國之橋。

其四十七〔優善之為人、安政大震〕

抽齋與岡西氏德所生三子之中，有兩個夭折，只剩下次男優善。這個優善從小就放縱馳蕩、任情恣性，為澀江一家帶來莫大的困擾。優善有一個名叫鹽田良三[1]的遊蕩玩伴。良三是蘭軒的門下楊庵，就是那個把竹杖豎在指腹上走路的人物，入贅鹽田家之女後所生的嫡子。我在前面提到優善時，說他異於父兄的嗜好，有喜歡抽菸的習慣，可是酒倒不是他所愛好。優善與良三均無涓滴之量，只顧耽於遊玩作樂。

抽齋在家裡設立禁閉室時，天保六年出生的優善已經二十六歲。他的密友良三，天保八年生，十八歲。兩人如影隨形，須臾不相離。

有一次優善冒稱松川飛蝶，在劇場掛起了看板。良三冒稱松川醉蝶，同上了戲臺。他們大吹大擂，耍弄俳優的身段聲腔。優善表演後頭壓軸，良三是墊場先出。又每到夏天，兩人就會租船，上下墨田川[2]，演出票友戲。一人是津輕家醫官矢島氏的戶主，一人是對馬藩醫官鹽田氏的少爺。尤其是良三的父親，在神田松枝町開業，在市民間享有富於機智、善於診斷的良醫之譽；而其身體肥胖，面相看來彷彿瞽者，也廣為人知。不用說家是富裕之家。有如此家庭背景的兩個年輕人，居然在戲臺上拋頭露面而不怕人家說長道短。

兩人雖無酒量，卻常常出入街上的餐廳，又屢屢前往吉原尋歡作樂。欠人錢財則請親戚故舊代為償還。如此接二連三、次數增多，到無人願意代償時，就隱跡潛蹤，不知所終。抽齋就在優善失蹤期間設了禁閉室，準備等他遲早回來時把他關在裡面。

十月二日地牛翻身。天陰有雨，時下時停。抽齋此日往觀戲劇。周茂叔連[3]也不免有世代交替，現在豐芥子或抽齋大概算是年資最老的了。抽齋提早回家，晚飯小酌後，就寢。地震始於亥刻，即今下午十時。先是兩次強烈搖動，接著震度漸漸增強。穿著棉睡袍臥在寢室的抽齋，一躍而起，抓取大小兩把刀。企圖衝向前廳去。

寢室與前廳之間是講堂，沿著牆壁高高堆疊著書櫃。抽齋跑進講堂時，書櫃忽然接連崩塌下來；抽齋被夾在其間，動彈不得。

五百也起來了，隨在丈夫之後，但還沒到講堂就跌倒了。

不久有年輕僕人跑來，才扶著抽齋夫妻走了出去。抽齋的衣服自腰以下破裂了，但一直不肯放下那兩把刀。

抽齋無暇修飾邊幅，就跑到柳島下邸探問隱居中的信順，然後前往本所二丁目的上邸。

1　鹽田良三（一八三七—？）：對馬藩醫官鹽田楊庵之子。優善之友。維新後出任地方官。
2　墨田川：即隅田川，流經東京都東部，為荒川之下游。有言問、吾妻、永代等橋。
3　見〔其一〕，注10。

信順因為柳島的宅邸破損不能續住，後來移居濱町的中邸。當今藩主順承正在本國弘前，只剩家族留在上邸。

抽齋往見留守居比良野貞固，商議救恤之策。貞固以君主刻在本國弘前，不遑承旨為由，立即下令發放廩米二萬五千俵，賑濟本所窮民。財務官平川半治則置身事外，不表意見。平川就是後來在藩士悉數遷往津輕時，獨自請求長假，在深川開了米店的人。

其四十八〔安政大震〕

抽齋從本所二丁目的津輕家上邸趕回台所町一看，住宅全都倒塌了。二樓的新設的禁閉室被震碎了，不留形跡。對門小姓組番頭[1]土屋佐渡守邦直的房子還在燃燒。

當天晚上，地震停了又來，來了又停。餘震不斷。每個街坊的損害程度雖然有別，但在江戶全市中，家屋倉庫之無損者極少。上野大佛[2]的頭碎裂了；谷中天王寺塔[3]頂上九輪掉落了；淺草寺塔[4]的九輪也傾斜了。從數十處起來而遍地延燒的火，直至三日早上辰刻，才終告消滅。據申報而公告的災變死者有四千三百人之多。

三天之後，晝夜仍有數次的餘震。因此有宅第者就在院子裡搭起棚子，住在其中。市民之露宿於外者亦不少。將軍家定於二日夜間，避難於吹上苑的瀧見茶屋[5]。不過城中本殿破

1 小姓組：江戶幕府職名，負責宮中諸儀式之座位安排、將軍出巡時協助外圍警護等事宜。組頭稱番頭。屬若年寄管轄。
2 上野大佛：指寬永寺大佛，今僅存其面部，置在上野塔邊。
3 天王寺塔：指台東區谷中天台宗護國山天王寺五重塔。今已燒失不存。
4 淺草寺塔：指本堂東南之三間五層塔。一九四五年毀於戰火，一九七三重建。

損不大，翌日就回本殿去了。

幕府設置的避難小屋：幸橋外一處、上野二處、淺草一處、深川二處。

是年抽齋五十一歲，五百是四十歲。孩子有陸、水木、專六、翠暫四人。矢島優善的事如前所述。五百之兄廣瀨榮次郎於此年四月十八日病死。其父之妾名牧，來抽齋家寄居。牧生於寬政二年，本來是五百的祖母所雇的小侍女。享和三年十四歲時，五百之父忠兵衛納之為妾。當忠兵衛於文化七年正娶紙問屋山一的女兒久美時，牧已是二十歲的女人。就在這時來了十八歲上下的久美。久美是富家的愛女，性情溫和。後來生了女兒五百與安；有人說，內向拘謹的安比外向倔強的五百，繼承了更多母親的性情，由此可以想像久美到底是甚麼樣的女人。牧之為人大概也不至於稱為悍婦。總之，大久美三歲，而且老於世故，久美不但難於控制她，動輒反而有被她控制的情形。人心惟危，固不足怪。

久美既生了榮次郎，生了安，生了五百，然後當文化十四年生次男某時，罹了病，而與所生之子同時去世。這是最後一次分娩前後的事：久美可能由於血液鬱積，導致了重聽症。那時牧常常叫久美為聾子，讓六歲的榮次郎聽到了，覺得忿忿不平，久久不能忘懷。

五百到了六、七歲，才聽兄榮次郎提起此事，就非常憤怒。對哥哥說：「這麼看來，我們的母親是有仇人的，不是嗎？甚麼時候跟哥哥一起去報仇，怎麼樣？」其後五百時時把掃帚豎在牆上，結上兩枝撢子如雙手，纏之以衣服，然後作砍殺之勢，大聲叫道：「你這東西，就是母親的仇敵。想起來了嗎？」父親忠兵衛與牧都曉得少女所斥的意圖，但父親則有所顧忌而不肯加以制止，牧也有所畏懼而不敢加以訶責。

牧想，無論如何，希望能安撫五百的感情，設法讓她消消心裡的氣；於是好話說盡，甚至誘之以甜言蜜語，五百都一無反應。牧還要求忠兵衛吩咐五百稱呼自己為母親。忠兵衛沒答應。因為忠兵衛瞭解五百的脾氣，怕這樣做反而會激起更強的反抗情緒。

五百之所以從小就在城中本殿奉公，後又投身於藤堂家，始終遠離家人，固然是出自父親的願望與母親的遺志；但另一面，也是因為五百不想與牧起臥於同一屋頂之下，惹得自己不愉快，所以才喜歡到外面去工作。

有這樣背景關係的牧，如今無所投靠，只得在五百面前低首下心，接受澀江氏的照顧。五百以德抱怨，答應負起牧的養老之責。

5 瀧見茶屋：六代將軍在吹上院庭園中所設茶亭。

其四十九〔抽齋再進藩政建言〕

安政三年，抽齋再度有所置喙於藩中政事。抽齋的提議大致如下：弘前藩除今主順承及身居要路者數人仍須留駐江戶之外，其他自隱居的信順以下，大半家族及家臣皆宜遷回本國居住。其理由之第一：時勢已變，諸多藩官藩士之在江戶值勤者，多已認為無其必要。何以故？本來大名或稱諸侯之所謂參勤制度，以及家族必須伴隨而居住江戶的規定，其實是如同向德川幕府提供人質之舉。當今將軍面臨外交困局，正在謀劃棄置舊習、撙節冗費之策。諸如廢止諸侯必須協助幕府營造工程的慣例；取消將軍出巡時家家必須緊閉二樓窗戶的命令[1]。由此可窺其意向之一端。因此，即使諸侯從江戶撤出家族，幕府大概也不會採取任何抑止的措施。理由之第二：面臨當今多事之秋，若將藩政大事託之於二三權威人士，可以不受掣肘，有助於輔佐藩主臨機應變、處理政務。向來弘前藩有一種惡習：每逢有事，就有在府黨與在國黨[2]之爭，荏苒不決。在府黨甚至罵鄉國之士為國猿，不問其主張之利弊而一概加以排斥。如此現象絕非多事之秋所以處事之道，云云。

同時贊成此一建言者有兩三人，於是引起了熱烈的是非之爭。然而後來左袒者越來越多，順承也傾向於聽從採納。隱居濱町的前主信順聽了大怒。信順平時就是一個極端憎恨國猿的人。

反對抽齋建言的不止濱町的隱居前主。當時住在江戶的所有藩士幾乎都不願遷往弘前。其中與抽齋親近的比良野貞固，聽說抽齋有此建言，就跑來當面質難。辯稱立意雖善，然而要把生長於江戶的士人及其家族，悉數趕往窮北之地，是殘忍害理之至。抽齋以為貞固之說，偏於情而失其義，不以為然。貞固還為此一時與抽齋斷了交往。

就在此時，在贊成遷回本國之議的人士當中，有人牽涉到津輕家的繼嗣問題[3]而獲罪，使倡導此議的抽齋等人感到臉上無光。繼嗣問題是因今主順承有意收養肥後國熊本城主細川越中守齊護之子寬五郎承昭[4]而起。順承在寵愛女兒玉姬之餘，正在考慮為她招贅女婿以便繼承津輕家業之際，由於津輕家下邸之一的本所大川端邸，鄰接細川宅邸，所以與齊護變成了親交，終於起了收其子寬五郎為養子的念頭。獲罪的數人都是因為重視血統之說，而企圖阻

1　江戶時代有規定，將軍出行之際，必須關閉二樓窗戶，禁止在門口張望。安政二年八月十七日起廢止此令。
2　在府黨：指諸藩常駐江戶（定府）之藩士官員。在國黨指居住本國（藩）處理藩中政務者。
3　安政二年七月，原定津輕藩主繼承人養子承祐去世，今主順承欲迎支藩黑石藩主承敘為女兒玉姬之夫，以繼其位，因玉姬在形式上已是承祐之妻，幕府不准所請。安政三年八月，改迎細川寬五郎承昭為養子，至翌年六月，始獲幕府許可。期間藩士間分為正反二派，為之爭論不休。（見《承昭公傳》）。
4　細川齊護（一八〇四—六〇）：肥後熊本藩第十代藩主，初名立政。津輕藩第十二代藩主承昭之父。其四男承昭（一八四〇—一九一六），初名承烈。入贅津輕藩公主玉姬（後改稱常姬），安政六年襲家督。維新後任藩知事、伯爵。

止接受此人為養子，但順承卻做了加以收養的決定。結果，獲罪者側用人加藤清兵衛與用人[5]兼松伴大夫，奉命離開江戶，遷居本國隱居謹慎；兼松三郎則奉命歸國後永遠在家蟄居[6]。

石居，即兼松三郎，後來作了七古一首，題〈夢醒〉，中有句云：「又憶世子即世後，繼嗣未定物議傳，不顧身分有所建，因冒譴責坐北遷。」當石居蒙罪離開江戶時，抽齋曾書四言十二句以贈之，中有「菅公遇譖[7]，屈原獨清」之語。

此年抽齋次男矢島優善，因為素行不修，由表醫師貶為小普請醫師[8]。抽齋也受到連累，被處閉門三日。

---

5 側用人：江戶幕府職稱，將軍身邊秘書，輔佐將軍處理政務，居於將軍與老中間傳達命令，一萬石以上大名任之，定額一名。用人：幕府或大名家之執事，主司財務雜事。

6 隱居謹慎：謂隱退思過，不得從事任何活動。永遠蟄居：謂終生幽禁在家。均屬所謂「閏刑」。閏刑者，對士人、高官、僧侶、婦女、老幼、廢疾者所施之代替（非本刑）刑罰。

7 菅公：指菅原道真（八四五—九〇三），平安前期文人官僚。文章博士。歷任式部少輔、左中弁、左京大夫、春宮亮等，至正三位權大納言右大將。後因遭藤原時平之讒而左遷大宰權帥，在謫地鬱鬱而歿，五十九歲。善漢詩漢文，有《菅家文草》、《菅家後集》等多種。歿後被尊為學問之神，號天神。

8 小普請：指江戶時代二百石以上、三千石以上之直屬士人而無官職者。有其專屬醫師，即小普請醫生，醫界地位之最低者，如今之實習醫師。

其五十〔鹽田良三與抽齋、岡西榮玄之死、山崎美成之死〕

優善的玩伴鹽田良三，被父親逐出家門，斷絕了父子關係後，變成了抽齋家的食客。由於兒子行為不檢而受到譴責的抽齋，居然還對這個帶壞自己兒子的良三擔起照顧之責，讓他住到家裡來。這固然表示抽齋的寬大，然而也可能出於單純的愛才之情。抽齋之鑑賞人才，即使僅有分寸之長也不放過，而刻意栽培保護，彷彿至於幾乎忘其瑕疵。年來扶持森枳園就是如此。現在決定把良三放在家裡，也是由於發現良三有幾分才氣。本來抽齋家裡就經常收養著幾個學生，所以良三算是新來加入其中之一而已。

數月後抽齋安排良三住進安積艮齋的家塾。前此，艮齋於天寶十三年返回故鄉，擔任二本松[1]藩校教授；弘化元年再來江戶，嘉永二年以來，出任昌平黌教授。抽齋始終與尊奉濂溪學[2]的艮齋若即若離，並無深交，而竟以問題青年良三相託付，大概也因為看出良三是可造之材，才想方設法請人加以培養。

1　二本松：丹羽氏十萬石之舊城下町，今福島縣二本松市。

在抽齋先妻德的娘家岡西氏，此年七月二日德之父榮玄歿，接著十一月十一日德之兄玄亭亦歿。

榮玄以醫出仕阿部家。長子玄亭是蘭軒門下的俊才，抽齋與之訂交，終至娶其妹德為妻。德亡之後，由於次男優善是其所出，抽齋一家與岡西氏依然常相往來，維持了親家關係。

榮玄是個樸質之人，但其性癖怪誕，言行往往有不合常規之處。有一次買了八文煮豆，藏在櫥櫃裡，時時察看是否還在。又有一日攜來鰤魚一尾贈送抽齋，約好歸途再來相訪，說罷即去。五百為準備酒饌而煞費苦心，因為榮玄曾多次告誡過膳食的奢靡。抽齋叫五百烹調鰤魚饗客。榮玄來吃了，卻彷彿有不悅之色，終於說：「待客如此奢侈，非我心中所願。」五百說：「這是您送來的魚啊。」榮玄假裝沒聽見。大概五百的烹調太美味了，使他無話可說。

有一件事，就是榮玄對待庶女苫極端刻薄的行徑，尤其使抽齋感到不平而難堪。苫是榮玄與廚房婢女所生的女孩。榮玄承認是自己的孩子，卻說「那種骯髒的小孩不准放在厚席上」，而讓她睡在地板間。當時榮玄之妻已經不在，所以如此做法並非由於害怕河東之獅子吼，而是全都出自主人一己之性癖。抽齋與五百商議，收養了苫，後來把她嫁到下總的農村去。

榮玄之子玄亭晚其父四個月而歿。名德瑛，字魯直。是抽齋的朋友。玄亭有二男一女。長男玄庵，次男養玄。女兒名初。

是年，抽齋五十二歲，五百四十一歲。如果要問抽齋，平生在學術研究之外，讓他費盡最大心力的是甚麼，恐怕非得舉出他在五十二歲時所提定府遷回本國的建議。抽齋事先應該早已十分意識到，此一提議的影響所及之廣，以及抗拒此議的反對勢力之強。抽齋不是不知道自己不在其位而欲謀其政的無奈。然而抽齋之所以敢於謀之者，蓋心中有不得不發之言，故敢於冒昧言之。可惜居於要津的有力官員中無人支持此議，結果弘前在東北諸藩中，不但終於未能一躍而起，發揮帶頭作用；而且終於失去了提早豎起表明勤王的時機[3]。

2 濂溪學：宋理學家周敦頤，濂溪人，世稱濂溪先生，稱其學派為濂溪學派。在此則藉以代表宋新儒學即理學或道學，在日本泛稱之謂朱子學，定為江戶時代之「官學」。艮齋奉朱子學為政治服務，抽齋則寄心於無關功利之考證學。故曰二人之交「若即若離」。

3 勤王：江戶幕府末期、明治維新之前，有所謂尊王攘夷運動。尊王即勤王，主張王政復古，天皇親政；反對幕府，結束武家政權。藉以團結全國，對付外國之侵略（攘夷）。其結果是明治維新。按：津輕藩遲至明治改元前二月之慶應四年七月，始決定採取勤王政策。

其五十一〔成善誕生、良三行狀、小野富穀〕

安政四年，抽齋的七男成善於七月二十六日生。小字三吉，通稱道陸。就是現在的保先生，是父五十三歲、母四十二歲時所生的孩子。

成善出生時，岡西玄庵來討取胞衣。玄庵有夙慧如其父，但於嘉永三、四年時，患了癲癇之症，變成了低能之人。玄庵生於天保六年，所以病發時是十六、七歲，現在已經二十三歲了。乞討胞衣，為的是要當癲癇藥方。

抽齋夫婦欣然答應，玄庵得到成善的胞衣帶回去了。可是這時有一個人卻以為此事不宜而哭泣竟夜；她就是以前舐過抽齋之父允成的茶杯底餘滴的老尼妙了[1]。妙了寄居澀江家已有多年，經常幫忙照顧小孩，特別寵愛三女棠；而今又看到成善的出生，更要大加寵愛了。只是不贊成把胞衣送給玄庵，因為聽信俗說，胞衣被人奪去的孩子養不大。

此年，以前被貶黜的抽齋次男矢島優善，升任表醫師助手，等於恢復了原先職位的一半。優善的玩伴鹽田良三進了安積艮齋家塾後，有一日偷了塾師之金子一百兩，遠走高飛到長崎去了。其父楊庵把金子如數還給了安積氏，同時派人到九州去找到了兒子。良三身上還有不少剩餘的金子，在隨著來迎的男人東返的路上，每到驛站，作東請客，揮霍如貴公子。此時肥後國熊本城主細川越中守齊護四子寬五郎，將入贅為津輕順承的女婿而東上江戶，所以與良三在途中有時會住在同一驛館。齊護希望兒子能通達下情，特別要求一行路上低調微行，所以寬五郎與隨從始終都以樸素為旨。而驕子良三卻把要從五十四萬石細川家入贅十萬石津輕家的少爺，不放在眼裡，根本不知這個彷彿居於人下的少年是何等人物。寬五郎就是現在的津輕伯，當年才十七歲。

在小野氏家中，此年令圖致仕，子富穀繼承了家督。令圖小字慶次郎，是抽齋祖父本皓之庶子，母親橫田氏，名與乃。與乃是武藏國川越人某之女。令圖離家為同藩醫官二百石小野道秀的晚年養子，稱有尚，後稱道瑛，累進而至近侍醫師。天明三年十一月二十六日生，致仕時七十五歲。令圖有一男一女。男名富穀，女名秀。

富穀的通稱沿用祖父的道秀。文化四年生。十一歲時與枳園同時成為抽齋的弟子。繼承家督時任職表醫師。令圖、富穀父子兩人皆擅於理財，是弘前藩定府中有名的富戶。妹秀嫁給長谷川町[2]的外科醫師鴨池道碩。

在多紀氏，此年二月十四日，矢倉分家的茝庭歿，六十三歲：十一月，向柳原本家的曉

1 參照〔其十一〕。
2 長谷川町：今中央區日本橋堀留町二丁目。

湖亦歿，五十二歲。我所藏的安政四年的《武鑑》，成於茝庭既逝而曉湖猶存之時，故在茝庭之子安琢項下載云：「多紀安琢二百俵，父樂春院。」而於曉湖則依舊載著：「多紀安良法眼二百俵，父安元[3]。」茝庭的樂真院在《武鑑》中皆作樂春院。何以故，不知其詳[4]。

3　安元：多紀柳沜之通稱。詳〔其二〕，注4。
4　據云：嘉永六年六月十二代將軍家慶歿，諡慎德院殿，慎真二字日文讀同音（しん），避其諱而改稱樂春院。

其五十二〔茝庭之死、抽齋述懷〕

茝庭，名元堅，字亦柔，一號三松。通稱安叔，號後樂真院或樂春院。寬政七年生，為桂山次男。幼時喜歡鬥犬，不事學業，有人責備他不如父也不如兄，他的回答是：「等著瞧吧，我要變成了不起的醫師。」不久，果然折節讀書，精力逾眾，識見驚人。分家之初，住本石町[1]，後移矢倉。任侍醫，敘法眼，又敘法印。秩祿與宗家同，二百俵加三十人扶持。

茝庭有人請治病時，即使貧戶亦必應之。而且不僅免費送藥而已。夏贈蚊帳，冬致被褥。又賑金子三兩至五兩，視貧窶之程度而定。

茝庭是抽齋最親近的友人之一，兩家的往來相當頻繁。然而當時法印之位極為尊貴，茝庭每到澀江家，奉茶時須用有襯墊有蓋子的茶杯；奉糕點時須用高腳漆盤。聽說這些器皿，只有在向大名與多紀法印進呈茶點時，才會使用。茝庭之後，安琢繼承了其位。

曉湖，名元昕，字兆壽，通稱安良。是桂山之孫、柳沜之子。文化三年生，文政十年六

1 本石町：今日本橋本石町四丁目、室町四丁目、本町四丁目一帶。

月三日喪父，八月四日繼承宗家。襲曉湖之後者為養子元佶[2]，其實是自己的季弟。

安政五年的二月二十八日，抽齋七男成善晉謁藩主津輕順承。年甫二歲，如依現在的算法，生後才滿七個月，當然是被抱著進去的。不過按照規定，八歲以上始能晉見藩主，因此只有當天宣布成善是八歲[3]。

五月十七日，七女幸生。幸於七月六日夭折。

此年自七月至九月，霍亂流行。將軍德川家定於八月二日，聽說「稍有不豫」，但八日就發布了忽然薨逝的公報；由家齊之孫紀伊宰相慶福[4]嗣其位，年才十三。有人說家定的病好像是霍亂。

在此前後，抽齋與五百說了這樣的話。「聽說我將被幕府徵召，而且大概在辦完將軍的喪事之後，就會有命令下來。可是如果應召的話，就非得辭去津輕家這邊不可。我實在不忍放棄自元祿以來一直蒙受重恩的主家，而另謀榮達之路，所以打算婉辭幕府方面的徵聘。理由是因病固辭。這麼一來，也就不能繼續在津輕家值勤了。我已決定隱退下來。先父是五十九歲隱退的，七十四歲去世。我自己也早在想著，到了五十九歲就退隱。看這情形，恐怕不得不提早幾年了。要是能夠像父親那樣活到七十四歲，那麼，我前面還有二十年左右的歲月。從此以後，就是我一己的世界了。我要著述。從《老子》的註釋開始，完成了與迷庵、棭齋生前有約的工作之後，就可進行自己的研究計畫了。」所謂幕府的徵召，就是要出任奧醫師之類，抽齋可能早已知道有此一道內部命令。然而命運卻讓抽齋免於面對如此進退兩難之境，也使抽齋無緣全力以赴，失去了進行著述事業的機會。

2 多紀元佶（一八二五—六三）：幕府醫官。柳沜之子、曉湖末弟。奧醫師、法眼、法印、醫學館督事、典藥頭。

3 依據慣例，藩士嫡子過八歲後必須晉謁藩主，若在未晉謁藩主之前父親先死，則可導致「家業斷絕」，故許多父親皆在嫡子八歲前即行晉謁之禮，而稱其子為八歲。當局亦默認之。

4 紀伊慶福（一八四六—六六）：即德川家茂。幕府第十四代將軍。幼名慶福。繼承家定為將軍，改名家茂。病歿於大阪城，享年二十一。

其五十三〔抽齋之死〕

八月二十二日抽齋如常面對著晚餐食案。然而五百勸酒時，抽齋卻一反常態，不肯下箸下酒物的生魚片。問道：「為甚麼不吃呢？」答曰：「肚子有點不舒服，還是免了吧。」翌日二十三日是濱町中邸值勤之日，因病請假。此日開始嘔吐。以後到了二十七日，諸般症狀只見越來越險惡。

多紀安琢、多紀元佶、伊澤柏軒、山田椿庭[1]等人，輪流侍候在病床邊，各盡治療之術，可惜皆未能奏其功。椿庭，名業廣，通稱昌榮。抽齋之父允成的門人，允成歿後師事抽齋。是上野國高崎城主松平右京亮輝聰的家臣，住在本鄉弓町。

抽齋常常作夢說夢話。聽來似乎在夢中進行著《醫心方》的校勘工作[2]。

八月二十八日，抽齋的病況迴光返照，稍微好轉。有遺言交代已定為嗣子成善的教育方法：宜其學經書於海保漁村，學書法於小島成齋，學《素問》於多紀安琢。若有機會，應該學習荷蘭文。

到了二十八日夜丑刻，即二十九日上午二時，抽齋終於齎志長逝。年五十四歲。遺體葬在谷中感應寺。

抽齋歿後，以遺孀四十三歲五百為首的家中，有岡西氏所生次男矢島優善二十四歲、四女陸十二歲、六女水木六歲、五男專六五歲、六男翠暫四歲、七男成善二歲，共四子二女。除了優善之外，皆是山內氏五百所生。

抽齋之子女而先死於父者，有尾島氏所生長男恆善、比良野氏所生而嫁與馬場玄玖為妻之長女純、岡西氏所生次女好、三男八三郎、山內氏所生三女山內棠、四男幻香、五女癸巳、七女幸，總共三子五女之多。

矢島優善於此年二月二十八日成為津輕家的表醫師，總算恢復了原先的職位。五百的姊夫長尾宗右衛門，早抽齋一個多月，已於七月二十日因染同病而死。接著，由於十一月十五日的大火災[3]，橫山町的店面與本町的住宅都付之一炬，乃決定廢止漆器買賣的營業。遺族有遺孀安四十四歲、長女敬二十一歲、次女銓十九歲三人。五百在台所町宅邸的空地上，蓋了小房子，讓他們一家居住。五百曾勸過安說，可以考慮為敬招贅女婿，以便延續長尾氏的

1 山田椿庭（一八〇八—一八一一）：高崎藩醫，名業廣。醫學館講師，維新後任濟眾病院院長。

2 據《多紀事蹟》云：「《醫心方》之影寫並校正，抽齋頗為用力。其病篤時，夢中屢屢背誦六七頁書，多半似在朗讀《醫心方》之數節。」

3 依《增訂武江年表》安政五年條：「同（十一月）十五日曉丑刻，神田相生町之北若林氏邸失火。……神田町全被燒毀。……町數二百五十九町，武家八十餘家。」

香火。但安游移不定，不了了之。

比良野貞固在抽齋逝世之後，就一直不斷地勸說五百，請澀江氏全家搬到比良野宅邸去居住。貞固這樣說：自己在一年前，由於藩政上的意見與抽齋不合，所以一時形同絕交、不相往來。然而對抽齋的情誼永難忘懷，早晚總是想著如何恢復疇昔的親睦；不料抽齋竟溘然故世。自己非設法報其舊恩不可。自己的宅邸裡有許多空房，懇請遷移過來住下，如同住在自己家裡一樣。自己雖不富有，但是日日的生計尚稱充裕。絕不接受日常衣食費用。如此則澀江一家可防世人對寡婦孤兒的欺侮，節省無用的開支，安心等待子女的成長，云云。

其五十四〔抽齋之著作〕

比良野貞固想說服五百，希望能迎接抽齋遺族到自己家裡來住。這是不理解五百的想法。五百不是甘於寄人籬下的女人。不用說，澀江一家的生計非緊縮不可。不能再像丈夫在世時那樣，使用那麼多婢僕，招待那麼多食客。然而要遣散那些累代的家僕或老婢，心中會覺得不忍與不捨。食客中也有離開後無家可投的人。像長尾氏的遺族，若是要他們獨立自主生活，肯定自己也會感到不安。五百的態度是與其我去依人，毋寧人來靠我。而且心中有所恃，故敢於自當其衝。貞固勸誘之不能奏其功，原因在此。

森枳園於此年十二月五日晉謁德川家茂。其〈壽藏碑〉云：「安政五年十二月五日初謁見將軍德川家定公。」但此年月日是在家定去世四個月之後。既是枳園自撰之文，的確頗為可怪。枳園所謁的一定是十三歲的少年家茂。反之，家定薨時是三十五歲。

此年霍亂在江戶市中，奪走了二萬八千多人的性命。當時的名人而死於霍亂者，有岩瀨景山[1]、安藤廣重[2]、抱一門的鈴木必庵[3]。市河米庵[4]雖已八十歲高齡，說不定也是死於同一病症。在澀江氏及其姻親中，失去了抽齋與宗右衛門兩人，使安與五百姊妹同時變成了未亡人。

抽齋所著之書，先有《經籍訪古志》與《留真譜》[5]，都經由中國人之手相繼加以刊行。如前所述，這是抽齋與其師其友共同研討，而由森枳園記錄下來的結果。此二書可代表抽齋考證學之一面。徐承祖序《訪古志》云：「大抵論繕寫刊刻之功，拙於考證，不甚留意。」對於我國開始著手校讎之事的抽齋等人，固然出於求全責備之意，不免也有言之太過之嫌。

我國的考證學派系，如依海保漁村之見，首倡於吉田篁墩，狩野棭齋繼其後，而至於抽齋與枳園。篁墩的旁系有多紀桂山；棭齋的旁系有市野迷庵、多紀茝庭、伊澤蘭軒、小島寶素；抽齋與枳園的旁系有多紀曉湖、伊澤柏軒、小島抱沖[6]、堀川舟庵與漁村自己。寶素就是原表醫師一百五十俵三十人扶持的小島春庵，住在和泉橋街[7]。名尚直，一字學古。抱沖是春庵之子春沂，由一百俵後備醫師[8]承襲父職；其家初住下谷二長町，後移日本橋榑正町。名尚真。春沂之後，春澳名尚絅者繼之。春澳之子杲一先生，現居北海道室蘭。

陸實[9]在《日本新聞》上登載抽齋略傳時，誤以寶素為小島成齋，以抱沖為成齋之子；至今無人加以糾正。又關於學統問題，長井金風先生以為在篁墩之前，應該加上井上蘭台[10]與井上金峨[11]。要之，此等諸家開拓了新的考證學領域，而到了抽齋與枳園，方才到了成書的地步。

我覺得《訪古志》與《留真譜》二書，如今已到應該稍加重視而評價的時候了。最近國書刊行會把《訪古志》縮印，收在《解題叢書》[12]中，以廣流傳，實在可喜可賀。

1 岩瀨景山（一七六九—一八五八）：戲作者、草雙紙（小說）作者。本名百樹，號景山。代表作有《昔模樣娘評判記》、《大晦日曙草紙》等。

2 安藤廣重（一七九七—一八五八）：畫家、浮世繪師。本姓田中，通稱歌川。代表作有〈東海道五拾三次〉、〈木曾街道六拾九次〉、〈名所江戶百景〉等。

3 酒井抱一（一七六一—一八二八）：畫家、俳人。本名忠因。承〔尾形〕光琳派而能自創新風。〈夏秋草圖屏風〉是其代表作。弟子鈴木必庵（一七九六—一八五八），名元長。有代表作〈夏秋溪流圖屏風〉等。

4 市河米庵（一七七九—一八五八）：書畫家。金澤藩士，名三亥。儒者文人寬齋之子。書學顏真卿、米芾，畫學明清諸家。著有《書訣》、《米庵墨談》、《筆譜》等。

5 《留真譜》：從《經籍訪古志》所載古刊本、古抄本中，就其直接所見者，影寫其前後數行及印記等所編成之書。

6 小島抱沖（一八二九—五七）：幕府醫官、考證學者。寶素第三子，春澳之兄。歷任醫學館素讀教授兼寄宿寮舍監、輪班表醫師等職。

7 和泉橋街：原文和泉橋通。蓋指今昭和通北側下谷一帶。

8 後備醫師：原文寄合醫師。幕府醫官之一，平時不登城上班，備臨時之用。

9 陸實（一八五七—一九〇五）：號羯南。明治時代媒體專家、思想家。曾任《東京日報》社長，創刊《日本》新聞，自任社長兼主筆。有《全集》十卷。

10 井上蘭台（一七〇五—六一）：儒者，折衷學派之祖。名通熙。入昌平黌師事林鳳岡。後從程朱轉尊漢唐注疏，倡折衷學。著有《三韓世表》、《馴象俗語》、《左傳異名考》等。

11 井上金峨（一七三二—八四）：儒者，名立元。繼蘭台倡折衷學。著有《大學古義》、《經義折衷》、《易學折衷》，文集《集餘稿》七卷。

12 《解題叢書》：圖書刊行會第四期刊行（一九一六），收《經籍訪古志》等八篇為一冊。

其五十五〔抽齋之著作〕

抽齋在醫學方面的著述，有《素問識小》、《素問校異》與《靈樞講義》。其中，《素問》是抽齋殫精研究的主要對象。海保漁村在所撰〈墓誌〉中，舉出抽齋引《說文》以證《素問》之「陰陽結斜」為「結糾」之誤。又舉引《玉房秘訣》[1]以解「七損八益」[2]之例。而對抽齋於《靈樞》「不精則不正當，人言亦人人異」句中，能指出「正當」二字為連文，讚賞不已。抽齋之說發明極多，在此所舉僅其一斑而已。

抽齋所遺的手澤本上，往往可以見到欄外批注。這類書有《老子》，有《難經》[3]之類。抽齋的詩歌雖屬餘業，猶存《抽齋吟稿》一卷。以上是漢文。

《護痘要法》是池田京水口授之筆錄，在抽齋的著述中是唯一在江戶時代刊行的書。雜著有《晏子春秋筆錄》、《劇神仙話》、《高尾考》。《劇神仙話》是長島五郎作的談話語錄。可惜《高尾考》中途而廢，並未成書。

《懲語》[4]是抽齋用和文講述學問之道以示及門弟子的小冊子。在冊子之末書云：「天保辛卯季秋抽齋醉中懲言。」辛卯是天保二年，時抽齋二十七歲。不過現在所存一卷，除了以和文寫在八張紅紙上的《慼語》外，還有用漢文寫在白紙上的草稿二十九張，合綴在前面。其目如下：〈煩悶異文辨〉、〈佛說阿彌陀經碑〉、〈春秋外傳國語跋〉、〈莊子注疏跋〉、〈儀禮跋〉、〈八方書孝經跋〉、〈橘錄跋〉、〈冲虛至德真經釋文跋〉、〈青歸書目藏書目錄跋〉、〈活字版左傳跋〉、〈宋本校正病源候論跋〉、〈元版再校千金方跋〉、〈書醫心方後〉、〈知久吉正翁墓碣〉、〈駱駝考〉、〈癰瘓〉、〈論語義疏跋〉、〈告蘭軒先生之靈〉，計十八篇。此一冊子封面上篆書「慼語、抽齋述」五字，首尾全出自抽齋手筆。德富蘇峰先生[5]有其藏本，我曾借來閱讀過。

抽齋的諸多隨筆、雜錄、備忘錄中，多有亡佚而今已不存者。其中包含日記，是從文正五年[6]至安政五年，長達三十七年間的紀事，裒集成一大冊，共數十卷。此乃上接允成自天明四年至天保八年五十四年間的日記[7]；但其間從文政五年至天保八年，有十六年之久，父

1 《玉房秘訣》：張鼎著，原題《冲和子玉房秘訣》。中國古代性醫學書。
2 七損八益：見於《素問》第五篇應象大論。論十五房術，敘述諸性病對症療法。
3 《難經》：中國醫書，傳周代秦越人所撰。全名《黃帝八十一難經》。
4 《慼語》：抽齋文集，收〈煩悶異文辨〉等十八篇。
5 德富蘇峰（一八六三—一九五七）：明治、大正、昭和三代媒體人、政治家、思想家。名猪一郎。前後發行《國民之友》、《國民新聞》，倡平民主義，主導當時輿論界。所著有《近世日本國民史》一百卷等。
6 文政五年：此年抽齋繼承家督。
7 允成日記：今藏東京國會圖書館，題《澀江道純日記》。

子都各有日記之作。此一大冊日記作品，保先生寶而藏之，直至明治八年二月。然而保先生在離開東京，轉赴濱松縣任職之前，把日記等物裝在兩個行李箱中，寄存在親戚的住處。親戚因為不知其貴重，怠於妥為保管，至於全部毀棄。行李箱中另有前舉抽齋隨筆等十餘冊，又有允成所著《定所雜錄》等約三十冊。想來這些冊子的紙張，大概都變成了屏風、拉門或衣箱的裱糊底子了吧。或者歸屬於某人之手，埋藏在甚麼地方吧。要想搜討也無路可循。保先生至今仍然嘆息不已。

《直舍傳記抄》[8]八冊，現為富士川游先生所藏。含有闕題號者三冊。主要是弘前醫官宿值室日記的抄錄。上起寶永元年下至天保八年。有「善云」的批注處處可見。從寶永元年至天明五年是第一冊，無題號，引用的書有：《津輕一統志》、《津輕軍記》、《津陽開記》、《御系圖三通》、《歷年龜鑑》、《孝公行實》、《常福寺由緒書》、《津梁院過去帳》、《傳聞雜錄》、《東藩名數》、《高岡靈驗記》、《諸書案文》、《藩翰譜》。可以說是從這些書中，抄錄有關弘前醫官之事而成。

〈四海〉是抽齋的長唄三弦曲，雖不足稱，且僅有兩三頁，但與前面所舉《護痘要法》，同為刊行於江戶時代的作品。

〈假面之由來〉也是薄薄的小冊子。

8《直舍傳記抄》：津輕家醫官值宿日記。現存六冊。

其五十六〔抽齋之修養〕

〈呂后千夫〉[1]是抽齋所作的小說。據說附有寫於庚寅元月的自序，所以大概是成於前一年，即文政十二年二十五歲時之作。這篇小說在五百嫁來後，還存在澀江家，五百曾拿出來讀了好幾遍。有一次有個叫筑山左衛門的人借去。筑山是下野國足利的里正，始終沒把書還回來。以上是用和文寫的作品。

抽齋的著述中，刊行的只有《經籍訪古志》、《留真譜》、《護痘要法》、〈四海〉四種。其他皆為寫本。除德富蘇峰先生所藏的《德語》、富士川游先生所藏《直舍傳記抄》，以及已經散佚的諸書外，皆為保先生之所藏。

抽齋的著作大概不過如此。本來期待在致仕之後肆力述作，卻不幸罹癘疫而殞命，使曾蓄之於內者終不能顯之於外，溘焉而止。

1〈呂后千夫〉：抽齋所作小說。藉呂后好色傳說，以喻抽齋自己救濟千人之願。呂后為漢高祖皇后。高祖歿後，恣意妄為，引起呂氏之亂。

我想在這裡就抽齋的修養稍做記述。從考證學家的立場而言，經籍是研究批評的對象。閱讀古代文字，不可渾淪而自以為是。今日甚至有考證家晚輩，以破壞為校勘之目的，毫不存虔敬為學之心者。如中國之所謂考證學亡國論，固然是阻塞人文進化的陋見，但在考證學者之中，也的確出現了些缺乏修養的人物。這種黑暗面的存在，也不必加以否認。

然而，真正的學者不會為了考證而廢棄修養。他們相信若欲全其修養之功，不能闕其考證之學。何以言之？因為講修養，非窮六經不可。而欲窮六經，則有待於考證之學。

抽齋在其《憊語》中這樣說：「凡學問之道，不言可知，要在治六經以行聖人之道耳。然欲精通六經，須審其一言一句；欲審其一言一句，須詳其文字之音義；欲詳其文字之音義，須先多求善本，校讎異同，糾正謬誤，諳練小學；訂其字句後，始能得其義理。譬如登高必自卑，行遠必自邇，治小學以校讎字句，看似細碎末技；而缺此功夫，則無由洞察聖人之微言大義矣。……故百家之書不可不讀。然欲讀百家之書，如此大業似非人間一生之內所能成就。要之務在於專讀其中主要之書。於此則須隨為師之人而受其所教。如此熟練於小學之後，可窮六經，而其能洞達聖人之大道微義，必矣。」

此一段話道破了抽齋治學的本領。若不經考證則不通六經，不通六經則不知緣何以修心養性。這種抽齋的見解，其實完全師承了市野迷庵的教導。

其五十七〔抽齋之修養〕

迷庵的考證學到底有何特色，可就其《讀書指南》[1]而進行瞭解。不過其要旨已盡在〈自序〉一文中。迷庵說：「孔子述堯舜三代[2]之教，立其流儀。其所以取自三代以下者，蓋以有明文傳其事也。然而至春秋，世變時遷，其道未嘗行之。孔子亦嘗一試之而不行。終歸魯，修六經[3]以傳後世。此乃認同堯舜三代之道之故也。所謂儒者，護孔子而修其經者也。故欲學儒者之道者，須先精通文字而領會之；然後可讀九經[4]。漢儒之注解皆自古傳授而來。不雜一己之臆說。故守其所傳為儒者之第一要務。……自宋時程頤、朱熹等建一己之學後，邇來伊藤源佐[5]、荻生總右衛門[6]之輩，皆以己學為學，爭是非而不止。世之儒者皆在

1《讀書指南》：市野迷庵著，一冊。根據《大寶令》（七〇一）中〈學令〉所舉九經，述其大旨及傳授次第，以為初學者之引導。
2 堯舜三代：指堯、舜之世及其後夏、殷、周三代。
3 六經：一般指《易經》、《尚書》、《詩經》、《禮記》、《春秋》、《樂經》，其中《樂經》失傳。
4 九經：一說以《易經》、《尚書》、《周禮》、《儀禮》、《禮記》、《詩經》、《春秋左氏傳》、《孝經》、《論語》為九經。

暗中，不辨是非矣。余少時亦學此學，迷失而無所知。忽悟有所解者，以為當遵〈學令〉[7]之旨，廣讀各種古書即可。」

要之，迷庵與抽齋皆信欲修道者，由考證而至之之外，別無他路。唯此路並非捷徑。迷庵謂精通文字而領會之，抽齋謂必須熟練於小學。此種學業可能費盡一人之生涯。可能需要幾個世代生來滅去於其間。但如果沒有其他門徑可循，學者就非得勉為其難而為之了。

然而當學者埋首於考證中，會不會不遑顧及修養之事。否。那倒不至於。考證是考證，修養是修養。學者一邊徜徉於考證的長途上，一邊也可以進行修身養性的功夫。

抽齋有如此想法：百家之書無可不讀者。唯經書如十三經[8]、九經、六經。不管排序如何，除焚於秦火的《樂經》外，非全部讀破不可。讀破之後，便大可省事。「聖人之道雖人云亦云，煞有其事，然而如前所說，讀破六經之後，有《論語》、《老子》二書即足矣。其中以過猶不及[9]為立身之要；以無為不言[10]為心術之戒。若能守此二書，事事可解。」

抽齋百尺竿頭，更進一步，說：「然《論語》內亦有可取捨之處。王充〈問孔篇〉及迷庵師所書《論語》數條[11]，皆可參考。」王充云：「夫聖賢下筆造文，用意詳審，尚未可謂盡得實，況倉卒吐言，安能皆是？[12]」

抽齋以《老子》與《論語》並稱，亦本於其師迷庵之說，即所謂[13]：「天蒼蒼在上，人生天地間，性相近而習相遠也[14]。世之始也無無性之人，無無習之俗。世界萬國，國國皆各有其習而互不同。其習如本性之浸染於人而不離。老子所謂自然，其是之謂歟？孔子曰：

『述而不作，信而好古，竊比我於老彭。』[15]可見孔子之意亦近乎自然矣。」

---

5 伊藤源佐（一六二七—一七〇五）：儒者。古義學派之祖，名維楨，號仁齋。排除漢唐宋明一切注疏，主張直接就原典究古人之道。著有《論語古義》、《孟子古義》、《中庸發揮》等。

6 荻生總右衛門（一六六六—一七二八）：儒者。名雙松，號徂徠。古文辭學派之祖。排斥宋學，主張經書之研究，必須直接根據當時之語言、制度入手，始能得其真實。通稱蘐園學派。著有《辨道》、《辨明》、《論語徵》、《政談》等。

7 〈學令〉：指《大寶令》中之〈學令〉。

8 十三經：在九經之外，加《春秋公羊傳》、《春秋穀梁傳》、《爾雅》、《孟子》。

9 過猶不及：語出《論語・先進篇》：「子貢問：『師（子張）與商（子夏）也孰賢？』子曰：『師也過，商也不及。』曰：『然則師愈與？』子曰：『過猶不及。』」

10 無為不言：老子《道德經》：「聖人處無為之事，行不言之教。」

11 蓋指《迷庵雜記》。《日本藝林叢書》第三卷所收。

12 語出王充《論衡・問孔》。在此引文後，王充續云：「案聖賢之言，上下多相違；其文，前後多相伐，世之學者不能知也。」

13 以下諸語，出自《憊語》所引〈讀書指南序〉。

14 《論語・陽貨篇》：「子曰：『性相近也，習相遠也。』」

15 語出《論語・述而篇》。一說老彭是殷朝賢大夫，好述古事。

其五十八〔抽齋之修養〕

抽齋在尊崇老子之餘，曾企圖先把迷信的仙術逐出於道教的畛域之外。此種想法早見於清方維甸[1]所寫嘉慶版《抱朴子》的序文中。抽齋在提到此文後說：「老子之道似異於孔子，而其意之所歸一也。如『不患人不己知』[2]及曾子『有若無實若虛』[3]之言，皆近老子之意。且所謂自然，蓋萬事不得不然也。……又佛家有歸於漠然[4]之說，是體空大乘之教也。比自然更無蹤跡之言也。其小乘之教，事事皆依戒律行之。孔子之道始於孝悌仁義，其諸禮法即佛之小乘也。其一以貫之[5]者，可使此教一而至執中[6]，而始可至於佛家大乘之境。一至執中，則孔子釋子同一矣。」

抽齋終於達到了儒道釋三教歸一的境界。如果此人讀過聖經的《舊約》與《新約》，說不定也能在其間發現共同之處，而寫出與安井息軒《辨妄》[7]意趣完全不同的書。

以上是根據抽齋自己的手記，探求其心術立身之所由來。此外，我手上還有一種語錄，是五百曾從抽齋聽到，而保先生把聽自五百的話，最近為我筆錄下來的。我現在就把這個語錄，不敢隨意潤飾增刪，收錄在這裡。

抽齋平日常把宋儒所謂虞廷[8]十六字掛在嘴上，即「人心惟危，道心惟微，惟精惟一，允執厥中」。上面所舉三教歸一之旨就在於此。抽齋是不相信《古文尚書》[9]傳承的人，當然不至於把這十六字看成堯對舜[10]所說的話。其所以如此表示尊重，蓋因尊重古言古語之故。而且聽說一直主張有關於惟精惟一的解釋，應該遵從王陽明的說法[11]。

抽齋相信如誦《禮記》的「清明在躬，氣志如神」[12]之句，與《素問・上古天真論》[13]的「恬淡虛無，真氣從之；精神內守，病安從來」之句，便可修身養性而得生之康寧。抽齋不

---

1 方維甸（?—一八一五）：清朝學者、官吏。歷任河南布政使、閩浙總督。

2 語出《論語・學而篇》：「不患人之不己知，患不知人也。」

3 語出《論語・泰伯篇》：「曾子曰：『以能問於不能，以多問於寡。有若無，實若虛。犯而不校。昔者吾友（顏淵）嘗從事於斯矣。』」

4 漠然：或作寞然。寂然無聲、虛室生白，悟道也。

5 一以貫之：《論語・里仁篇》：『參乎，吾道一以貫之。』……曾子曰：『夫子之道，忠恕而已矣。』」

6 執中：指中庸之道。《論語・堯曰篇》：「子曰：『咨，爾舜。天之曆數在爾躬，允執厥中。四海困窮，天祿永終。』」

7 安井息軒（一七九九—一八七六）：幕末儒者，名衡，字仲平。日向飫肥藩士。官至昌平黌教授。所著有《海防私議》、《論語集說》、《辨妄》等。後者為批判反對基督教之作。

8 虞廷：有虞氏即舜帝之朝廷。所引十六字為舜帝告誡大禹之言，見於《古文尚書・大禹謨》。

9 清朝考證學者閻若璩在所著《尚書古文疏證》中，認定《古文尚書》是偽書。

10 堯對舜：應作「舜對禹」。

11 王陽明在〈象山文集序〉云：「聖人之學，心學也。堯舜禹之相授受曰：『人心惟危，道心惟微，惟精惟一，允執厥中。』此心學之源也。中也者，道心之謂也。道心精一之謂仁，所謂中也。孔孟之學，惟務求仁。」

12 語出《禮記・孔子閒居》。

知有眼疾，不知有齒痛。幼時雖有腹痛，及壯年之後已不再有。然而對霍亂細菌之傳染，卻束手無策，一點辦法也沒有。

抽齋在自戒或戒人時，常愛引用〈澤山咸〉[14]的九四爻「憧憧往來，彭從爾思」之句，規勸學者應該細嚼其文。即「君子素其位而行，不願乎其外」[15]之義。人人須安於其位，因而名其父允成所居之室為容安室。醫而羨儒，商而羨士，豈不令人困惑？如所謂「天下何思何慮？天下同歸而殊途，一致而百慮」[16]；或如所謂「日往則月來，月往則日來。日月相推而明生焉。寒往則暑來，暑往則寒來，寒暑相推而歲成焉」[17]，抽齋以為人之命運亦有自然之消長，故須自重以待時之到來。「尺蠖之屈，以求信也；龍蛇之蟄，以存身也」[18]，即是之謂。五百之兄廣瀨榮次郎以前由町人變成了鑄幣廠的官吏，其後幕府久無改鑄金幣之策，眼見無利可圖[19]，又想轉行改業，抽齋就曾引此爻而告誡之。

13〈上古天真論〉為《素問》第一卷第一篇：「虛邪賊風，避之有時。恬淡虛無，真氣從之。精神內守，病安從來？是以志閒而少欲，心安而不懼，……皆得所願。」

14 澤山咸：《易．繫辭下傳》，六十四卦之一，通稱〈咸〉。

15 語出《中庸》第十四章之一。繼此引文後，續云：「素富貴，行乎富貴；素貧賤，行乎貧賤；素夷狄，行乎夷狄；素患難，行乎患難。君子無入而不自得焉。」

16「天下何思何慮？……」：典出《易．繫辭下傳》，見於上引「憧憧往來」二句後之「子曰」，即孔子之語。

17「日往則月來，……」：亦典出《易．繫辭下傳》，見於前注所引「子曰」之語後。

18「尺蠖之曲，……」：亦典出《易．繫辭下傳》，見於前注之後。按：信，伸也。蟄，藏伏土中，或指冬眠。

19 據云金幣改鑄時，鑄幣廠官吏可獲幣值約百分之一至二．四五之鑄造費。

其五十九〔抽齋之修養〕

抽齋也常引〈地雷復〉初九爻「不遠復無祇悔」[1]來勸誡別人。就是知過能改的意思。顏淵之所以為亞聖，原因就在於此。抽齋總是在後面補充說，顏淵的好處不止於此。舉例說，「回之為人也，擇乎中庸，得一善則拳拳服膺，而弗失之矣[2]。」孔子曾告訴子貢，讚賞顏淵說：「吾與汝弗如也[3]。」

抽齋嘗說，所謂「為政以德，譬如北辰，居其所，而眾星共之」[4]，不僅只對君道而言。只要是人，就必須努力設法使眾星來拱自己，而能致人於此者即「絜矩之道」。韓退之說：「其責己也重以周，其待人也輕以約[5]。」與人交，取其長而不咎其短。所謂「無求備

1 地雷復：六十四卦之一，通稱「復」卦。謂有過能改，不遠便回頭，不至於大後悔。
2 語出《中庸》第二章。
3 語出《論語．公冶長》。
4 語出《論語．為政篇》。
5 語出韓愈〈原毀〉。

於一人」[6]、「及使其人也器之」[7]，即是此理。若推而廣之，則可歸於老子「治大國若烹小鮮」[8]之意。而「大道廢，有仁義」[9]、「聖人不死，大盜不止」[10]，則指其反面而言。抽齋回顧自己的往事，動不動也有欠闕絜矩之道之時。因而譬如有疏遠妻岡西氏德之事，好在為父親所匡救而得以悔改。平井東堂是有學有識的傑出人物，其父官至側侍執事，而他自己卻無升任執事的機緣；他自己固然不知何故，但修養不足恐怕有以致之。比良野助太郎雖然短於才氣，卻受到眾人的信服。可謂賦性自然合乎絜矩之道所使然。

抽齋又說，《孟子》的好處在〈盡心〉章，而特別推重如下的文句：「君子有三樂，而王天下不與存焉。父母俱存，兄弟無故，一樂也。仰不愧於天，俯不怍於人，二樂也。得天下英才，而教育之，三樂也。[11]」至於《韓非子》，則以〈主道〉、〈揚權〉、〈解老〉、〈喻老〉諸篇為佳。

聽見此等言論之後，回顧抽齋的生涯，誰也不能否認他是一位言行一致的人物。抽齋內蓄德義，外卻誘惑；恆安於其位而待時之來。我們看到抽齋一度應徵而起，就是出仕躋壽館講師之時。我們也看到抽齋將再受徵召而託病婉辭，大概在內定聘為內院醫師之前。該進則進，該退則退。其所處事，綽綽有餘。抽齋之好談咸九四，並非虛言。

抽齋之於森枳園、於鹽田良三、於妻岡西氏，足見其待人之寬厚。抽齋可說是有所得於絜矩之道之人。

抽齋的為人性情及其緣由，大略已如上述。不過，這裡還有一個問題。嘉永與安政年間，天下士人都被迫不得不面臨歧路：勤王乎？佐幕乎？[12]二者之間不容許有人偷生於灰色地帶。抽齋到底如何處其身於此一時代呢？

對此問題抽齋根本無須煞費苦心。為甚麼？因為澀江氏早就決定勤王了。

6 語出《論語．微子》：「周公謂魯公曰：『……故舊無大故則不棄也。無求備於一人。』」

7 語出《論語．子路》：「君子不器，不以一能而盈諸身；及其使人也，器之。」器，器重也。

8 語出《老子》第六十章。謂治理大國，如烹小魚或小肉，不可多加攪動，攪動則易爛。喻治大國不可擾民，應無為而治。

9 語出《老子》第十八章：「大道廢，有仁義；智慧出，有大偽；六親不和，有孝慈；國家昏亂，有忠臣。」

10 語出《莊子．胠篋》：「聖人已死，則大盜不起，天下平而無故矣。聖人不死，大盜不止。雖重聖人而治天下，則是重利盜跖也。」

11 語出《孟子．盡心章下》。

12 勤王派主張王政復古，還權於天皇；佐幕派主張維護幕府，排斥外國，繼續武家政權。

其六十〔抽齋之勤王〕

澀江氏的勤王，原委不詳。然而到抽齋之父允成時，不容置疑，已經受到了柴野栗山[1]的啟發。允成師事栗山的年月雖不清楚，但當栗山於五十三歲，應幕府之召而入江戶的天明六年，允成正好二十三歲。是繼家督後的第二年。允成恐怕在此後不久入了栗山之門。這是根據栗山七十二歲歿於文化四年十二月朔，推算出來的。

允成之友而為抽齋之師的市野迷庵，徵之於其詠史諸作[2]，可知也是一位勤王之士。其詩於維新後由森枳園公之於世。抽齋不但在家中耳濡目染，養成了尊崇皇室的胸懷，而且肯定也聽了迷庵之說而感奮不已。

抽齋之於皇室，常懷耿耿於心。而且一度因而危及身命。保先生從母親五百聽了此事，可惜其月日不詳。只知道發生於本所，大概在安政三年前後。

有一日，有一個姓手島名良助的人告訴抽齋一件秘事：江戶有一位某貴人面臨窮困。貴人因為缺少八百兩金子，即將陷入窘境。手島設法為之籌措，正在到處奔走，卻一直不得其門而入。抽齋聞之慨然，起意獻金之計。抽齋以自家固窮為由，發起了八百兩的互助會[3]。

於是召集親朋故舊為會員，籌足了款項。

互助會之夜，會員散去之後，五百正在沐浴。明日一朝就準備把金子齎送與貴人。呈獻金子的日期早已經由手島向貴人稟報了。

抽齋忽然聽到剝啄之聲。門房問是何人，說是某貴人的使者。抽齋引見了。來的是三個武士。聲言要傳達密令，請屏退左右。抽齋乃請三人進入裡面的四疊半間。據三人說，因為貴人希望明晨以前取得金子，所以才派他們前來領回。

抽齋不應。因為參與此一秘事的是正在貴人之下任職的手島，而且已經約定將藉由手島上繳金子。抽齋說，不可能把金子交給三位面生的來客。三人說明了手島不能同來的緣故。抽齋不予置信。

三人互遞眼色，站起身子，手握刀柄，圍住了抽齋。三人說，不信我輩之言是大不敬，無禮之至。既然承擔重要任務而來，如果空手而回，不免丟人現眼。主人無論如何都不肯拿出金子，對不對？要抽齋馬上回答。

抽齋依然坐著，暫時噤口。三人是偽裝的差使，已明顯不過。然而要自己與他們格鬥，

---

1 栗山為允成之師，勤王派先驅，有〈栗山上書〉倡尊王攘夷運動。

2 收於漢詩集《詩史顰》。

3 互助會：原文「無盡講」，通稱「賴母子講」。華人間稱「會兒」。一種臨時經濟互助團體，入會者按期平均繳款，分期輪流使用。輪流結束，即散會。

既非所欲，亦非所能。家中有男僕，也有塾生。抽齋一邊想著要不要叫他們過來，一邊窺伺著三人的神色。

就在此時，無聲無響，障子門倏地拉開了。主客都吃了一驚，同時瞥了一眼。

其六十一〔抽齋之勤王〕

面前站著三個手握刀柄的客人，抽齋沈穩地坐在四疊半的角落，一邊注意著客人的動作，一邊偷偷斜眼看了一下障子門拉開處。看到的竟是妻五百奇異的模樣，又吃了一驚。

五百上身赤裸，只在腰下纏著一條內裙。嘴上銜著匕首。在門檻邊彎下了身子，正要提起放在緣廊上的兩個小水桶。水桶裡冒著熱氣。那兩個小水桶大概是剛才躡著腳，經過緣廊，提到障子門口來的。

五百拎著小桶，閃身入內，站到丈夫的前面。然後，把熱氣騰騰的兩桶水拋向左右兩個客人；然後，取下銜在嘴裡的匕首，除去刀鞘，瞪著背靠壁龕站著的那一人，大叫了一聲：「有賊。」滿身潑了熱水的兩人，連刀也來不及出鞘，就從房間跑到緣廊，從緣廊逃到院子裡。第三人也跟著逃之夭夭了。

五百叫著家僕與塾生的名字，中間夾著「有賊有賊」的聲音。可是等到在家的男人跑來時，三個客人都已逃得無影無蹤了。這樁事件後來變成了澀江氏家傳的逸事。不過聽說，每次有人稱讚五百的功勞時，五百就會難為情而悄悄離席走開。五百自幼開始武家奉公以來，匕首一把從未離開過身邊，所以此次有事，只顧先從脫在浴室裡的衣類旁邊，拿起匕首，卻來不及好好穿上衣服就跑出來了。

翌日一早，五百就把金子送到了貴人的宅邸。依手島說，貴人不能接受所謂獻金，姑且當作民間貸款[1]，願意分十年償還。

然而，聽說其後有好幾次，手島去拜訪了澀江氏，傳達由於手頭拮据，今年又不能付還分期貸金的話。直至維新那一年，付還的金子只是小小的部分而已。聽說保先生也曾親自去收取過金子。

關於這一件事，保先生總是躊躇不願多談，我也躊躇不想多加著墨。可是對於如此能夠顯示抽齋的誠心、五百的勇氣的事實，我卻不忍置之不顧，而使其湮滅而無聞。何況那位貴人現在已經過世。只要姑隱其名，如實略作陳述，不斥其人，應當無妨。這是我的想法，所以才在敘述抽齋的勤王的過程中，順便提起了這件逸事。

抽齋雖然是勤王派，卻不是攘夷家。起初抽齋並不喜歡西洋，但如前所說，因為讀了安積艮齋的著作而有所覺悟。而且私下又閱讀了種種博物窮理之類的書籍，越發瞭解到洋學之當興而不可廢。當時的洋學以蘭學為主，因而才留下了勸勉嗣子保先生學習荷蘭文的遺囑。

抽齋屬於漢醫系統，恰巧在幕府發布正式承認蘭法醫學時，大約同時去世。為了贏得此一官方認證，蘭法醫界在社會上奮鬥良久。而他們攻擊的對象正是漢方醫學。其應戰攻防之跡，可從《漢蘭酒話》、《一夕醫話》等書窺見一端。抽齋並未出面說長道短於其間，然而為此而煩悶的心情，不難想像而知。

1 民間貸款：原文「借上」，謂政府或上位者向下屬或民間徵借金銀。

其六十二〔抽齋之嗜好〕

我說過，抽齋在幕府公認蘭醫時去世。公認日期是安政五年七月初，而抽齋則歿於八月下旬。

在此之前，幕府於安政三年二月，創設蕃書調所[1]於九段坂下前小姓組番頭格竹本主水正正懋的邸址[2]，像當今外務省附設的外國語學校[3]，與醫學並無任何關係。到了安政五年七月三日，命松平薩摩守齊彬家臣戶塚靜海[4]、松平肥前守齊正家臣伊東玄樸[5]、松平三河守慶倫家臣遠田澄庵[6]、松平駿河守勝道家臣青木春岱[7]為奧醫師，各給予二百俵三人扶持。此舉實為幕府任用蘭法醫師之權輿，先於抽齋去世之八月二十八日僅五十四日。繼之，於同月六日，針對有志於御醫即官醫之士下令道：「兼學荷蘭醫術者亦可無憂。」翌日又命有馬左兵衛佐道純家臣竹內玄同[8]、德川賢吉家臣伊東貫齋[9]為奧醫師。此兩人亦是蘭法醫師。

抽齋若還在世而接受了幕府之聘，就不得不與此等蘭法醫師並肩共事。如此一來，代表舊時代的抽齋與齎來新思想的蘭法醫師之間，說不定難免會引起令人厭煩的矛盾衝突，或者說不定會導致與無名氏的《漢蘭酒話》[10]、平野革谿的《一夕醫話》[11]等書大異其趣的方向，因而開啟了真正漢蘭醫學比較研究的端緒。

前面偶而提到，在抽齋的日常生活中有些與眾不同的嗜好。我想在此補充列舉兩三件事。抽齋是個認為病是可以預防的人，所以經常用心於攝生上面。米飯規定朝午各三椀，晚二椀半。而且椀的大小與盛飯的多少都有嚴格的標準。特別是到了晚年，津輕信順於嘉永二

---

1 蕃書調所：幕末所設洋學研究與教育機關，兼設外交文書翻譯局。維新後改稱開成學校，明治十年與東京醫學校合併，成立東京大學。
2 主水正：主司幕府用水及食物等事務之職。
3 外國語學校：於明治三十二年自東京高等商業學校分出獨立成校。今東京外國語大學前身。
4 戶塚靜海（一七九九—一八六七）：幕末、明治蘭醫。名維泰。薩摩藩第十二代藩主松平齊彬侍醫。安政五年升任奧醫師。官至法印。對日本外科醫學頗有貢獻。
5 伊東玄樸（一八〇〇—七一）：蘭醫。名淵。肥前國佐賀藩第十代藩主松平齊正侍醫。安政五年升任幕府奧醫師。在神田開設種痘所（後為幕府直轄西洋醫務所），著有《醫療正史》二十四卷。
6 遠田澄庵（？—一八八九）：蘭醫。三河國津山藩藩主松平慶倫家臣，善療腳氣症。安政五年將軍家定罹病之際，與伊東玄樸、戶塚靜海同為奧醫師，擔任治療之責。
7 青木春岱：蘭醫。駿河國今治藩醫官。安政五年幕府奧醫師。
8 竹內玄同（一八〇五—八〇）：蘭醫。越前國丸岡藩第八代藩主有馬道純家臣，幕府蘭書翻譯助理、奧醫師、醫學所所長。法印。
9 伊東貫齋（一八二六—九三）：蘭醫。和歌山藩第十四代藩主德川之醫官。奧醫師、西洋醫學所教授。法印。維新後為大典醫。著有《遠西方彙》三十卷、《眼科新篇》等。
10《漢蘭酒話》：實際作者是伊藤馨，號學半樓主人。三卷、續一冊，共四冊。論漢蘭兩醫方之優劣，而以漢方醫為優。
11《一夕醫話》：平野革谿著。批評蘭醫，以傷寒論為基軸，論述漢醫之優於蘭醫。

年聽到抽齋有如此的習慣後，命令長尾宗右衛門為他雕製了一個椀。抽齋從此只用這個椀吃飯。其形比一般椀稍大。當以此椀盛飯時，如果是婢女動手，為了避免有過或不及，就由五百幫忙，先把飯分裝在小飯盒裡，再從飯盒裝入椀中。早餐的味噌湯限定二椀。

蔬菜最喜歡蘿蔔。生吃時攪成蘿蔔泥，熟吃時煮成蘿蔔片。蘿蔔泥不棄其汁，也不用醬油。

濱名納豆[12]是必備之物，不可斷絕。

魚類方面，喜歡方頭魚的味噌漬。也喜歡吃沙丁魚。鰻魚也常常吃。

零食幾乎全部禁止，只是偶而會吃飴糖與上等的煎餅。

抽齋少壯時代滴酒不沾，但從天保八年三十三歲往訪弘前前後，為了防寒，開始飲酒，已如前述。有一陣子晚酌之量稍多。其後，安政元年五十歲時，決定不超過三小磁杯。小磁杯是山內忠兵衛所送。抽齋在赴宴時總是藏在懷裡出門。

抽齋絕不飲冷酒。然而在安政二年遇到地震，無意間喝了冷酒。其後有時也喝喝冷酒，但也不超過三杯之量。

12　濱名納豆：今靜岡線濱松市附近所產之納豆，黑褐色，味美。

其六十三〔抽齋之嗜好〕

嗜愛鰻魚的抽齋，自從習慣喝酒以來，常常準備所謂鰻魚酒。就是把烤鰻魚片放在碗裡，加一點調味汁，倒滿溫酒，蓋上蓋子，稍等一會，就可品嘗。抽齋娶了五百之後，知道五百耐酒，就勸她也喝。五百覺得味道不錯，就請兄榮次郎與姊夫長尾宗右衛門喝，也讓比良野貞固嘗了。這些人後來都養成了愛喝鰻魚酒的習慣。

除了飲食，若問抽齋的嗜好是甚麼，就不能不說是讀書了。講究古刊本、古抄本是抽齋終生的志業，在此不提。醫書中偏愛《素問》，片刻不離身邊，也不必提。其次是《說文解字》。抽齋晚年，每月都舉行說文會，聚集小島成齋、森枳園、平井東堂、海保竹逕[1]、喜多村栲窓[2]、栗本鋤雲[3]等人。竹逕，名元起，通稱弁之助。本姓稻村氏，原為海保漁村門

1 海保竹逕（一八二四—七二）：考證學者。名元起，海保漁村女婿。漁村歿後，繼承下谷私塾傳經廬。為抽齋嫡子保之師。

2 喜多村栲窓（一八〇四—七六）：幕府醫官，名直寬。學經於安積艮齋，學醫於醫學館。醫學館教授、奧醫師。法眼。著有《素問講義》、《傷寒金匱疏義》等，聞名於世。

人，後來為其養子。文正七年生，抽齋逝世時三十五歲。栲窓，名直寬，字士栗，通稱安齋，後襲父之稱曰安政。香城是其晚年之號。受經於安積艮齋，學醫於躋壽館，承父槐園之後為幕府醫官。天保十二年，三十八歲，任躋壽館教授。栗本鋤雲是栲窓之弟，通稱哲三。成為栗本氏養子之後，改稱瀨兵衛，又稱瑞見。嘉永三年為奧醫師，二十九歲。

島田篁村[4]也時時列席說文會。篁村是武藏國大崎的村長島田重規之子。名重禮，字敬甫，通稱源六郎。師事艮齋、漁村二家。天保九年生，所以在嘉永、安政之交，還是個十多歲的少年。抽齋歿時，篁村正好二十歲。

抽齋愛讀的小說大概屬於赤本、蒟蒻本、黃表紙[5]之類。想來他自作的〈呂后千夫〉，可能是仿效了黃表紙之體而成。

抽齋之愛好戲劇，從其承襲劇神仙之號一事，就可想見。父親允成就經常出入劇場，因而幾乎可以說是來自遺傳。然而在嘉永二年晉謁將軍時，有個位居要津的人勸告抽齋說，既然獲得了「目見以上」的身份，從今以後，最好別再前往市區澡堂，或出入戲院。澀江家設有浴室，所以禁往澡堂不成問題。但是禁看戲劇，卻是抽齋之所苦。抽齋姑且隱忍聽從勸告。安政二年的地震之日，抽齋去看戲，那是過了整整七年之後了。

抽齋與枳園同樣捧七世市川團次郎的場。他家傳的俳名叫三升、白猿；此外又號夜雨庵、二九亭、壽海老人；是葺屋町[6]劇場茶屋丸屋三右衛門之子、五世團十郎[7]之孫。長抽齋十五歲。於安政六年三月二十三日歿，晚抽齋一年，享年七十。

其次，抽齋捧場的是五世澤村宗十郎[8]。生前多次改名，稱源平、源之助、訥升、宗十郎、長十郎、高助、高賀等。享和元年生，嘉永六年十一月十五日歿。長抽齋四歲。四世宗十郎之子，因壞疽而截腳的三世田之助之父。

3 栗本鋤雲（一八二二—九七）：幕臣。名鯤，別號匏庵。喜多村栲窓弟。歷任奧醫師、軍艦奉行、外國奉行。維新前留學法國，維新後返國，從事新聞媒體工作。著有《匏庵十種》、《匏庵遺稿》等。

4 島田篁村（一八三八—九八）：漢學家。名重禮。師事海保漁村，後入昌平黌。明治十四年東京大學文學部教授。著有《篁村遺稿》、《歷代學案》等。

5 赤本、蒟蒻本、黃表紙：各為江戶時代所謂草雙紙（小說類）之一。赤本：指封面丹紅、內容多童話故事、有插圖。蒟蒻本：通稱灑落本，以遊廓（妓院區）為主要背景，文體多採對話，藉以表達所謂人情世故之實。黃表紙：封面黃色。以瀟灑、諷刺為基調，描寫風俗人情；讀者以成人為主，有插圖。此外，亦有青本、黑本等……。

6 葺屋町：今中央區日本橋芳町，有戲院市村座。鄰近堺町有中村座。合稱二丁町，為江戶有名之戲院區。

7 市川團十郎五世（一七四一—一八〇六）：江戶歌舞伎俳優，四世團十郎之子，善女役（男扮女角）。亦善俳句、狂歌。

8 澤村宗十郎五世（一八〇二—五三）：江戶幕末歌舞伎俳優，四世宗十郎之高足。

其六十四〔抽齋之嗜好〕

愛好戲劇的抽齋，聽說也喜歡照葉狂言。我對照葉狂言一無所知，所以託人去向青青園伊原先生請教。伊原先生回信說，在喜多川季莊[1]所著的《近世風俗志》裡，載有關於照葉狂言之起源與沿革的記述。

原來照葉狂言是在嘉永年間，由四、五個大阪的浪子創造出來的。大抵模仿穿插在能樂中的狂言，衣裳用素襖、上肩衣、下袴裙、武士裝束，科白則兼採歌舞伎狂言、俄狂言[2]與舞蹈的身段。安政中流行於江戶，曲藝場為之壅塞不堪。而且說「照葉」是「天爾波俄」的簡化轉訛[3]。

伊原先生說，這種對照葉一詞語源的說法，並不可靠。的確難以令人信服。

抽齋早就喜歡觀賞能樂，年少時學過謠曲。偶而遇到弘前人村井宗興，還會一起合唱一曲。聽說唱工之妙出人意表。

在俗曲方面，抽齋也稍稍學過長唄三弦曲。但遠不如謠曲之妙。

抽齋雖然是個鑑賞家，喜歡翫賞古畫，但自己並不積極收購。因為受了谷文晁的教導，抽齋除了實用圖案之外，自己往往也會揮毫畫人物山水。

古武鑑、古江戶圖、古錢是收藏家抽齋蒐集的對象。我最初是以古武鑑為媒介發現了抽齋的，已如上述。

抽齋善碁，但很少與人對局。蓋自律而不欲沈緬於其中。

抽齋喜歡觀看大名參勤交代的行列，而且把每藩的鹵簿[4]記得一清二楚。也喜歡買來新武鑑，加以著色而樂在其中。此種嗜好與喜歡觀看喜多靜廬的祭禮，頗為類似。

每當角兵衛獅子來到門口，前已說過，抽齋一定會出去觀賞。

庭園是抽齋之所愛，自己常常拿著剪刀修剪盆栽。樹木中最喜歡御柳，就是《爾雅》所列舉的檉。又名雨師、三春柳。這是父親允成喜歡的樹種，抽齋每次移居時，一定把這棵先父的遺愛挖走，移植到新居靠近起居室的地方。名其居處為觀柳書屋，所觀之柳不是楊柳之柳，而是檉柳之柳。反之，柳原書屋則是因為御玉池的家靠近柳原而取的屋號。

抽齋晚年最討厭雷霆。他曾經遇過兩次落雷。一次是與新娶的五百行在路上之時。當日

1　喜多川季莊（一八一〇—？）：風俗史家，名守貞。所著有《類聚近世風俗志》，原題《守貞漫稿》。傳記不詳。

2　俄狂言：從江戶末期至明治時代流行之民間滑稽戲。

3　狂言：指在能樂或歌舞伎幕間演出之劇種，載歌載舞，以輕鬆滑稽、娛樂觀眾為主。「照葉」讀てりは，「天爾波」讀てには，「俄」讀にはか。

4　鹵簿：古代天子、將軍、大名或高官出外時前導之儀仗隊。

滿天陰霾，忽然彷彿在兩人頭上裂開，一道火光閃落在身邊，響起貫耳之聲，兩人不覺倒在地上。一次是在躋壽館講師辦公室休息之時。忽然有雷光落在辦公室附近的廁所前面。當時在廁所裡正站著小便的伊澤柏軒，向前倒向便器上，折斷了兩顆門牙。如此這般，重複受到驚嚇，抽齋可能因而討厭雷聲。聽說一有閃光雷鳴，抽齋就會躲在蚊帳裡，叫人拿酒來壓驚。

這個抽齋的弱點恰好與森枳園的相同。在枳園自撰〈壽藏碑〉後，其門人青山道醇等所附文章中，有「夏月畏雷震，發生之前必先知之」之語。枳園另有討厭之物，就是蛞蝓。夜行路上，若有蛞蝓，即在暗中，亦能知之。隨行的門人以燈火找尋，見之而大驚。此事亦見於同一文中。

其六十五〔抽齋之名號、抽齋歿時之澀江氏〕

抽齋原出平姓，小字恒吉。成人後，名全善，字道純，又字子良，而以道純為通稱。其號抽齋之抽字，本作籀。籀、擂、抽三字相通。抽齋的手澤本一定蓋有籀齋校正的篆印。

別號有觀柳書屋、柳原書屋、三亦堂[1]、目耕肘書齋[2]、今未是翁[3]、不求甚解翁[4]等。另外有三世劇神仙之稱，已如前述。

抽齋生前就自己選了法諡，稱容安院不求甚解居士。此一法諡字面不能說不妙，卻太過抽象。反之，抽齋為妻五百所撰的法諡，則妙趣無窮。就是半千院出藍終葛大姊。半千是五百，出藍謂生於紺屋町，終葛謂死於葛飾郡[5]。只是世事推移難於逆料，五百畢竟無緣死在

1　三亦堂：基於《論語・學而》：「學而時習之，不亦說乎，有朋自遠方來，不亦樂乎，人不知而不慍，不亦君子乎。」
2　目耕肘書齋：以耕田喻讀書。
3　今未是翁：陶淵明〈歸去來辭〉：「實迷途其未遠，覺今是而昨非。」
4　不求甚解翁：陶淵明〈五柳先生傳〉：「閑靜少言，不慕榮利。好讀書，不求甚解。每有會意，便欣然忘食。」
5　葛飾郡：在此指抽齋最後住所本所御台所町，今墨田區之一部。

本所。

這兩個法諡都未刻在石上。抽齋的墓上立了海保漁村所撰的碑銘；而五百的遺骸則合葬於抽齋的墓穴中。

一般的傳記慣例皆以其人之死而終。然而有景仰古人之心的讀者，不禁要問其苗裔的情形如何。因此，我雖已記述完了抽齋的生涯，卻猶不忍就此擱筆。我想在下面，附帶書寫抽齋的子孫、親戚、師友等的事蹟。

我已覺察到要進行這樣的書寫一定會碰上許多障礙。那是因為隨著言及現存人物之處越來越多，可能碰撞忌諱的情形也免不了越來越繁。此種障礙在前面敘述抽齋的經歷時，尤其到了他人生末期的安政年間，早已探出頭來了。此後恐怕會越發纏繞筆端，增加可厭的拘束。不過無論會面臨多少困難，我已決定把想寫的或能寫的寫出來，完結這本書稿。

澀江家在抽齋歿後，如前所舉，留下了寡婦五百、陸、水木、專六、翠暫、嗣子成善，與冒了矢島氏的優善。當年四十三歲的五百，從此不得不扛上一家的生計，照顧十月朔日才繼家督的成善與其他五個孩子了。

遺子六人中，當前有問題的是矢野優善的境遇。優善因為行為不端，兩年前從表醫師被貶為小普請醫師，一年前改為表醫師助理。父喪之年二月，才恢復了原來表醫師的職位。

然而當時優善的態度，還難看得出是真正的徹底悔改。因此五百不得不朝夕仔細監視著他的一舉一動。

其他五個孩子中，十二歲的陸、六歲的水木、五歲的專六，都已開始讀書習字了。對陸與水木，五百親自授之以句讀，而且手把手教他們寫字。專六到鄰近一個叫杉四郎的書生家上課，但五百幫他複習功課也相當費力。專六用的字帖是平井東堂所書，臨帖時也必須手把手幫助他。每日從午餐後至薄暮，五百總是站在孩子的背後，隨時照顧著他們的習字作業。

其六十六〔五百與長尾氏〕

寄居在澀江邸內的長尾一家，時時也會引起些許風波。碰到那種場合，五百就非得前往調停不可。此次的爭端，起因於五百勸其姊安應該恢復經商、重振家業，但安總是躊躇不決。宗右衛門的長女敬已經二十一歲，天生好勝，一直勸她母親聽從五百的話。母親雖沒拒絕，卻拖拖拉拉、一動也不動，毫無作為。爭端因之而起。

當此時刻，總要等五百出來鎮撫才能罷休。這已是長尾家宗右衛門尚在世時以來的習慣。既然宗右衛門心服五百的話，所以妻子兒女也就不敢違背了。

宗右衛門對小姨子五百，不但尊敬她是抽齋的配偶，而且之所以信任她到此地步，是另有來由的。那是有一次宗右衛門在家裡，對安肆行虐待如同暴君；因而受到五百的嚴厲忠告，不得不流淚謝罪，爾後在五百面前就只有低首下心了。

宗右衛門可以說性格太過亮直，卻也是個脾氣暴躁的人。這是十二年前發生的事：宗右衛門親自教才七歲的女兒銓讀書，說是女兒大了要把她嫁給武士。銓記性好，又會讀書。曾經在教書時，宗右衛門帶著酒氣，把銓拉到身邊，說要訓練她忍耐的功夫，就用煙袋桿敲起她的頭來。銓起初默默忍著，後來實在忍不住了，大叫一聲「爸爸，討厭！」舉起手裝出要打的動作。宗右衛門大怒，一邊說著「敢反抗父親啊？」一邊用拳頭亂打女兒。有一日又碰到同樣的場面，安試加勸阻；宗右衛門竟揪住她的頭髮，拖倒在地，而且大吼道：「出去！」

安本來是宗右衛門戀愛結婚的妻子。天保五年三月，當時在阿部家奉公，綽號金吾。才二十歲的安，有一天回宿舍後，趕到堺町中村座去看戲。此時宗右衛門與安一見鍾情，散戲之後尾隨至紺町，看到安走進了日野屋。那是同窗山內榮次郎的家。後來知道安是榮次郎之妹，於是立刻託人去提親。

即使如此才嫁過來的安，遇到如此家暴，也無暇整理被拳頭打亂的丸髷[1]，總會逃回娘家山內家去。後來襲了父名忠兵衛的榮次郎，在改姓廣瀨之前，怕惹上麻煩，不肯往會津屋，出面調停。花街出身的妻子濱照，落魄消極，根本一無用處。於是只好對碰巧來訪的五百說：「想個辦法幫幫忙吧。」五百半哄半騙，把姊姊帶到橫山町去了。

到會津屋一看，敬在家裡走來走去。銓還在哭泣。妻出走後，更加藉酒解悶的宗右衛門，以可怕的笑臉迎接了五百。五百平心靜氣地說了賠罪求饒的話。主人根本不聽。對話之間不久，主人就饒起舌來；光焰萬丈，若不可擋。宗右衛門喜歡引經據典。說甚麼偽書《孔

1 丸髷：已婚婦女結在頭上之橢圓形髮髻。

叢子》[2]有「孔氏三世出妻」的故事；祭仲有女雍姬[3]；齋藤太郎左衛門有女早咲[4]。五百邊聽邊想著：如果服輸就永無止境。要如此引證發論，本人也不是無話可說，於是展開了論陣，可謂旗鼓相當。五百引公父文伯之母敬姜[5]，又引顏之推之母[6]為例。最後引用《詩經·大雅·思齊》：「刑於寡妻，至於兄弟，以御於家邦。」[7]一聲色俱厲地責備宗右衛門破壞家中雝雝和睦之氣。宗右衛門不得不屈服，說：「妳為甚麼不生為男子？」

因為有此來由，所以長尾家一有爭端，五百就非趕來不可。

2《孔叢子》：傳前漢孔子九世孫孔鮒所著。為孔子及其孫子思、曾孫子上等五人之言行錄。二十一篇，後加〈連叢〉上下篇，合稱《孔叢子》。學者間多以為後世之所偽作。「孔氏三世出妻」故事見於《孔子家語·後序》等處。三世指孔子、孔鯉、孔汲。

3 祭仲：春秋時代鄭國重臣。從鄭伯厲公破周軍於霸葛。莊公時為卿。專權怙勢。有女，名雍姬，助父殺其政敵雍糾（自己之丈夫）。

4 齋藤太郎左衛門：淨琉璃〈大塔宮曦鎧〉中出現之武士。有女，名早咲，密報其父，謂其夫賴貞將謀反。賴貞自殺。

5 敬姜：《列女傳》卷一有傳。頌曰：「文伯之母，號曰敬姜。通達知禮，德行光明。匡子過失，教以法理。仲尼賢焉，列為慈母。」

6 顏之推：當為介子推之誤。春秋時代晉文公之臣，隨文公流浪他國十九年，文公回國後，論功行賞。「介之推不言祿，祿亦弗及。……其母曰：『能如是乎？與汝偕隱。』遂隱而死。（《左傳·僖公二十四年》）。

7 語出〈思齊〉第二章。刑：通型，示範也。寡妻：為正妻之謙稱。御：治理也。

其六十七〔澀江氏與矢川氏〕

抽齋去世之翌年即安政六年，十一月二十八日，矢島優善受命進入濱町中邸內院，即以表醫師之名而成為信順的侍醫。至今仍難完全信賴的優善，就任如此責任重大之職，為五百增加了勞心焦慮的種子。

抽齋之姊須磨所生的長女延，大概死於此年。允成的親父稻垣清藏的養子是大矢清兵衛，清兵衛之子是飯田良清，良清之女就是這個延。容貌姣美，嫁給了小舟町[1]的鰹魚商新井屋半七。良清的長男直之助早世，留下養子孫三郎與延之妹路。孫三郎的事見後。

抽齋歿後第二年是萬延元年。成善只有四歲，但奉令出任濱町中邸津輕信順的侍臣。不用說只不過是時時進邸問候起居而已。此時有一個剛剛就任中小姓的人，姓矢川名文一郎，在中邸勤務，對於幼小的成善頗為照顧。

矢川有本末兩家。本家傳授長足流馬術，代代襲稱文內。前代文內[2]的嫡子與四郎，也襲

1 小舟町：今中央區日本橋之地名。

其父之稱號，當時為順承的近侍。其妻兒玉氏是越前國敦賀城主酒井右京亮忠毗[3]的家臣某之女。是二百石加八人扶持之家。與四郎文內有弟名宗兵衛，有妹名岡野。宗兵衛分家出去後，娶了近侍雜役倉田小十郎[4]之女名美津為妻。岡野則成為順承邸裡的中級女侍。實際是妾。

文一郎就是這個宗兵衛的長子。其母有一姊一妹，分別嫁給了林有的[5]與佐竹永海[6]。佐竹本來想娶山內氏五百而不成，終於娶了矢川氏。某年元旦，佐竹來山內家拜年，想牽站在庭院裡的五百的手。五百強拉其手而放開。佐竹墜入庭池中。山內家替佐竹換上榮次郎的衣服，讓他回去。後來五百嫁了抽齋，有一次往兩國中村樓參加書畫會，碰巧與佐竹邂逅。看見佐竹被數名藝妓包圍在中間，就說：「佐竹先生，還是英雄好色啊。」佐竹只能搔頭苦笑以對。

文一郎之父較早去世，其母美津再嫁；文一郎於是被送到與津輕家有親屬關係的淺草常福寺[7]去寄養。這是嘉永四年的事，天保十二年出生的文一郎已經十一歲了。

文一郎在寺裡長大成人。在澀江家抽齋逝世前後，由本家文內來把他領了回去。然後稍在成善受命就任近侍雜役之前，二十歲的他已當信順的中級雜役了。

文一郎長得相當英俊，而且心中頗以其貌自恃。當時經常出入吉原，狎暱某妓，甚至與她立下了海誓山盟。有一夜，文一郎忽然醒來，見到臥在身邊的女子睜大一眼睡著。一直以為美麗的臉居然變得這般怪模怪樣，不免大吃一驚，全身起了雞皮疙瘩。忽又覺得這或許只是一場夢魘，急忙叫醒身邊的人。那個女子醒來了，問到底是怎麼回事。文一郎回答未半，女子就滿臉通紅，告訴他說因為偏盲，所以裝了義眼。而且流著眼淚，哀求不要破壞兩人之間的盟誓。文一郎表面上承諾了，但聽說以後就與那個女子斷絕了關係。

---

2 前代矢川文內（?—一八四八）：津輕藩士。定府。矢川本家第四代，文內第二代。初名彌吉。歷任監察員、步卒組頭等職。其子與四郎，文內第三代，襲其名位。

3 酒井忠毗（一八一六—七六）：敦賀藩第七代藩主。晚年參與幕府外交事務。

4 倉田小十郎（?—一八五六）：津輕藩士。為藩主近侍雜役（原文近習小姓）。

5 林有的（一八三七—一九〇一）：實業家，丸善商社創始者。學於福澤諭吉。維新後開設丸屋書店，專賣洋書。設貿易商會，自任社長。

6 佐竹永海（一八〇一—七四）：畫家。師事谷文晁，擅山水花鳥。多奇行逸話。

7 常福寺：在今台東區壽二丁目，天台宗。原為津輕藩主菩提寺（家廟）。幕末明治年間在淺草榮久町（今藏前四丁目）。

其六十八〔成善入塾〕

我為了介紹少時的文一郎，以致費了稍多的話。這不只是因為文一郎扶掖了年幼的成善；而且是因為文一郎與澀江氏的關係，後來逐漸親近之故。文一郎變成了成善的姊夫。文一郎先生仍然在世，現居赤坂台町[1]，但似乎不喜歡談自己的往事。其少時的事蹟來自兩個活生生的典據。一是矢川文內的二女阿鶴女士的話，一是保先生的話。文內有三子二女。長男俊平繼承了家業，據說其子蕃平先生現居淺草向柳原町[2]。俊平之弟是鈕平與錄平。長女叫鉞，次女叫鑑。鑑後來改名為鶴，嫁給了中村勇左衛門即今弘前桶屋的範一先生。其子範先生與我有過書信往來。

成善於此年十月朔日入了海保漁村與小島成齋之門。海保的家塾在下谷練塀小路[3]，即所謂傳經廬。下谷雖是卑濕之地，庭院裡卻種著梧桐。這是漁村追慕其師大田錦城之風而栽種的。當時漁村六十二歲，擔任躋壽館講師。又分別從陸奧國八戶城主南部遠江守信順[4]，與越前國鯖江城守間部下總守詮勝[5]，各支取了五人扶持。不過無論在躋壽館或在家塾，大抵都由養子竹逕代講了。

小島成齋在藩主阿部正寧[6]之世，住在辰口老中官邸。安政四年，到了承繼家督的賢之助正教[7]之世，遷居昌平橋內[8]的上邸。就是現在的神田淡路町。來拜師習字的兒童頗多，在二樓的三間教室裡排滿桌子，學生正坐練習。在成善相識的兄輩弟子中，有生於嘉永二年十二歲的伊澤鐵三郎。是柏軒之子，後稱德安，維新後，改名磐的人。成齋手執教鞭，坐在正前面，看到筆法有誤，就以鞭尖加以指正。也許為了不讓兒童感到厭倦，說話時常帶諧謔；而諧謔的對象常常是鐵三郎。成善因為還小，要到海保塾或往小島塾，都由男僕帶去。鐵三郎也有僕人跟著，但那是因為父親貴為輪班奧醫師[9]，要像正式的隨從那樣陪伴左右。

抽齋的墓碑也立於此年。海保漁村所撰的墓誌，原文頗長；或以為立此豐碑恐有傲世之

1　赤坂台町：今港區赤坂七丁目。
2　淺草向柳原町：今台東區台東一至二丁目。
3　練塀小路：今神田練塀町車站北側。
4　南部信順（一八一三—七二）：陸奧八戶藩第九代藩主。致力沿海防備，曾為京都御所（皇宮）警護。在戊辰之戰（一八六八）時脫離奧羽越幕府派諸藩，加入倒幕派。
5　間部詮勝（一八〇四—八四）：鯖江藩第七代藩主，經大坂城代、京都所司代，官至老中，輔佐大老井伊直弼。參與〈日美通商條約〉之簽訂事宜。
6　正寧：當是正宏之誤。
7　阿部正教（一八三九—六一）：備後國福山藩第八代藩主。享年三十三。封伊勢守。
8　昌平橋：在湯島聖堂（孔廟）東，跨神田川之橋。
9　輪班奧醫師：原文奧詰醫師，指受上級奧醫師指示，每隔一日輪值城中之表醫師。

嫌，對於主人家不能無所顧忌，所以請來了識字的故舊四五人，胥議而加以刪削。其文之敘事而不全，又甚至偶有悖於事實者，皆因刪節原稿所致。

建碑之事完畢之後，澀江氏買了淀川過書船支配[10]角倉與一的別邸，就搬離了台所町的宅邸，移居到龜澤町[11]去了。角倉的本邸在飯田町黐木坂下，主人則在京都勤務。龜澤町的宅邸有庭院、有池塘，又有稻荷與和合神[12]的小祠堂。稻荷稱龜澤稻荷，每逢初午日總有許多參拜者，而且照例會有二十多個趕廟會的攤販擺在門前。因此角倉要賣宅邸時有附帶條件，就是必須讓外人可以繼續來參加初午之祭[13]。地點就在現在相生小學的校園。

就在澀江氏移居龜澤町的同時，一向住在澀江家的矢島優善，也正式離開本家，在本所綠町另立了門戶。

10 過書船支配：江戶幕府職名。管理淀川水系貨船之通航、通費、徵稅等事務。過書船指已持有免稅通行證之船隻。該職向由角倉氏與木村氏二家世襲。
11 龜澤町：今墨田區兩國四丁目。
12 稻荷：原指五穀神，其使者為狐狸。稻荷神社今已成為各種產業之守護神。和合神：源出中國。陰陽和合之神，男女二像並立。江戶時代為婚禮之神。
13 初午之祭：陰曆二月初午之日所行之稻荷祭典。

其六十九〔優善之自立〕

從去年即安政六年年底，中丸昌庵[1]就帶頭勸說五百，應該讓矢島優善獨立出去，自成一家。昌庵是抽齋門人，以多才能辯為儕輩所推崇。文政元年生，當時四十三歲。食祿二百石八人扶持，居近侍醫師之首。昌庵道：「優善君一時犯了錯誤而受到貶黜，好在能夠及時改過，前年恢復了原先的職位，去年又獲准出入內院。現在，抽齋先生逝世已經兩年，優善君已經二十六歲。我在去年就想著，現在正是優善君奮發自新的時候。必須讓他自成一戶，負起應負的責任。」而且出現了兩三個表示同意的人，五百雖然忐忑不安，也只得接納此一建議了。比良野貞固本來反對昌庵，看五百既然心意已決，也就不再爭辯了。

優善移居的綠町之家，是綽號鳩醫生的町醫佐久間某的故宅。優善迎來了妻子鐵，雇了一個女傭，開始了三人的生活。

鐵是優善的養父矢島玄碩之二女。玄碩，名優繇。本來抽齋給優善的命名是允善，後來

1 中丸昌庵（一八一八—七〇）：津輕藩醫。近侍醫師。二百石八人扶持。抽齋門人。

冒了矢島氏，襲用了養父的優字。玄碩原配某氏無子。後妻壽美是龜高村[2]喜左衛門之妹，義父是上總國一宮城主嘉納遠江守久徵的醫官原芸庵[3]。壽美生了二女。長女名環，次女名鐵。嘉永四年正月二十三日壽美死，五月二十四日九歲的環死，六月十六日玄碩死，留下了僅六歲的鐵。

優善就在此時入矢島氏為其晚年養子。媒介人是中丸昌庵。中丸當時為了說服其師抽齋，頗費唇舌；不忍看著矢島氏從此斷了香煙，一再訴之以情。何則？因為要把次男優善送給矢島氏當女婿，實在是莫大的犧牲。

玄碩所遺女兒鐵患過嚴重的痘瘡，滿面瘢痕，一副人見人厭的臉孔。抽齋終於為中丸之言所動，答應把美貌的優善送給了鐵。五百雖然於情難忍而不捨，但事由出自丈夫的義氣，也就不再強行爭執了。

發生此事的嘉永四年[4]，五百於二月四日失去了七歲的棠，十五日又失去了三歲的癸巳。當時五歲的陸，寄養在小柳町木匠師傅新八家裡。五百很想把她叫回來，卻因為非得抱養鐵不可，只好讓她繼續留在寄養的家，直至翌年。

棠是個美麗的孩子。在抽齋的女兒中，純與棠的容姿最受人誇獎。五百之兄榮次郎每次看了棠的舞蹈，就說：「這孩子，真想咬她一口。」五百也過於愛談棠的美麗，以致陸不平地說：「聽著阿母那麼喜歡誇獎姊姊，像我這樣的臉好像是醜八怪似的。」又在棠夭折時說：「阿母大概希望我代她死吧。」

2 龜高村：今江東區北一丁目一帶。

3 原芸庵（?—一八五七）：上總國一宮藩醫官。名善財，以醫術奇特而頗負盛名。

4 參〔其四十二〕。

其七十〔抽齋藏書之散佚、艮齋之死〕

女兒棠死後半年間，五百幾乎失去了精神的平衡，每到黃昏，就常常打開窗口，凝視著庭院裡的陰影。這也沒甚麼特別的理由，大概只覺得也許在陰暗中會看到棠的影子吧。抽齋有點擔心，勸道：「欸，五百，這可不像妳啊。稍稍振作起來，行不行？」

就在此時，矢島玄碩的二女鐵，就是優善將來的妻子，住進來了，五百開始抱她睡覺。蜾蠃之母不得不矯其情，而盡其養育陌生人的孩子的責任。五百有時在入睡後，常以為懷中的孩子是棠，在夢境中不知不覺撫摸著孩子。忽然會被一種恐怖警醒，睜眼一看，鐵的那痘痕猶新、紅斑點點的小臉，就近在身邊。五百不由得抽泣起來。等到意識清醒時，就嘟噥著：「優善真可憐啊。」

優善把鐵帶進綠町的新家時，鐵已經十五歲了。通達世故的優善把鐵當小孩看待；說話時低聲下氣，彷彿在哄小孩。所以兩人之間沒發生過任何衝突。

與此相反，優善一旦脫離了五百的監視，一出門，就又返回過去放蕩不羈的生活了。大概與從長崎回來的鹽田良三之間，又取得了聯繫。此等友黨不但出入酒家妓樓，而且常與無賴之徒比鬥袁耽之技[1]。像良三此人，據說還曾經頭剃月額[2]、垂長髮、披睡袍，大搖大擺，闊步街上。在優善背後，已有懲罰復仇之神緊跟在後了。

澀江氏移居龜澤町時，五百也把長尾一族從原來的小屋遷到新邸居住。雖然年月不詳，但長尾氏兩個女兒的出嫁，都在移居龜澤町之後。首先是長女敬，表示不能同母親一樣，繼續不勞而食，乃任由媒人安排，嫁給了猿若町三丁目守田座[3]附屬茶屋三河屋力藏；其次是次女銓，嫁給了淺草須賀町的吳服栃商屋儀兵衛。因為未亡人安會筆算記帳，敬的丈夫視為重寶，請她來管理帳房。

外面相傳，抽齋的藏書有三萬五千部。但移居龜澤町時做了檢查，已不滿一萬部。當長兄恆善還在世時，記得碰見矢島優善正從台所町的書庫搬出書籍，而加以奪回的往事。至於避人耳目，偷賣出去的更不知有多少。聽說有時會用繩子捆綁書籍，從二樓吊下，街上有人等著接住拿走。安政三年以後，抽齋常常臥病在床，其間書籍的散佚特別嚴重。又有借書與人而失去的情形也不少。就中森枳園與其子養真所借的書多半未還。成善進入海保的家塾後，海保竹逕就屢次警告澀江氏說：「市面上看到不少有府上藏書印的書，請注意一下。」

抽齋生前念茲在茲的躋壽館校刻《醫心方》，今年終於完成，森枳園等人各獲白銀若干

1 袁耽：字彥道。晉朝人。擅博弈，後人以其名稱博弈，曰袁耽之巧。
2 月額：原文「一竈」，古代男人剃光頭上之前半，成半月形，垂髮，不結髻。在歌舞伎中為惡僧髮型。
3 猿若町：今台東區淺草六丁目東部。有守田座（森田座，明治八年改稱新富座）、市村座、中村座等戲院。

的賞賜。

那位使抽齋感悟到非有洋學不可的安積艮齋，歿於此年十一月二十二日，七十一歲。艮齋歿時的年齡，諸書互有異同，其中以七十一與七十六為多。我曾託鈴木春浦先生去調查妙源寺的墓石與過去帖，都看不到有關年齡的紀錄。然而讀其文集[4]，在其登故鄉安達太郎山的記述中[5]，明明寫著干支與年齡的大約，因此在萬延元年，顯然艮齋不可能享年七十六。其子文九郎重允繼承了家督。重允少時患疥癬而身體衰弱，為父的艮齋曾攜往溫泉治療。其事見於文集[6]。聽說抽齋很喜歡艮齋的華盛頓傳論讚，反覆讀之而不倦，所指大概是《洋外紀略》中的一節：「嗚呼話聖東，雖生於戎羯，其為人有足多者。」[7]

4 文集：指《艮齋文詩三》，三都書林版，一八四〇。
5 指〈東省續錄〉中之〈西岳〉篇。天保七年作，文末云：「年踰四十始登。」按：天保七年，歲次丙申。
6 指《艮齋文略續》附《艮齋文詩四》（嘉永六年刊）中之〈踰碓冰嶺過淺間山記〉一文。
7 語見《洋外紀略》地之卷第二章〈話聖東傳〉。按：話聖東為幕府末年華盛頓（Washington）之日文漢字音譯。

其七十一〔優善之行徑與退隱〕

抽齋歿後第三年是文久元年。年初，五百叫人把三個大書箱搬進成善的房間裡，擺在壁櫥上。然後說：「這是日本僅存的三部善版《十三經註疏》之一，是父親生前指定要留給你的。今年是三回忌辰之年，所以把書放到你身邊來，由你自己妥善保管。」

數日後，矢島優善想招集朋友來舉行插花會，只不過綠町的家沒有合適的地方，才說想借用成善的房間。成善二話不說，就把房間騰出來了。

於是，來了幾個號稱朋友的朋友，吃了年糕小豆湯甚麼的，等他們回去了，打開壁櫥裡的書箱一看，空空如也。

三月六日，優善以「品行不端、惡習難容」之嫌，奉命退隱。同時「憫其無後，准予繼承家督」。也就是說，可以找養子來襲其家名。

中丸昌庵自願擔負起為優善尋找適當養子的責任。有一個中丸所偏愛的近侍醫生，俸祿一百五十石六人扶持，名叫上原元永的人。這個上原向中丸推薦了町醫伊達周禎。

周禎於同年八月四日繼承了家督，當然也繼承了矢島氏二百石八人扶持的俸祿。養父優善二十七歲，養子周禎是文化十四年生，四十六歲。

周禎之妻，名高，已生四子，即長男周碩、次男周策、三男三藏、四男玄四郎。周禎冒矢島氏之姓時，長男周碩自稱天生笨拙，不合仕宦，自請廢嫡，而往小田原當起了町醫。因此弘化二年生的次男周策變成了嗣子。當時十七歲。

在此之前，當優善蒙受退隱的處分時，為此而最感憂心的是五百，最為憤怒的是比良野貞固。貞固當面斥責優善，問他如何雪洗此辱。優善答說，想進山田昌榮[1]的家塾讀書。

貞固說，要先看到優善的悔過書後，才准其入塾。於是把優善與其妻鐵帶回家裡，安排他們住在二樓。

如此這般，很快到了十月。貞固請來五百，一起把優善送到山田塾。該塾位於本鄉弓町。此塾的月費是三分二銖。貞固以為這點點小額塾費，應該由受領矢島氏俸祿的周禎去支付。還有在優善的進修期間，其妻鐵最好住到周禎家裡去，以便就近照顧。貞固就此二事與周禎進行了交涉。周禎的反應先是推三阻四，說是礙難遵行；後來終於無可奈何，算是承諾了。想來當上原在推薦周禎為矢島氏之嗣時，大概採用了交售身份地位的方式。上原對澀江氏是沒有同情心的人，聽說還給優善起了一個外號，叫屁渣。

當時山田塾有門徒十九人。未幾，優善與名叫梅林松的人同時受命為塾頭。梅林起初學於抽齋之門，後來轉來此塾。維新後改名曰潔，明治二十一年一月十四日，官至陸軍一等軍醫而終。

比良野氏則在此年，迎進了同藩組頭二百石稲葉丹下的次男房之助為養子。這是因為貞固已經五十歲，而其妻可奈迄未生子之故。房之助生於嘉永四年八月二日，當時十一歲。不喜學問而好武藝。

1　山田昌榮：即山田椿庭，見〔其五十三〕，注1。

其七十二〔豐芥子之死、枳園與富穀口角〕

此年在矢川家，文一郎二十一歲，娶了本所二丁目的五金商平野屋的女兒，名字叫柳。

自號豐芥子的石塚重兵衛，歿於此年十二月十五日，六十三歲。豐芥子之仰賴澀江氏的濟助，幾乎早成慣例。據說五百保留著一本帳簿，專為記錄交給石塚氏的金額。不過抽齋深愛此人之擅於文字書寫、通達市井風俗、審究戲劇沿革，所以每次來訪，莫不歡迎款待。現在去世了，遲抽齋三年。

聽人已死而談其是非，雖有後言之嫌，但在追問抽齋藏書散佚的原委時，豐芥子也不得不負幾分責任。他所取去的多半是歌舞音曲之書、隨筆小說之類。其他如書畫古董，也有經由此人之手進入商賈之手的。在此只舉保先生記憶中的一例。抽齋的遺物中有圓山應擧[1]的畫一百幅。題材類似有名的〈七難七福圖〉[2]，我記得從保先生聽得此畫之名[3]，但稍有顧忌而未嘗筆之於書。裝裱極其精緻，收在桐盒中。有一次，豐芥子說要拿到某會去展覽，借走了此一百幅畫以及數個偶人。偶人所雕的是六歌仙[4]與歌舞伎美少年演員，相傳是寬永時代的古董。據說抽齋曾說：「三爺不送雛偶[5]，願以此畫等物遺之。」三爺指成善的小名三吉。五百曾多次派名叫清助的年輕男僕，到淺草諏訪町鎌倉屋去催還。然而豐芥子總是顧左右而言他，始終未還。清助原是京都某兌換錢舖的兒子，由於放蕩不羈，被逐出家門，來到江戶，當了澀江氏的僕人。因為寫得一筆好字，豐芥子也曾請他去幫忙抄寫工作。故而五百才派他到鎌倉屋去催討。

森枳園與小野富穀發生過口角，年月日不詳，我以為多半在此年之內。地點在山城河岸的津藤家[6]。照例有文人、畫家、力士、俳優、幫閒、藝妓之輩，一大座人，莫不酒酣耳熱。其中有枳園、富穀、矢島優善、伊澤德安等人。起初枳園與富穀談論著某些問題。喜歡嘲弄、玩世不恭的枳園，不知何故，居然大動肝火，學起七世市川團十郎罵人的腔調；胖大漢富穀為之大驚失色，匆匆離開了宴席，逃之夭夭了。其實富穀之好滑稽諧謔，並不下於枳園，甚至還能表演肚臍吸菸的特技。枳園與此人何以發生如此激烈的衝突，任誰也沒想到，

---

1 圓山應舉（一七三三—九五）：畫家。入狩野派石田幽汀之門，自創圓山派。專擅宮殿、寺社之障壁畫或屏風畫。有〈七難七福圖〉、〈雪松圖屏風〉等多種傳世。

2 七難七福圖：又名〈難福圖卷〉，繪因果報應之圖。今藏滋賀縣圓滿院。

3 指此畫之題簽：〈強姦百圖〉。

4 六歌仙：原指六名歌人，即遍照、在原業平、文屋康秀、喜撰、小野小町、大伴黑主。在此蓋指歌舞伎〈六歌仙容彩〉舞劇中之舞俑。

5 雛偶：原文雛人形。日本三月三日女兒節在家中擺設之小型偶人。

6 山城河岸：今中央區西銀座六至八丁目之舊河岸名。津藤即攝津國屋藤次郎，幕末通人（特指花街柳巷通）。本名細木鱗，號香以。鷗外有史傳小說《細木香以》（一九一七）。

所以優善與德安二人永遠記得那次的吵架。想來擅於貨殖的富穀與物不分人我、漫不經心的枳園之間，在性格上有其互不相容的地方。津藤即攝津國屋藤次郎，名鱗，字冷和，號香以、鯉角、梅阿彌等。其放肆豪蕩、耗盡家產之事，世人皆知。文政五年生，當時四十歲。

在此年的抽齋忌日前後，小島成齋勸五百把尚存的大半藏書，寄存在中橋埋地[7]的柏軒家裡。柏軒於翌年移居御玉池的宅邸時，也把澀江氏的藏書與家財一起搬到新居，鄭重妥善地保存了一年左右。

7 中橋埋地：今中央區寶一丁目至京橋一丁目一帶。

其七十三〔成齋之死、五百逸事一樁〕

抽齋歿後的第四年是文久二年。抽齋在世時，按慣例，要向藩主進獻活版雁皮紙刷的《醫方類聚》[1]。該書是喜多村栲窓所校刻，每月發行；而抽齋則終其一生，逐月進呈。成善在父親歿後繼續不變，以至此年，全部進獻完畢。八月十五日，藩主順承[2]派遣重臣去向成善致賀，以「家紋外褂並酒餚」賞賜之。

成善自兩年前師事海保竹逕，至此年十二月二十八日，六歲，從藩主順承接受了獎學金二百匹[3]。這是對他完成了主要經史典籍白文誦讀的獎勵。五百以前為了教導子女讀書寫字，每日常常要費掉半天工夫，但對於成善的學業卻從來不加干涉，且說：「這孩子，讀書比吃飯重要，根本不必費心。」成善又以善於事母而獲得兩次獎賞。

此年十月十八日，成善的書法之師小島成齋歿，六十七歲。成齋平常早晨教學生習字，

1《醫方類聚》：醫書。朝鮮梁誠之等撰，文久元年學訓堂刊行完畢。有嘉永五年序。
2 順承：應作承昭，津輕藩第十二代藩主。下段之「順承」亦同。
3 二百匹：等於五千文。匹為數錢單位，一匹等於二十五文。

之後出仕阿部家官邸，午時下班後，開始飲酒談戲。阿部家在抽齋歿前一年，即安政四年六月十七日，位居老中之職的伊勢守正弘去世，至八月由伊予守正教繼承了家督。成善上學以後，就始終在正教身邊侍候。到了後來，成善為了避開早堂的喧擾，改在下午單獨一人去受教，因而常有機會聽到成齋的觀劇評語。成齋卒於中風。當成齋在正弘之下任職老中時，擢升執事位階，與執事服部九十郎齊名，但二人均因同病而殞命。成齋有二子三女：長男生輒早世，次男信之繼其家，通稱俊治。俊治之子鎰之助，鎰之助之養嗣子，即目前住在本鄉區駒込動坂町的昌吉先生。成齋的高足之一小柴辰太郎[4]，明治九年出任工部省臨時雇員，十八年轉任內閣下級文官，自十九年十二月一日至二十七年三月二十九日奉職學習院，教授書法。歿於明治二十八年一月。

在此前後，成齋曾陪五百參拜過淺草永住町的覺音寺[5]。覺音寺是五百娘家的菩提寺。歸途走在藏前路上，來到桃太郎米丸子店前時，偶與五百的舊識邂逅相遇。是以前與五百同時在藤堂家奉公的中老婦人。五百說想與此位互斷消息已久的朋友敘闊，就把她帶到附近巷子裡的料理屋誰袖。成善也隨著進去。誰袖是當時與川長、青柳、大七等並稱的知名餐廳。

三人被帶進的房間隔壁，好像擠滿了一大堆客人。可是沒有高談闊論之聲，也沒有管弦歌唱之響。不多久，忽然起了騷動，聽到許多人雜沓的足音，然後又靜寂下來。

五百問了進來招待的女侍者。女侍說：「那是有錢有勢的官人與高利貸正在賭博，阿辰來了，闖了進去。賭客老爺們也來不及收拾賭錢，一哄而散；阿辰就收起那些錢來帶回去了。」阿辰就是後來因盜被捕的武士青木彌太郎[6]的妾。

女侍剛把話說完，就看到了一個怪模怪樣的男人，手持兩刀，闖進五百他們的房間來，舉起刀，大聲威嚇道：「你們也是賭徒一夥吧。有錢就拿出來，放在那邊。」

「甚麼，你這個騙子！」五百叫著，忽地站起身來，從懷裡拿出短刀。那個男子居然氣焰全消，翻身便逃走了。此年五百四十七歲。

---

4 小柴辰太郎（一八四四—九五）：原文誤植為小此木辰太郎。書法家，學書於小島成齋。晚年任學習院教授。著有《漢學辨體》、《楷法》等書。

5 覺音寺：舊址在淺草三丁目，真言宗高田派。

6 青木彌太郎（一八三九—？）：幕府旗本（直屬武士），本姓武田。提倡攘夷，組織所謂新徵組，搶劫商家、暴行市中。被捕入獄。明治元年特赦後，經營戲院、娼家、料理店等。其妾阿辰（一八四四—？）為幕末有名毒婦。原為吉原喜里屋遊女。青木入獄時亦自首入獄，據云出獄後入藤澤清淨光寺或鎌倉光明寺為尼，不知其詳。

其七十四〔優善之劣跡及其處置〕

矢島優善進入山田塾，當了塾頭之後，好像稍能自尊自重，甚至獲得了些武士家的信賴，還囑其屬下家庭要延請醫師時，特別建議了矢島之名。五百與比良野貞固也因而放下了頗為不安的心。

已到此年二月初午之日。澀江氏為了舉行龜澤稻荷之祭，設宴請來了親戚故舊。優善也來了，彈唱了清元曲[1]，也表演了滑稽戲。五百看在眼哩，雖然心裡難過，頗不以為然。但想起滴酒不沾的優善，縱使稍微乘興作樂，以後大概也不至於惹出甚麼麻煩，也就不掛在心上了。

優善來澀江家，當日傍晚離去後，過了兩三天，塾師山田椿庭到本鄉弓町來訪，請問說：「矢島君是不是還在府上？因為停留過久不回塾，不知情形如何，才來拜訪。」

「優善只在初午之日來過，當天晚上亥時就回去了。」五百訝異地回答。

「唉，這到底是？那天就沒回塾來呀。」椿庭說，蹙了眉頭。

五百立刻派人到各地去搜索。優善的所在很快就找到了。初午之夜，兩袖清風，卻往吉原去尋花問柳；翌日起就躲在淺草田町的攬客茶屋裡，不敢露面。

五百償還了錢，讓優善回去了。於是請來了比良野貞固、小野富穀二人，商討如何處理此事之道。年幼的成善，由於身為戶主，也被請來列席。

貞固沈默良久，才板起面孔說：「我認為這次的處分，只有一種。就是讓玄碩在我家切腹謝罪。還要麻煩小野先生、姊姊、三爺出來，當場作見證人。」說罷，貞固緊閉雙唇，環視在座諸人。優善自從冒矢島氏之姓後，襲其養父之名而稱玄碩。三爺是成善小字三吉。

富穀則面如土色，不敢發一言。

五百對貞固的發言若有預期似的，徐徐應答說：「比良野先生的高見，情理之所當然。屢次妄作胡為而不知檢點，到了再也無法勸誨改過的地步。反正，仔細考慮之後，我會再向各位報告。」

商討就此結束。貞固站起來，若無其事地回去了。富穀留在後面，再三催促五百要好好懇求比良野饒恕優善，才垂頭喪氣地也回去了。五百叫來了優善，嚴肅地告訴他會議的始末。成善則為了不知事態將如何發展而著急。

翌晨，五百趨訪貞固懇談。大要如下：昨日的高見正當至極，連我自己都不得不表示同

1　清元曲：原文清元節，江戶淨琉璃之一派。十九世紀初清元延壽大夫所創，曲調優雅，多半用於歌舞伎「濡場」（情愛場面）。

意。想起優善一向的胡作非為，的確罪孽深重，不可寬恕。自己也相信唯有一死才是他應受的處分。可是，要讓一個人自以為榮譽而赴死[2]，其實為家門、為君上設想，都不是值得高興的事。因此，我想叫他寫悔過誓願文，奉納金毘羅神[3]，以代替切腹。既然已是悔改無望、罪不容誅之身，在冥冥之中會蒙受神譴，肯定絲毫不爽。云云。

貞固仔細傾聽之後說：那倒是個好主意。關於這件事，我本來已決定不接受任何乞求饒命的調解；不過聽了姊姊您說，不一定要讓他為榮譽而死得體面，的確說得很有道理。那麼，有關寫誓願文與奉納金毘羅之事，只好麻煩姊姊去處理了。云云。

2　武士奉命或自決切腹，是一種榮譽之刑。如果被砍頭而死，是莫大恥辱。

3　金毘羅：佛教守護神，在日本則奉為海神。今香川縣象頭山有金刀毘羅宮，祀金毘羅權現。江戶之金毘羅，即今港區芝琴平町之金刀比羅社。

其七十五〔伊澤伯軒受命為奧醫師〕

五百叫矢島優善寫好了誓願文，持往虎門的金毘羅宮。然而並未把誓願文奉納，一直懷在身上，為優善祈禱誓願後，就回家了。

在小野氏，此年十二月十二日，隱居的令圖逝世，八十歲。令圖於五年前致仕，讓富穀繼承了家督。聽說小野氏的家產，令圖所蓄積的就有一萬多兩。

伊澤柏軒於此年三月升任奧醫師，俸祿二百俵三十人扶持，而且從中橋埋地移居御玉池。此時應邀參加新宅宴客間落成宴會的保先生，還記得宴會上發生的種種往事。柏軒之四女彌壽與保先生之姊水木，合唱了長唄〈老松〉歌。名叫柴田常庵的肥胖醫師，只繫著一條細兜襠布，跳了達摩舞。在宴後回家的路上，保先生聽到了陣幕久五郎敗於小柳平助[1]的消息。

彌壽是柏軒庶出之女。柏軒的正室狩野氏俊所生的孩子只有三人：幼年夭折的長男棠

1　陣幕久五郎（一八二九—一九〇三）：相樸力士，打敗第十一代橫綱不知火光右衛門。慶應三年為十二代橫綱。文久二年（一八六二），敗於熊本藩力士小柳平助（一八三〇—六二），而小柳則在同日慶祝酒宴上，為第十一代橫綱之弟子所殺。按：橫綱指相撲冠軍腰上所繫繩圈，亦為相撲冠軍之稱。

助、十八、九歲時因痲疹而亡的長女洲、嫁給狩野棭齋之養孫即懷之之養子三右衛門的次女國。其他都是妾春所生。按其順序，有長男棠助、長女洲、次女國、三女北、次男磐、四女彌壽、五女琴、三男信平、四男孫助。彌壽成人後，嫁到鄉下，現在聽說住在麻布鳥居坂町信平先生的家裡。

聽說柴田常庵是幕府醫官之一。但在我所藏的武鑑上並無其名。萬延元年的武鑑，我的藏本有正月、三月、十月三種。柏軒見於正月的〈奧詰〉[2]部，三月以後見於〈奧醫師〉部。三部書中均不見柴田之名。相傳此人在維新後變成狂言作者，自稱竹柴壽作，與五世坂東彥三郎頗為親近。以後仍想尋訪其詳。

陣幕久五郎的失敗是當時出人意外的事件。抽齋並不喜歡角觝[3]，但保先生從兒童時代就喜歡看角觝。此年的春場[4]，從初日至第五日，一日不闕，首尾都看了。其第六日就是伊澤家的祝筵。過了子時，保先生隨著母親與姊姊離開了伊澤家。路上僕人清助來迎，對保先生耳語說：「陣幕輸了。」

「胡說。」保先生斥道。因為早已知道對手的分組，堅信小柳絕對敵不過陣幕。

「不不，是真的。」清助說。清助的話的確是真的。陣幕敗給了小柳，而且小柳因為此一勝利而被人殺死。被殺的時辰就在子夜，正當保先生與清助談著此事的時候。

既然談了陣幕，不妨順便提一下小錦[5]的名字。伊澤佳江有一個隨身少女，名松。松是魚屋與助的女兒，有兩個妹妹菊與京。京懷了岩木川的種，生下來的就是小錦八十吉。

保先生還記得一樁柏軒成為奧醫師時的趣事，就是當時教導書法之師小島成齋，對待柏軒之子鐵三郎的態度忽然為之大變。依當年的階級制度，福山藩的家臣成齋居然非得尊敬幕府奧醫師之子的畫面，活生生地展現在幼年的成善眼前。

---

2 奧詰：準奧醫師或表醫師而值班入內院之醫師。

3 角觝：今稱相撲。

4 春場：原文春場所。江戶時代以來，每年相撲有春秋二場。

5 小錦八十吉（一八六七—一九一四）：十七代橫綱。父為津輕藩名力士岩木川。明治二十三年越關脇（次於大關）而獲大關（次於橫綱），同二十九年橫綱。

其七十六〔小島成齋教室、塙次郎之死〕

小島成齋住在神田阿部家的宅邸，以二樓為教室。教弟子練字時，坐在許多學童並排的書桌前面，手執教鞭，以鞭尖指正筆法之誤。如前所述，其間往往雜以諧謔之言。成齋一開口，多半以伊澤柏軒之子鐵三郎為對象，叫他鐵寶鐵寶，不知有意或無意，聽起來總像鐵砲鐵砲之聲。於是弟子輩也把鐵三郎叫成鐵砲鐵砲同學了。

成齋喜歡揶揄鐵砲，鐵砲覺得不能老是畢恭畢敬，往往也會口吐戲言而冒犯師尊。成齋大叫：「你這鐵砲小子！」而作揮鞭欲打狀。鐵砲笑著逃開。成齋追上，以鞭敲其頭。鐵砲就嘟嘟噥噥：「噯呀好疼，先生，不是太殘酷了嗎？」弟子們都笑著看熱鬧。這樣的事幾乎每日都會發生。

然而到了此年三月，鐵砲的父親伊澤柏軒晉升為奧醫師。翌日開始，成齋對伊澤之子的待遇就有了明顯的改變。譬如在糾正筆法時，會很客氣地說：「德安君，那個點請這樣打。」此前鐵三郎早已放棄小字而改稱德安。不可思議的是這樣的新待遇，竟然使受寵的伊澤之子也忽然改變了態度。鐵三郎德安變得非常溫馴，甚至顯得有點靦覥了。

此年九月，柏軒把代為保管的抽齋藏書歸還了澀江家。因為在九月九日，柏軒接到了將軍家茂將於明年二月上洛[1]的命令，所以必須開始做隨行的準備。澀江氏諮之於比良野貞固，將伊澤氏所還書籍之主要者寄存在津輕家的倉庫。而且說定每年要曝曬兩次。據當時所作目錄，只剩三千五百餘部而已。

藏書從伊澤氏送回而尚未寄存津輕家之前，森枳園來借走了《論語》與《史記》。《論語》是附有「乎古止點」[2]的古寫本，有松永久秀[3]的印章。《史記》是朝鮮版。後來在明治二十三年，保先生拜訪島田篁村時，看到了這本《論語》。篁村說是向細川十洲[4]借來閱讀的。

在津輕家，此年十月十四日，信順於濱町中邸去世，享年六十三歲。成善保先生一直在枕邊伺候。

此年十二月二十一日夜，塙次郎在三番町遭刺客刃傷而殞命。據說抽齋生前經常向此人

1 上洛：即上京。德川時代或稱京都為洛，以東漢皇城洛陽喻天皇所在之京都。

2 乎古止點：假名ヲコト（をこと）點。日文訓讀漢文時使用之標點符號，放在字之四角或上下，以示動詞、助動詞或活用語尾。

3 松永久秀（一五一〇—七七）：戰國時代武將。三好長慶之臣，與三好共謀偷襲足利十三代將軍義輝，逼之自刃。後降織田信長軍，在大和信貴山城戰敗，放火自焚。官至彈正少弼。為日本史上「下剋上（以下犯上）」之代表。

4 細川十洲（一八三四—一九二三）：法制學者，男爵。名潤次郎。舊土佐藩士。幕末學蘭學於長崎。維新後留學英國，歸國後參與諸法令之制定。歷任元老院議官等要職。

與岡本況齋請教日本典籍之事。次郎號溫古堂，是保己一[5]之子，也是今住四谷町[6]的忠雄先生之祖父。當時流言云，次郎為安藤對馬守信睦[7]調查廢立之先例，實為此一橫禍之主因。其遺骸旁豎著「大逆不道天罰是誅」的警告牌。次郎生於文化十一年，被殺時年四十九，比抽齋小九歲。

是年六月中旬至八月下旬，麻疹流行，到澀江氏龜澤町的家來乞求樫柳葉與貝多羅葉[8]的人，接踵而至。因為此二種樹葉，當時民間相信有藥效之故。五百終日應接不暇，努力不負眾人之望。

5 塙保己一（一七四六—一八二一）：國學者。五歲失明。善鍼術，國學。賀茂真淵門下。創和學講談所。編《群書類從》正編，續編未竟而歿。其四男塙次郎（一八〇七—六二），名忠寶，亦善和學。和學講談所教員。
6 四谷町：今新宿區須賀町。
7 信睦：當是信正之誤。
8 貝多羅葉：一種椰子科常綠高木。

其七十七〔柏軒與漁村之死〕

抽齋歿後第五年是文久三年。成善七歲，開始到矢倉多紀安琢家去參加《素問》的講解課程。

此年伊澤柏軒歿，五十四歲。在隨德川家茂上京途中，罹病客死旅次。嗣子鐵三郎德安成了御玉池伊澤氏的主人。

此年七月二十日山崎美成歿。抽齋與美成的交往雖然不甚親密，但兩家卻互相不吝於出借所藏之書籍。最近在珍書刊行會所刊《後昔物語》上，看到了抽齋在書後的小跋：「右喜三二隨筆《後昔物語》一卷，借自好問堂藏本。友人平伯民為予謄寫之。庚子孟冬，一校。抽齋。」庚子是天保十一年，就是抽齋從弘前回來江戶的翌年。平伯民好像就是平井東堂。

美成，字久卿、北峰，有好問堂等號。通稱新兵衛、後改稱久作。在下谷二長町開藥店，店名長崎屋。聽說晚年住在飯田町鍋島某的邸內。在黐木坂下住著一個五千石的無職武士叫鍋島穎之助，一定是此人的宅邸。

美成歿時年齡六十七，長抽齋八歲。只不過各書記載不一，難於確定。

抽齋歿後第六年是元治元年。森枳園因為出任躋壽館講師，開始支領幕府的月俸。

第七年是慶應元年。在澀江氏，翠暫於六月二十日夭折，十一歲。比良野貞固於此年四月二十七日，逢妻可奈之喪。可奈生於文化十四年，享年四十九歲。貞固身為留守居的生活，內則忍受儉素，外則欲張聲望；幸有內助可奈而無後顧之憂，始得維持至今。可奈死後，親戚僚屬都勸他再娶，但貞固卻說：「不想做年逾五十的新郎。」久久不肯答應。

第八年是慶應二年。海保漁村於九年前罹病，此年八月舊病再發，歿於九月十八日，六十九歲。十歲的成善改入其子竹逕之門。不過這只是名義上的變更而已。何以如此說？因為漁村晚年為弟子講書，僅在四九之日[1]的下午而已；其他所有授業都已交由竹逕去擔當了。竹逕音吐清朗，而且能說善辯。到了後來，像島田篁村站在講壇上，竟有人懷疑他是否學會了竹逕的口吻架式。竹逕代養父講課，不止在傳經廬而已。竹逕穿上敝衣，走出塾門，就往躋壽館，往間部家，往南部家去代理漁村教書。勢已如此，所以在漁村歿後，練塀小路的傳經廬依然繁榮如昔。

多年寄居澀江氏的山內豐覺之妾牧，此年七十七歲，在五百的照顧下去世。

1　四九之日：指每月四、十四、二十四日，及九、十九、二十九日。

其七十八〔貞固再婚〕

抽齋之姊須磨嫁飯田良清所生的二女中，長女延與小舟町新井屋半七結婚後亡故。剩下次女路。路因痘瘡毀了容貌，大概在此年前後，被三百石武士戶田某老人迎娶為後妻。戶田此一氏姓在武士系譜中頗多，所以無法猜想其真名。在良清家則於須磨所生長男直之助夭折後，招來了養子孫三郎繼承家業。這是很久以前的事了。飯田孫三郎自十年前安政三年以來，就出現在武鑑的〈徒目附〉[1]部下。所附住所是：先在湯島天澤寺前，後在湯島天神裡門前。保先生記憶中的飯田家是在麟祥院[2]前猿飴小巷裡。孫三郎維新後在靜岡縣當官，改稱良政；後來遷往東京，好像終其生於下谷車坂町。

比良野貞固在原配去世後，與來自稻葉氏的養子房之助二人，過著鰥夫的生活。但越來越多的人勸說道，無妻而續任留守居之職，肯定難於應付裕如。貞固稍稍動了心。就在此年

1　徒目附：目附（監察員）下屬。百俵五人扶持。

2　麟祥院：天澤山麟祥院。臨濟宗妙心寺派，在文京區湯島四丁目。

此時，有媒人向貞固推薦了表坊主[3]大須家的女兒，名照。查看了武鑑，慶應二年有此大須氏的表坊主父子。父玄喜，子玄悅，同住在麴町三軒家[4]。照應該是玄喜之女、玄悅之妹。

貞固派了津輕家留守居官署的下屬杉浦喜左衛門，到大須家去，代為觀察照的長相。杉浦是個老實人，貞固相當加以信任。見到了照回來的杉浦，盛讚照的容貌之美，還說其言語其舉止也很端正優雅。

納采下聘已畢。婚禮當日，五百往比良野家等候著新娘。貞固與五百在窗下對面而坐時，新娘的轎子被抬入了大門。五百看到走出轎子的女子，吃了一驚。個子矮小，色黑鼻平。而且上唇翻起，露出門牙。五百看了看貞固。貞固苦笑著說：「姊姊，那就是我的新婦。」

從新婦進門到喝交杯酒，流逝了不少時間。五百好奇起疑，問為甚麼杉浦不在家，有人回答說他一看到新娘後，就借了比良野的馬，不知騎到那裡去了。

不久，杉浦來到五百與貞固面前，拼命擦著額上的汗。「非常抱歉。我先向對方明白提出，希望能夠親自拜見阿照小姐；對方回信說，敬悉一切，所以才前去拜訪。見面時，有一個打扮端雅的姑娘端出茶來，暫時坐在我面前，還跟我寒暄了幾句。就是那個向您報告過的美女。今天娶來的新娘，那一天好像捧著糕點盤或甚麼的，稍稍跨進門檻一步，就轉頭走開了。我根本無從知道她才是真正的阿照小姐。這次的誤會實在太過分了，所以才大膽借用了馬，跑到大須家去請問。回答說，那一天出來接待的女人是小兒的媳婦。都是我的疏忽。」

杉浦又擦了一下額上的汗。

3 表坊主：幕府職名，伺候登城大名茶水等雜務之職。

4 麴町三軒家：今千代田區隼町至平河町地區之舊地名。

其七十九〔澀江氏遷居弘前〕

五百聽了杉浦喜左衛門的話，臉色大變，問貞固道：「怎麼辦？」杉浦插進來說：「不外解除婚約吧。那天只要我用心問一句，『您就是阿照小姐，是不是？』，不就好了？反正都是我的疏忽。」說著，眼眶裡湧出了淚水。貞固放開了叉在胸前的雙手，說：「姊姊，請不必擔心。杉浦也不用後悔。我已決定完成這個婚禮。並不是怕坊主，只是吵起架來實在沒意思。況且我已五十多歲，不再是看中姿色的年齡了。」

貞固終於交了杯。照生於天保六年，嫁來時已經三十二歲。大概是由於貌醜而緣分久等不來吧。貞固與妻的娘家時有交往，多半不外乎形式上的行禮如儀；然而與照結婚後不久，就對其弟玄琢開始起了好感。大須玄琢才學俱佳，父兄卻不知珍惜，愛理不理，頗為冷淡，於是貞固常常買書送他。其中也包括八尾板的《史記》[1]等大部頭的書。

此年，弘前藩決定撤出江戶的定府官員，把他們遣回鄉國。以前抽齋等人發起的定府回國之議，遲到此時才終於付諸實行。然而澀將氏及其親戚並不在先發離開江戶的名單之內。

抽齋歿後第九年是慶應三年。矢島優善遷出了本所綠町的家，移至武藏國北足立郡川口[2]去住。因為那邊有熟人，勸他去開業行醫，前途較有希望。可是優善在川口行醫的期間很短。「說真的，獨身住在鄉下，土裡土氣的女人個個纏夾不清，煩死了，真討厭。」埋怨之後，就回龜澤町澀江家去同住了。當時優善三十三歲。

在比良野貞固家，此年後妻照生了女兒，起名柳。

第十年是明治元年。此年始於伏見、鳥羽之戰[3]，退避東北地方的佐幕殘餘勢力[4]，經春至秋，逐漸衰微而終歸消滅。在末代將軍德川慶喜[5]隱入上野寬永寺之後，有幾批撤出江戶的弘前藩官員。其中就有澀江氏在內。

澀江氏以四十五兩賣掉了三千坪的地積與宅邸。榻榻米一張的價格是二十四文。庭院裡有抽齋父子的遺愛檉柳一株。這株柳樹幹上原分二大枝；其中一枝於神田大火時燒焦斷折。然後從神田移植台所町，又由台所町再移植龜澤町，幸而未嘗凋零枯落。還有山內豐覺遺囑

1 八尾板史記：明凌稚隆編、李光縉（？）補《增補史記評林》一二〇卷。首二卷於寬永十三年由八尾助左衛門尉刊行。

2 北足立郡川口：今琦玉縣川口市。

3 慶應四年一月三日，幕府軍於京都近郊鳥羽、伏見與政府官軍會戰。大敗。倒幕派乘勝追擊，東征北伐，直至北海道函館，史稱戊辰之戰。此年九月八日，改元明治。

4 佐幕勢力：指慶應三年五月三日，東北諸藩結成之「奧羽越列藩同盟」。助幕府反官軍。

5 德川慶喜（一八三七—一九一三）：幕府末代將軍。就位一年即「大政奉還」朝廷。隱退上野寬永寺。維新之後，正三位公爵。

贈送五百的石燈籠一座。五百與成善都非常捨不得，但要搬運木石至一百八十二里外之地，即使王侯富豪也頗為難。何況是連自身的安全也難以保證的亂世之旅。母子二人只能感嘆無可奈何而已。

家中食客都向江戶或近郊的親友投靠而去。奴婢則除了隨往弘前的兩個年輕人之外，悉數遣散。這種時候，年老而無所投靠的男女最可憐憫。從山內氏來的牧於二年前故去，其後還有妙了尼。

其實在江戶地區，妙了尼還有不少親戚，但肯領養她的人卻一個也無。

其八十〔澀江氏遷居弘前〕

澀江氏搬離本所龜澤町宅邸之際，最難處置的是妙了尼的境遇。這個老尼生於天明元年，已經八十八歲。雖然曾在津輕家奉公過，但是從未離開過江戶一步。要把這樣的老嫗帶至弘前，既非五百所願；要讓老態龍鍾的本人踏上如此遙遠的旅途，前往一無熟人的陌生國度，也是一種殘酷的折磨。

本來妙了與澀江氏並無特別的親屬關係。神田豐島町一估衣屋的女兒，曾在真壽院當過女侍童。後來辭掉工作嫁人，不久喪夫，乃落髮為尼。其夫之弟繼為戶主，因曾愛之而不成，反生憎惡而肆加凌虐，經年累月，只得忍受。至亡夫之弟之子之代，凌虐不減反增，倍蓰於前。禍不單行，又患了眼疾。這是弘化二年妙了六十三歲時的事。

妙了來看抽齋請求治療眼疾。剛於去年嫁進來的五百，聽了老尼悲慘的身世後，決定收她為食客。其後就在澀江家幫忙照顧小孩，尤其疼愛棠與成善。

妙了最親的親戚是住在本所相生町[1]開石灰屋的弟弟。不過此弟於澀江氏遷離江戶時，卻拒絕認領親姊。其他還有今川橋[2]的糖果屋、石原[3]的釘屋、箱根的綢緞莊、豐島町的布襪屋等，都與妙了有或遠或近的親屬關係，卻沒有一人肯照顧這個老尼。

幸而有一個姪女，今為富田十兵衛之妻，向丈夫說了姨媽的遭遇；十兵衛就爽快地決定收養妙了了。十兵衛是伊豆國韮山某寺的男僕，妙了就去了韮山。

四月朔日，澀江氏離開了龜澤町的住處，移至本所横川[4]的津輕家中邸。繼之於十一日自江戶出發。此日正是官軍收伏江戶城之日。

澀江氏一行，有戶主成善十二歲、母五百五十三歲、陸二十二歲、水木十六歲、專六十五歲、矢島優善三十四歲，共六人與男僕二人。僕人之一岩崎駒五郎是弘前人，還有一個叫中條勝次郎是常陸國土浦人。

同行者有矢川文一郎與淺越一家。文一郎於七年前的文久元年，二十一歲，娶了本所二町目的五金行平野屋之女，名柳，生了一個男孩。不過弘前之行一決定，柳不願離開江戶，就帶著孩子回娘家去了。文一郎離開江戶時二十八歲。

淺越一家包括主人夫婦與女兒，還有男僕一人。主人通稱玄隆[5]，是一百八十石六人扶持的表醫師。玄隆少時因為行為不軌，被父親永壽斷絕關係，逐出過家門。永壽歿後，回家當身後養子，繼承了家業。然後變成了抽齋的門人，又承抽齋介紹，入海保漁村之塾。天保九年生，所以師事抽齋的安政四年是二十歲。其後與澀江氏頗有往來，同行離開江戶時是三十一歲。玄隆之妻吉二十四歲，女兒福，當年生，一歲。

另有有意隨行而不得者。當我要記述這些事實時，不得不感到當時的社會與今日之懸殊。奉公人之為臣僕關係自不用說，即如工匠商人的情誼也極其深厚。在澀江家出入的人當中，工匠有飾屋長八，商人有壽司屋久次郎。澀江氏離開江戶時，長八的墓木已拱；久次郎還在世，已是六六老翁了。

1　相生町：今墨田區兩國二至四丁目及綠一丁目一帶。
2　今川橋：今千代田區神田鍛冶町一丁目跨神田川之橋，及其周邊。
3　石原：墨田區南部地名。
4　横川：今墨田區錦糸町一丁目、太平一丁目一帶，在大横山之東。
5　淺越玄隆（一八三八—？）：津輕藩醫，表醫師。初名福威，維新後改名隆。其父永壽（？—一八五三），為近侍醫師。

其八十一〔澀江氏遷居弘前〕

飾屋長八不單在澀江家出入而已。天保十年抽齋從弘前歸來時，長八因病前來求診。其時抽齋發現長八因病失業，不能供養妻與三個孩子，就讓一家住在大雜院，並且扶助衣食。因此，長八病癒就業後，終生不忘抽齋氏的恩德。安政五年抽齋去世時，長八來幫忙葬儀後回家，晚餐時照常喝了一杯。「看那老爺都走了，我也應該去陪他了。」邊說邊上了二樓睡房。翌日清晨遲遲未起，老婆上樓一看，發現長八已經死了。

壽司屋久次郎原是沿街叫賣的魚販，五百之兄榮次郎眷顧有加，出資幫他開了一家餐廳。所幸壽司久的廚藝頗獲好評，不久迎娶了小他約十歲的新娘。天保六年為他生了一個男孩，起名豐吉。久次郎，享和三年生，當時三十三歲。九年後五百嫁與抽齋，久次郎也開始出入澀江家，逐漸親密起來。

澀江氏要遷往弘前時，久次郎切盼准他隨行，懇求再三。他安排好由三十四歲的豐吉照顧母親，以便自己能單身與澀江氏同行。此種願望也許與想在弘前開設餐廳的企圖心有關，但以六十六歲老翁之身，自願隨同走上近二百里的遙遠路程，主要還是出於尊崇五百之一心。澀江氏不能無故拒絕久次郎的懇求，只好請示藩邸當事者。當事者以為不妥。五百就承執事河野六郎的想法，婉拒了久次郎的隨行。久次郎大為沮喪，翌年罹病而逝。

澀江氏一行在本所二橋畔乘了河船，划過堅川，從中川出利根川[1]，經流山、柴又[2]等地抵達了小山。離江戶僅二十一里，竟費了五日。與尊王派近衛家有親緣的津輕家[3]，經由西館孤清[4]的斡旋，早已加入官軍方面。因此要前往東北地區，除了秋田一藩外，可說都是敵人的地盤。澀江、矢川、淺越三家一行中，澀江氏人數最多，有老人有少年少女。於是由單身輕便的矢川文一郎與僅有乳兒之累的淺越玄隆夫婦，帶頭前行。澀江一家跟在後面。

五百等所乘五頂轎子由矢島優善領隊，帶著兩個男僕，來到石橋驛[5]，遇到了仙台藩的步哨前線。每頂轎子都從左右圍上二十個兵卒，步槍瞄準轎子，打開轎門，一一盤查。女人的轎子都無事通過了，到了成善的轎子則審問了很久。當晚到了宿處，五百把成善打扮成女裝。

---

1 堅川上有二橋。中川經葛飾區南流入東京灣。利根川為今江戶川之舊稱。

2 流山：今千葉縣流山市。柴又在葛飾區中部，有日蓮宗題經寺，祀柴又帝釋天。

3 津輕藩藩祖為信為近衛前久之義子，五代藩主信壽之子信興與近衛家熙之養女梅應院結婚，當今藩主與近衛忠熙之女尹子有婚約。忠熙（一八〇八－一八九八）為當時尊王派中心人物，後失勢隱居，終其餘生。

4 西館孤清（一八二九－一八九二）：津輕藩官員。名建久，通稱平馬。勤王派。明治二年出任參政，同年十月大參事。六年為津輕家家令，致力救助舊藩士。

5 石橋驛：今栃木縣下都賀郡石橋町。奧州街道驛站。

出羽的山形距江戶九十里，恰好是前往弘前的路程之半。平時旅行到此，都要熱鬧一番、慶祝一下。但五百等卻避開旅店，在一家鰻魚屋求宿。

其八十二〔成善在弘前之修學〕

從山形到弘前的順路是先越小坂嶺[1]入仙台。五百等一行決定避開仙台，改由板谷嶺[2]入米澤。然而此一路程也並非安全無虞。到了上山，聽說前頭形勢極度不穩，只得淹留了數日。

五百等人的路費用完了。離開江戶前，有人說身邊帶太多的錢不安全，所以把錢藏在長形硬木衣箱底裡，改由海運送去。五百等在上山，把好容易由陸路運來的大半行李賣掉了。這不止是為了缺錢。因為他們決定走間道，無法攜帶太大的行李。賣了行李的金額當然不足以彌補路上之所需。幸而恰巧遇到了弘前藩的會計官，五百等得以借到了一些錢。

從上山動身後，走的都是人煙稀少的山谷。也曾用繩梯上下過斷崖。夜間則多半住在提供旅人糕餅茶水的休息所之類。在宿處被盜走財物，發生過好幾次。

越過院內嶺[3]，進入秋田領地時，五百等人稍微放下了忐忑的心。領主佐竹右京大夫義

1 小坂嶺：福島縣與宮城縣交界之山嶺。
2 板谷嶺：在福島與山形縣境，為險路。
3 院內嶺：即山形與秋田縣境之雄勝嶺，山麓有秋田藩關口。

堯[4]與弘前的津輕承昭，已同時加入了官軍一方。秋田領平安走過。

終於要越過矢立嶺[5]，渡過四十八川[6]，進入弘前了。矢立嶺的分水線就是佐竹、津輕兩家領地的邊界。由此下去，有關口名碇關，設有看守人。看守人先看了通行證，才改口變得殷勤友善。有人指著聳立雲表的岩木山說，那就是津輕富士，那山麓是弘前城下町。五百等人不覺喜極而泣，淚流滿面。

進入弘前後，五百等每人每日從藩當局領取二十五錢費用，而且被安排住在土手町估衣商伊勢屋家裡，住了半年多。不多久，船運的行李也到了。走出寄宿處到街上，當地的人就跟在後面，江戶仔江戶佬的叫個不停。在當時還用麻線結髻、身穿土產棉衣的弘前人群中，出現了江戶出身的五百等人，會顯得稀奇，也不足為怪。特別是當成善撐著在江戶也還少見的洋傘出門時，圍觀者往往如堵如牆。成善在洋傘之外，還有懷錶。有些陌生者甚至求人介紹，相繼前來看錶；數日之後，懷錶就被弄壞了。

成善因為有侍童之職，每日必須登城勤務。宿值則兩個月輪番三次。

成善學經史於兼松石居。在江戶辭了海保竹逕之塾，在弘前敲了石居之門。石居當時已被赦免蟄居。醫學在江戶受教於多紀安琢後，在弘前則別無師承。

戰火已經處處燃起，飛腳日日齎來情報。同伴遷來弘前的矢川文一郎，二十八歲，決定從軍赴北海道。又淺越玄隆奉命往南部[7]方面。此時隨從淺越的是剛從町醫升任五人扶持小普請醫師的蘭法醫小山內元洋[8]。在弘前，前此已在藩學稽古館設立蘭學堂，培訓官醫與町醫的子弟了。主宰其事者就是江戶杉田成卿[9]的門人佐佐木元俊[10]。元洋也出自杉田門下，後來名建，明治十八年二月十八日，以中校相當陸軍一等軍醫正歿於廣島。當今文學士小山內薰先生[11]與畫家岡田三郎助[12]夫人八千代女士，就是建的遺子。矢島優善則留在弘前，治療從戰地送來的負傷者。

4 佐竹義堯（一八二五—八四）：秋田藩第十二代藩主。初名宗胤。襲秋田支藩佐竹義純之封，名義核。後為宗家義睦晚年養子。維新後，侯爵。

5 矢立嶺：在秋田與青森縣境。

6 四十八川：岩木川支流平川之通稱，傳有溪流四十八條，一一渡過之後，始能抵達碇關（今青森縣碇關村）。

7 南部：南部（盛岡）藩領地之通稱。指今岩手縣及秋田、青森之各一部分。

8 小山內元洋（一八四六—八五）：津輕藩醫。稱玄洋。西南之役任旅團醫長。明治十二年為廣島陸軍衛戍病院院長，陸軍一等軍醫正。其子有文學家小山內薰、岡田八千子。

9 杉田成卿（一八一七—五九）：蘭學家。名信。天文台譯員，小濱藩侍醫，蕃書調所教授。所著有《濟生三方》、《治痘真譯》等。

10 佐佐木元俊（一八一八—七四）：名宗順。津輕藩蘭醫，主持藩校蘭學堂。維新後，致力於青森縣立病院之設立。著有《蕃語象胥》等。

11 小山內薰（一八八一—一九二八）：演出家、劇作家、日本新劇運動先驅。創自由劇場、築地小劇場等，積極導入西洋近代戲劇。有論集《演劇新潮》、戲曲《第一世界》等。

12 岡田三郎助（一八六九—一九三九）：畫家，東京美術學校教授。文化勳章（一九二三）。夫人岡田八千代（一八八三—一九六二），小說家、劇評家。筆名芹影女。有小說《新綠》、戲曲《黃楊櫛》等。

其八十三〔澀江氏周圍與五男專六就學問題〕

澀江氏僕人之一中條勝次郎，來到弘前後，遭到一件意想不到的麻煩。一行寄宿在土手町，過了兩三個月後，發生了暴風雨。弘前的人相信暴風雨是岩木山的山神在作祟。山神最厭惡外地人來此定居，動不動就發起大風大雨來表示不悅。因此弘前人排斥異鄉人。其中特別討厭丹後人與南部人。討厭丹後人的來由，聽說是岩木山神原為古傳說中的安壽姬[1]，所以憎恨虐待過自己的山椒大夫的同鄉。至於為甚麼討厭南部人，說不定山神也受到津輕人的感化，而養成了不喜歡南部人的偏見之所致。

暴風雨後數日，新從江戶搬來的家家戶戶都收到指令說，若家裡有丹後、南部等外地出生的人，必須嚴格查明真假，逐出國境之外。澀江氏一行中，只有中條被當作異鄉人而受到盤查。中條說自己生於常陸，但官員認定他生國不明，命令他立即離開弘前。五百不得已，給中條旅費，讓他返回江戶。

到了冬天，澀江氏遷到富田新町的居處，而且收到了通知，說明以後俸祿暫時只發六成。其實等於在宿費食費之外，別無任何津貼。這是二年後秩祿大削減的先聲。從二年前起撤自江戶的人員，被分配到富田新町、新寺町新割町、上白銀町、下白銀町、鹽分町、茶畑町等六個地區居住。富田新町又叫江戶子町，新寺町新割町又叫大矢場，上白銀町又叫新屋敷。住到富田新町的除澀江氏之外，還有矢川文一郎、淺越玄隆等家；新寺町新割町住著比良野貞固、中村勇左衛門等；下白銀町住著矢川文內等；鹽分町住著平井東堂等家。

此時五百正腐心於專六的就學問題。專六的性格與成善不同。成善讀書無須別人催促，而且自己能夠選擇自己想讀的書。因此當五百看到成善從兼松石居攻讀經史，也不予置喙；覺得成善想當儒者亦可，想當醫師亦無不可。反之，專六卻不喜歡讀書。每對書冊，就要先討論該書之有用無用。五百認為此子不具儒者的素質，因此決定讓他剃髮[2]。

五百就在弘前城下町物色可授專六醫學的醫師，而就在親方町找到了近侍醫師小野元秀[3]。

1　安壽姬：鷗外有小說〈山椒大夫〉描寫安壽故事。
2　剃髮：江戶時代醫師有剃髮之風俗。
3　小野元秀（一八一七－九六）：津輕藩近侍醫師。同藩士對馬幾次郎之次男。小野秀德養子。元秀養子完造，完造養子芳甫，東京大學醫學部畢業，業醫。

其八十四〔小野元秀與山澄吉藏〕

小野元秀是弘前藩士對馬幾次郎的次男，小字常吉。十六七歲時，父幾次郎突染急病，常吉馳往醫師某處；醫師某在家，但不肯來診。常吉當時為父憂心，為某慨嘆之事，牢記在心。後來自己當了醫師，聽到有人生病，就不問貧富、不論遠近；食時投箸，臥時蹴被而起，逕往看診。這都是因為忘不了小時候痛苦的經驗而來。元秀二十六歲時成了小野秀德的養子，與其長女園為配偶。

元秀為人忠誠而廉潔。出任近侍醫生之後，出入官署，朝則先人而往，夕則後人而還。而且下班後，接見士庶病人，絕無倦色。

稽古館教授而在五十石町開設私塾的工藤他山[1]，與元秀有親密關係。那是從他山尚未進入仕途時，元秀知其窮乏，細心治其病而不收報酬以來的情誼。他山之子外崎先生也認識元秀，形容他是溫潤如良玉的人。五百之所以使專六就學於元秀，可謂實獲其人，得宜之至。

元秀的養子完造，本姓山崎氏，是蘭法醫伊東玄樸的門人。完造的養子芳甫先生，本姓鳴海氏，目前住在弘前北川端町。元秀本家的後裔是住在弘前徒町川端町的對馬鉊藏先生[2]。

專六雖然幸得良師如元秀，可惜其心不在醫學。弘前的人常常看到光頭的專六，著長袖襯衫，穿短褲，身纏赤毛布[3]，荷火銃，跋涉於山野之間。這是當時兵士的服裝。

專六喜歡與兵士交往。兵士們也很喜歡他，稱他為火銃醫生。

當時自江戶遷來的官員中，有一個名叫山澄吉藏[4]的人。名直清，是津輕藩於文久三年派到江戶的海軍修習生七人之一，當時的身份是中侍童。他在築地海軍操練所[5]學習數學，繼而加入教員之列。山澄遷回弘前之後不久，奉命為砲兵隊司令官。許多有意從軍以立身揚名的年輕人，莫不以山澄為師，開始學習洋式算學。專六也與藤田潛[6]、柏原櫟藏等人，入山澄之門，學習洋算簿記，不知不覺間不去元秀的講堂了。後來山澄以海軍上尉而終，柏原以海軍少將而歿。藤田先生今為攻玉舍長[7]。攻玉舍是為近藤真琴[8]之塾所命之名。其初設

1　工藤他山（一八一九—八九）：津輕藩儒者。稽古館助教。維新後，一等教授，後東奧義塾教授。著有《津輕藩史》等。其私塾名思齊堂，後改名向陽堂。明治八年結束。

2　對馬鉛藏（一八六八—一九一八）：小野元秀之父對馬幾次郎後代，養子。曾任遞信官吏。日清（甲午）戰爭與日俄戰爭時從軍。經丸之內郵便局長、弘前郵便局長，至弘前市次長。

3　赤毛布：紅色毛毯。原為英國公使贈與幕府高官之禮物，後來在戊戌戰爭時，官軍士兵用以禦寒。

4　山澄吉藏（一八三六—七九）：津輕藩士。通稱貞藏。維新後，海軍上尉。

5　海軍操練所：幕府設在講武所內，稱軍艦教訓所。明治二年改稱此名。

6　藤田潛（一八四八—一九二三）：原名德次郎。教育家、津輕藩士。維新後改名潛。學於攻玉社，後任塾監、社長、中學校長。其弟柏原櫟藏，維新後改名長繁。海軍上校、艦長。

7　攻玉舍：應作攻玉社。海軍士官之養成學校，私立。源於近藤真琴芝蘭學塾。學校法人攻玉學園之前身。

在麴町八丁目鳥羽藩主稻垣對馬守長和[9]邸，後遷至海軍操練所內，始稱攻玉塾。繼之，又派生出芝神明町商船黌與芝新錢座陸地測量習練所，合三者總稱攻玉舍。近藤親自經營，直至明治十九年。

8 近藤真琴（一八三一—八六）：洋學者、教育家。鳥羽藩士，官至海軍上尉。文久三年開蘭學塾，授荷蘭兵學。明治二年，在海軍操練所任職之餘，創攻玉塾（後改攻玉社）。

9 稻垣長和（一八三〇—六六）：長和應作長明。鳥羽藩第六代藩主，封攝津守、信濃守。文久三年，近藤真琴在其四谷坂町之中邸內開蘭學塾。

其八十五〔明治元年澀江氏周圍之動靜、四女陸之幼時〕

小野富穀及其子道悅，於此年二月二十三日，離開江戶；路上折騰了二十五日，於三月十八日才抵達弘前。早澀江氏之入弘前不到兩個月。

矢島優善退隱時，繼承矢島氏的周禎一家，亦於此年遷至弘前。不過在出發江戶之前，其三男三藏決定留在江戶。此前已往小田原的長男周碩與弟三藏，聽說後來都做了天主教的傳教師。周禎到了弘前後，晉級准出入內院的表醫師。其次男而成為嗣子的周策，在晉見藩主後也奉命為表醫師。

抽齋之姊須磨之夫飯田良清之養子孫三郎，此年在江戶改稱東京後，轉赴靜岡藩成為官吏。

森枳園於此年七月從東京移居福山。當時的藩主是於文久元年繼承伊予守正教的阿部主計頭正方。

優善之友鹽田良三此年當了官吏。此前優善入山田椿庭私塾時，幾乎在同時良三入了伊澤柏軒之門。良三才學之雋銳為柏軒所賞識，乃折節讀書。文久三年柏軒歿後，暫時回了家。現在已進了仕宦之途。

此年為了攻擊盤據箱館的榎木武揚[1]。在派遣的官軍中，就有福山藩的兵士。伊澤榛軒的嗣子棠軒[2]從軍赴北，拜訪了澀江氏於富田新町。棠軒受福山藩之託購買一粒金丹，趁此任務之便，問候了故舊的起居安否。棠軒，名信淳，通稱春安。娶了與池田全安離異的榛軒之女柏。柏後來改名曾能。曾能女士目前還在，住在市谷富久町伊澤德先生處。德先生是棠軒的嫡子。

抽齋歿後第十一年是明治二年。抽齋的四女陸嫁給了矢川文一郎，就在此年九月十五日。

陸出生的弘化四年，三女棠只三歲，片刻不離母親懷抱，所以陸生下來後，立刻被抱到小柳町木匠新八家去托養。家永四年七歲的棠夭折，母五百原想把陸抱回來，恰好來了矢島氏鐵，非得陪她睡覺不可，陸的歸期只得延後了。翌年終於把陸抱回來，白白胖胖，好可愛的六歲少女。然而，五百心中仍然充滿著懷念棠的悲痛，陸因而也就無緣享受十分的母愛，而且對母親又不得不抑制自己的感情，其實並不快樂。

反之，抽齋對陸疼愛備至，讓她在身邊打雜。有一次對五百說：「我身體這麼好，看樣子會活得比妳長久。所以趁現在要好好訓練她，當妳走了以後，打算讓這孩子來代替老婆。」

陸也受到兄優善的寵愛。鹽田良三也是愛護陸的人之一，陸在練習寫字時，曾幫她把手運筆。有一日抽齋看了陸的練字紙，還故意揶揄說：「良三先生的字寫得真好啊。」

陸從小就喜歡長唄，常在寒夜裡登上假山，獨自在寒中練習聲腔。

1　榎木武揚（一八三六—一九〇九）：原幕臣，海軍總裁。官軍入江戶之際，率軍艦八艘北上，據北海道箱館頑抗，不敵，降伏。明治維新後，出任海軍卿、子爵。

2　伊澤棠軒（一八三四—七五）：福山藩儒者。實為伊澤櫟軒門人田中良安，號小棠軒。入贅榛軒之女佳江，繼伊澤家督。藩主阿部正弘侍醫。安政四年為幕府奧醫師。明治初隨藩主阿部正植遠征北海道。其子德，幼名棠助，明治三十年為巢鴨監獄獄吏。

其八十六〔陸之婚嫁、優善失蹤〕

抽齋四女陸生育於澀江家，一向甘於目前的境遇，毫無急於婚嫁之念。因此有一次有人勸她嫁與飯田寅之丞，結果不了了之。寅之丞當時是近侍男僕。因天保十三年壬寅生而起的名字。就是現在的飯田巽先生。據說巽字[1]取其明治二年「己巳廿八」歲之意而來。那次提親，媒人不可能不知會當事人，而只向澀江氏單方提起。不過那是很久以前的事，巽先生大概已經記不得了。然而此次文一郎的求婚，卻終於使陸無法推卻，只得點頭了。

文一郎最初的妻子柳，因為不願離開江戶，就由她帶著孩子回去娘家，單獨來到弘前。來到弘前後不久，文一郎就二度結了婚，但未幾離異了。此女是西村與三郎之女，名作。文一郎自箱館從軍回來後，開始想娶陸為妻。而且請人去提親好幾次。但澀江氏卻不為所動。陸自己依然覺得不必急於結婚。五百當然熟知文一郎是好人，卻並不希望他成為女婿。在如此尷尬的情形下，有稍長一段時間裡，兩家之間的關係竟顯得相當緊張。

文一郎壯年時具有強烈的熱情，對陸的追求因而相當積極。澀江氏甚至擔心若不同意他的提親，兩家之間會不會引起甚麼爭端。陸之終於嫁給文一郎，好像是變成了這種疑懼的犧牲品一般。

此一婚姻在名義上雖然是陸嫁給了文一郎；在實際上卻像是文一郎入贅了澀江家。從完成婚禮的翌日起，新婚夫婦終日都在澀江家，直至深夜才回矢川家去睡覺。此時文一郎新任騎馬衛兵，二十九歲。陸二十三歲。

矢島優善於陸成為文一郎之妻的翌月，即十月，在土手町有了自己的家，於是把住在周禎家的鐵迎回。這是不得不然的決定，而且也是五百一再從旁催促的結果。然而如今二十三歲的鐵，已不像從前那樣聽從丈夫的甜言蜜語。因此土手町的家變成了引發優善身世危機的場所。

優善與鐵之間，本來就很難期待會產生甚麼夫婦的愛情。現在不僅產生不了愛情，反而忽然變成了讎敵。而且在爭吵時，鐵總是採取攻勢，提出物質上的利害問題來詰責。「就是你不爭氣，矢島家才被周禎那樣的男人取去。」這就是鐵多次反覆責難的重點。優善一答辯，鐵就冷笑、咂嘴。

此類爭吵連週累月不曾停過。五百等人試加調停，毫無功效。

五百不得已，只好與周禎交涉，請他再度認領鐵這個人。然而周禎無論如何也不肯。澀江氏與周禎家之間，幾次的要求與拒絕，變成了徒費口舌。

1　巽字：分析巽之字體結構，上半為干支之己巳，下半為廿八之形。

在此段口舌往返期間，優善忽然失蹤了。十二月二十八日走出了土手町之家後，一去不回。澀江氏以為優善為了排憂解悶，又遁入了酒色之境，所以派人分手到餐廳妓樓去搜索，然而找不到優善的下落。

其八十七〔貞固遷移弘前、秩祿之削減與醫師之降級〕

比良野貞固與最後一批離開江戶的定府官員約三十戶家族，在去年五六月之交，一起乘了新造的帆船安濟丸[1]。然而安濟丸航出海後不久，船舵故障，進退失據。乘客自某地登陸，嘗盡千辛萬苦，終於此年五月返抵東京。

後來被安排搭乘美艦蘇爾丹號，平安抵達了青森。聽說佐藤彌六先生也是同艦乘客之一。

較早遷到弘前的澀江氏，已聽到貞固離開東京的消息，可是老等不到人，不知其故，難免擔起心來。尤其有謠言說，有寫著比良野助太郎的行李標籤漂進了青森港，更助長了心中越多的憂慮。其間接到了貞固於此年十二月十日寄自青森的手書，內容說安濟丸因為故障，一度折回東京；換乘美艦來到青森。請持現金前來迎接云。由於一年多無益的往返折騰，貞固的盤纏僅剩一枚一分銀子了。

澀江氏自來到弘前以來，從未領取過現金的薪俸；收到此信後，不知如何是好。忽然想

1 安濟丸：慶應二年，弘前藩所造三桅帆船。按：丸，接在船名下，如漢語之號或輪。

起由海運寄來的行李中，含有刀劍之類，於是選出三十五把，持去當舖，借了金子二十五兩；就拿這些金子到青森去把貞固帶到了弘前。

貞固的養子房之助雖於此年奉命為侍童，只因藩制改革，久久無法就任。

抽齋歿後第十二年是明治三年。六月十八日弘前藩士的秩祿大為削減，加之又下令降低醫師的俸祿：祿額十五俵至十九俵者降為十五俵、二十俵至二十九俵者降為二十俵、三十俵至四十九俵者降為三十俵、五十俵至六十九俵者降為四十俵、七十俵至九十九俵者降為六十俵、一百俵至二百四十九俵者降為八十俵、二百五十俵至四百九十九俵者降為一百俵、五百俵至七百九十九俵者降為一百五十俵、八百俵以上者降為二百俵。又從來以石為單位以計其祿者，視同俵數[2]，進行等同比例的削減。而且把士分上士、中士、下士三班，各班又有大少之分。就是二十俵為少下士、三十俵為大下士、四十俵為少中士、八十俵為大中士、一百五十俵為少上士、二百俵為大上士。

澀江氏原祿三百石，算是位於中上[3]；較之小祿之家，所受損失頗大。即使如此，澀江氏以能得此為已足，無意置喙於其間。

然而接著下了醫師降俸之令，也適用於澀江氏。的確，成善本來是醫師之子而出仕為側近侍童，但至今從未當過醫官之職。並且在下令之前，年十四而已為藩學助教，開始向學生講授經書。這是為師的兼松石居，蟄居之罪已被赦免，拜藩校督學，舉用門人的結果。且按先例，齒科醫佐藤春益之子，只因自幼繼承家督，就被分為平士身份。更何況成善現在就任的明明是儒職，難怪成善從沒想到這道命令會適用到自己的身上。

不過為了謹慎起見，成善專誠拜見了大參事西館孤清、少參事兼大隊長加藤武彥[4]二人，聽聽他們的意見。二人都認為不應該把成善視為醫師。武彥是前近臣兼執事清兵衛之子。豈料成善會被視為醫師而遭到降級，變成了只受三十俵俸祿，甚至被認為不再屬於士籍。成善提出了抗告，卻毫無效果。

2 石、俵均為米糧容積單位，亦為祿額之計算單位。一石為十斗，一俵為三斗五升。視石同俵，即降低石之實際祿額也。

3 澀江氏原祿三百石，改制後等同三百俵，削減為一百俵，屬於大中士等級。

4 加藤武彥：津輕藩士。砲術家。戊辰之役時為大隊長，駐守碇關、早瀨野口。明治三年權少參事，四年兵部省七等出仕。翌年引退。

其八十八〔優善出奔江戶及其後〕

為何以儒出仕的成善被適用於醫師降級的命令，其實也不難想像。澀江氏雖世世兼任儒職，奉命講授經書，但其家本來是醫道之家。即使到了成善，自幼入多紀安琢之門。又來到弘前之後，醫官北岡太淳[1]、手塚元瑞[2]、今春碩等，皆勸成善兼醫以仕，且說：「弘前少壯派有中村春台[3]、三上道春、北岡有格、小野圭庵[4]等人。其他也有新進的小山內元洋之輩，但就是沒有一個江戶出身的年輕醫師。請在醫學方面也多出點力，如何？」還有一件發生在下令前不久的事，也成了成善被津輕承昭認定是醫師的證據。六月三十日，藩知事[5]承昭在大星場[6]舉行軍事演習。承昭於五月二十六日變成了知事。槍聲猛烈之際，第五大隊醫官小野富穀因病退場，承昭即命成善代理其職。如此這般，可見上下都相信澀江氏之子一定善於醫術。然而，因此卻把一個以儒出仕的儒生陷於不幸之境，可謂欠缺設身處地的同情心。

矢島優善於去年歲暮失蹤，澀江氏就在疑懼中送走了舊年。此年一月二日午後，有石川驛的人拿來了兩封書信。是優善於離家當日所寫，一封給五百，一封給成善。兩封都是訣別信，處處滴滿淚痕。石川離弘前不到一里半，送信的人聽從優善的吩咐，等他離開驛站後才把書信送到家來。

五百與成善擔心優善會不會在雪中迷路，會不會在路上病倒，於是又雇人出去搜索。成善親自冒著風雪，尋遍石川、倉立、碇關等地。可是不見優善蹤跡。

優善離開石川驛，直奔東京。於此年一月二十一日來到了吉原的嚮導茶館湊屋。湊屋的女主人年紀相當大，常把優善叫做「阿蝶」[7]表示親密。優善就是投靠這個女人而來的。

湊屋有個女兒，名皆。這個阿皆長得很美，變成了茶屋誘人的明星。阿皆原由與津藤[8]家有親緣的河野某所包養，後來正式結婚了。優善到東京時，阿皆在今戶橋畔開了藝妓屋，屋號就是湊屋。

1　北岡太淳（一七九九—一八七八）：津輕藩醫，名正衡。通和漢之學與本草學。安政五年弘前醫學館成立，任總裁，致力於地方醫生之培養。其子有格於明治元年任稽古所外科教授。
2　手塚元瑞（一八二八—一九〇〇）：津輕藩儒醫、藩校學士。維新後為學區董事。後任第五十九銀行行長。
3　中村春台（一八四三—一九二四）：津輕藩醫。學西醫於弘前蘭學堂、醫學館。箱館戰爭時從軍為軍醫。明治三年弘前醫學校教授。
4　小野圭庵：津輕藩醫。稽古所外科教授。
5　藩知事：明治維新後，廢藩置縣前，任命舊封地之舊藩主為藩知事。
6　大星場：蓋指位於弘前西南部之陸軍用地。
7　阿蝶：優善有藝名叫松川飛蝶，暱稱為阿蝶（見〈其四十七〉）。
8　津藤：即攝津國屋藤次郎（見〈其七十二〉）。

優善經湊屋的介紹，當了山谷堀的提箱夫[9]，主要工作是當湊屋所屬藝妓應召出門時要隨從伺候。

約四個半月後，有人安排，優善入贅了本所綠町的安田骨董店。當時安田家的主人禮助已經不在，留下了未亡人政過著寡居的生活。可是優善的骨董商時代比提箱夫時代更短；那是因為政成為優善之妻後不久就死了。

此時出任浦和縣官吏的鹽田良三，升為權大屬[10]，主持聽訟組。乃向縣令[11]推薦優善。優善於八月八日受命出仕浦和縣為典獄。時年三十六。

9　山谷堀：在根岸川下游，為前往吉原之渡頭。提箱夫：原文箱屋，隨從藝伎，攜帶藝伎所用三味線箱等物之男僕。
10　權大屬：明治二年七月官制改革〈職員令〉中之官職，在大屬之下，總括各部局之庶務。
11　縣令：明治四年至十一年之縣長官，其前稱縣知事。

其八十九〔專六成為山田氏養子〕

專六與軍隊的交情漸深。終於在此年五月收到軍令局的通知，派他為「軍務局樂手[1]」。就在樂手的訓練期間，專六於十二月二十九日變成了山田源吾的養子。源吾在天保中津輕信順尚未致仕時，任職執事，因忤上旨而永被解雇。然而既無出仕他家之念，亦不喜從商之業；僦居菩提所中普賢寺之一房，每日上街賣唱，乞錢度日。

這般的浪人生活雖然繼續了約三十年，源吾卻把刀劍、附有家紋之衣類、武士禮服等，一直收在葛籠裡，保存得很好。

承昭於此年召回源吾，給薪二十俵，列其名於「目見以下」之士中，派到本所橫川邸去輪班看守。源吾考慮到自己年老多病，恐怕難於久任其職，才想到收養養子的事來。

此時源吾有親戚名戶澤維清者，居中牽線，安排專六為其養子。戶澤設法說服五百說，山田的家世並不卑賤，想在東京立身出世也不難，又說：「而且要是專六住在東京，以後弟

1　樂手：陸軍軍樂隊之下士。

弟要上東京，就更方便了。」成善遭到降級減祿後，正在忿忿不平，很想前往東京雪此恥辱。

戶澤如此勸說時，五百倒很容易就聽進去了，因為五百喜歡戶澤的為人。戶澤維清，通稱八十吉。信順在世時為其近侍。有才幹有氣概，恭儉而抑抑，且稍有學問。只不過一旦酒醉，就剛愎而凌人。信順平時不准戶澤飲酒，但每至邸內用度匱乏時，就請他大飲一番，然後命他前往當局傳話。據說若不得當局者之一諾，絕不回來覆命。

有一次戶澤因公出差。書記松本甲子藏[2]隨行。坐在轎子裡的戶澤無意間看了一下走在旁邊的松本，發現他的草鞋鞋底破損，還在流著鮮血。戶澤急令一行停下，大叫「甲子藏」一聲。松本回說「在」，靠近了轎扉。戶澤說：「有點私下的事，請把別人支開。」等隨從的人都離遠了，就叫松本把草鞋脫下，強使他坐進轎裡；自己則穿上松本的破草鞋，然後喚回轎丁，抬起轎子，重新前行。這是一則松本告訴保先生的故事。保先生認識戶澤與其弟星野傳六郎。戶澤之子米太郎與星野之子金藏二人，曾受過保先生的教導。

此年來到弘前的比良野貞固，也同意戶澤的勸導。五百終於答應山田氏收養專六。此事最後決定於十二月二十九日，翌日三十日專六就從青森乘船出發了。此年專六是十七歲。然而住在東京的養父源吾，卻在專六還在船上期間，竟無互見一面之緣，就已變成了古人。

嫁與矢川文一郎的陸，此年生了長男萬吉。但萬吉不幸夭折，葬在弘前新寺町報恩寺[3]矢川母親的墓旁。

抽齋六女水木於此年嫁與馬役[4]村田小吉之子廣太郎。時十八歲。既而矢島周禎告訴五百新婚夫婦琴瑟不調。五百不得已把水木接回家來。

在小野氏，此年富穀以六十四歲致仕。子道悅繼承了家督。道悅生於天保七年，已經三十五歲。

中丸昌庵歿於此年六月二十八日。生於文正元年，以五十三歲終其一生。

弘前城於此年五月二十六日改稱藩廳。知事津輕承昭遷居外城。

2　松本甲子藏（一八四五—九九）：津輕藩士。後改名中章。步卒武士。維新後為埼玉縣官吏，任兵事課長。
3　報恩寺：位於弘前市新寺町，天台宗。為津輕藩主代代之菩提寺（家廟）。
4　馬役：管理藩馬有關之雜事小吏。

其九十〔成善上京〕

抽齋歿後第十三年是明治四年。成善決心把母親留在弘前，單身前往東京發展。其所以欲往東京，一是遭到降級而心懷不滿；二是在減祿之後一家生計難以為繼。把母親留在弘前是為了避免脫藩的嫌疑。

弘前藩其實並不反對以官費派遣年輕人去東京。反之，若以私費前往，藩當局就會質疑其人有脫藩之計。何況若又帶著家族，這種質疑就會更深。

成善之欲往東京，存在心中已久，而且屢次以此請教其師兼松石居。石居發誓伺機要把成善變成官費生。但如今成善已不耐久等了。

且說成善甘冒不諱，決定以私費赴東京，不過還是把母親留下。這是不得已的安排。何以故？因為如果成善要母親同行，藩當局是絕不會放人的。

成善與母親相約，他日一定把她迎去東京。不過母子皆知，藩必定會設法加以阻止。要之，對離開弘前的成善而言，不無類似讓母親當人質的遺憾。

因為過去有兩三個可憎的實例，所以當局很怕脫離藩籍的人會越來越多。居其首位的例子，就是辭去財務官而變成米商的平川半治。當時的確有如此為財利而脫離士籍的風氣，連澀江氏都親自見識到了。曾經有人勸誘五百購買東京兩國的中村樓，宣稱今日投資一千兩買下，他日就可獲致鉅萬之富。有人勸她買東京神田須田町某藥商的股份，說現在可以廉價買進，即日起就有月收三百萬至五百萬的紅利。不用說，五百當然沒有聽從這些人的意見。

當時在藩職中，位居要津而不欲津輕家失去士人，而極力推行防止脫籍政策者，是大參事西館孤清。成善拜訪了西館，告以欲往東京之計。

成善向當局主管申請，擬從家祿中分出五人扶持送交東京，居然獲得了允許。又把一大箱版畫賣給了書畫骨董商近竹[1]。這是從前在淺草藏前兔桂等處，以二十幅約付一百文買來的，而當今可以賣到三幅二百文，甚至一幅一百文。成善把錢平分了，一半留給母親，一半充當自己的盤纏與學費。

在成善巡訪辭行的諸家之中，最依依不捨的是兼松石居與平井東堂了。東堂左顎下長了一顆腫瘤，所以自號瘤翁。臨別時說，恐怕無緣再謀一面，而潸然淚下。成善離去後之翌年，即明治五年九月十六日，東堂歿於鹽分町的家裡。年五十九。其四女乙女繼承了家業。現在住在東京神田裡神保町教彈琴的平井松野師傅，就是這個乙女。

1　近竹：指弘前鍛冶町近江屋竹次郎之店。

其九十一〔成善在東京及其就學〕

成善辭了藩學之職，於此年三月二十一日，與母五百交杯酌水作別後，乘轎離了家。其所以交水杯，是因為依當時的狀況推測，很難預期以後有無再會的機緣。成善十五歲，五百已五十六歲。抽齋去世時，成齋年紀還小；此次告別母親時，才深切感受到親子生離之悲。他在轎裡真想大聲痛哭起來，好容易才勉強忍住了。

同行者是松本甲子藏。甲子藏後來改名忠章。其父莊兵衛，素為比良野貞固父文藏之家僕。文藏愛其樸直，薦之於津輕家為步卒。其子甲子藏有才學，藩任用為藩廳小職員。

從弘前出外旅行的人，習慣上先坐轎子到石川驛，在此地與親戚故舊酌酒而別。來歡送成善的：除了受教句讀的少年多人之外，有矢川文一郎、比良野房之助、服部善吉、菱川太郎等。後來服部在東京成了鐘錶工，菱川在辻新次[1]先生家當了學僕。但兩人都已去世了。

成善於四月七日抵達東京。在本所二丁目的藩邸卸下了行李。前此成善之兄專六成為山田源吾的養子，已來東京，住在未及見面而死的養父源吾之家。源吾負責管理津輕承昭設在本所橫川的官邸，自己則住在本所割下水。此外在東京，有五百之姊安住在兩國藥研堀[2]。

安的二女之中，敬嫁入猿若町二丁目的劇院茶館三河屋；銈住在藏前須賀町綢緞莊枡屋儀平處。又專六與成善之兄優善則在路程不遠的浦河。

成善的前師多紀安琢在矢倉，海保竹逕在御玉池。維新之初出為官吏[3]，從伊澤鐵三郎德安買了此邸，乃自練塀小路濕地的地板低、草席腐爛的家搬了過去。不止搬了新家。一向披著弊衣的竹逕，從那時開始穿起絹布來。然而不多久，為當時權貴山內豐信等人所排斥，就罷官不幹了。成善於四月二十二日再入竹逕之門，只因去年在會陰[4]長了膿瘍，身體顯得稍微虛弱。成善隔了好久又有機會聽到了《易》與《毛詩》的講解。多紀安琢在維新後頗為窮困，全靠竹逕的扶養。成善屢屢問其安否，但沒想到要再學習《素問》了。

成善為了學習英文，於五月十一日進入了本所相生町的共立學舍。父親抽齋雖有遺囑要他學習荷蘭語，但時代的變遷使他不得不改學英文。共立學舍的創辦人是尺振八[5]。振八，初名仁壽。下總國高岡城主井上筑後守正瀧家臣鈴木伯壽之子。天保十年生於江戶佐久間町，

1 辻新次（一八四二—一九一五）：松本藩士。教育家。文久元年入蕃書調所學習洋學。刊行《遠近新聞》。維新後，經南校校長，入文部省為行政官。貴族院議員、男爵。

2 藥研堀：在兩國橋之南，今中央區東日本橋二丁目之一部。

3 明治元年八月出任昌平學校助教。

4 會陰：在肛門與陰部之間。

5 尺振八（一八三九—一八八六）：英文學者。曾任幕府翻譯官。文久年間隨遣歐美使節團出國二次。明治三年創設共立學舍，教授英文，官至大藏省翻譯局長。譯著有全本和譯斯本塞《斯氏教育論》。

安政末年冒了尺氏。受到田邊太一[6]的啟發而師事中濱萬次郎[7]、西吉十郎等人，接著常與英美人士親近，文久中遊學法美兩國。成善入學時，振八是三十三歲。

6 田邊太一（一八三一—一九一五）：儒者，外交官。學於昌平黌，任甲府徽典館教授。隨遣歐使節團出國二次。維新後歷任外交官、駐清國代理公使、元老院議員等。所著有《幕末外交談》等。

7 中濱萬次郎（一八二八—九八）：江戶後期漂流民，原為土佐國漁夫。天保十二年遭難，為美國捕鯨船所救，帶回美國。學習英文、航海術、測量術。嘉永四年歸國，成為幕臣，任軍艦操練所教授。維新後任開成學校教授。

其九十二〔縣吏優善〕

成善於四月入海保傳經廬，五月入尺共立學舍，六月起更在大學南校[1]設籍，日間功課分為三段，往來於三校之間。下課後又訪韋貝克[2]家受教。韋貝克本來是荷蘭人，擁有美國國籍。是開拓日本教育有功的外籍人士之一。

關於學費，從弘前藩送來的五人扶持中賣掉三人扶持，就足以應付。當時的行情是一個月金二兩三分二朱與四百六十七文。至於書籍，英文書早就有從頭購置的大打算；漢文書則設法從弘前把抽齋的手澤送到東京來。然而載運此批書籍的船在航程中，於七月九日，遭遇暴風而翻覆；抽齋所蒐集的古刊本大都歸為海若[3]之所有了。

八月二十八日，弘前縣當局任命成善為神社調查員，津貼金三兩二分二朱與二文目二分

1　大學南校：明治初年之官立洋學堂。為後來東京大學四學部中法、理、文三學部之前身。
2　韋貝克（Guido Herman Fridolin Verbeck，一八三〇—一九八）：宣教師、御雇外國人教師。安政六年來日。明治二年任開成學校教師，並兼政府顧問，於教育、法律、行政制度各方面，獻策頗多。
3　海若：海神也。

五厘。因為成善已報備過進入共立學舍之事，所以附帶以「准其請假而委任之」的形式，把公文送達共立學舍。在此之前，有七月十四日廢藩制縣的詔書，因此弘前藩變成了弘前縣。

矢島優善當了浦和縣的典獄之後，於此年一月七日，娶了唐津藩士大澤正之女，名蝶。嘉永二年生，時二十三歲。其前經過幾多波折後，優善終於把前妻鐵離異了。

優善於七月十七日轉至庶務局，十月十七日成為判任[4]官員。接著於十一月十三日浦和縣廢縣，其事務移至埼玉縣，優善於十二月四日，再奉命出任埼玉縣十四等出仕之職[5]。

隨同成善來東京的松本甲子藏，由於優善的推薦，同時出任十五等官。後來晉升兵事課長，歿於明治三十二年二十八日。弘化二年生，享年五十五。

當時的縣吏官威不小。成善剛到東京後，往訪時任浦和縣典獄的優善。優善命等外一等官宮本半藏帶轎子一頂，迎接成善於縣界。成善乘轎至戶田渡口，渡口官員下跪伏地行禮。

優善在庶務局任職時，有一日優善舉辦宴會，悉數請來了去年自己在今戶橋湊屋伺候過的藝妓，還有在山谷堀認識的藝妓多人。到了酒闌時，優善忽然宣布說：「我曾經伺候過各位，受到諸多照顧。今天我也是客人。」顯得一副大丈夫得意洋洋的氣概。

當時縣吏之間飲宴頻繁。在浦和縣知事間島冬道[6]所辦的懇親會上，鹽田良三表演了人形狂言，優善穿著針織下襠模仿私通的動作。間島通稱萬次郎，尾張藩士。明治二年四月九日，從刑法官判事轉任大宮縣知事。其年九月二十九日大宮縣改稱浦和縣。

此年歲暮，優善出任埼玉縣後，某村村長拉來了一車蔬菜要獻給優善。優善拒收，說：

「我不收賄賂。」

村長大感困惑，說：「如何是好。要是把這些蔬菜統統都帶回去，我會對不起村民，會丟盡我的面子。」

優善說：「居然如此，我就全部買下吧。」

村長勉強收取了天保錢一枚，卸下蔬菜，回去了。

優善說他買到了廉價蔬菜，分給了縣令及以下的職員。

縣令是野村盛秀[7]，收到蔬菜時聽了此事的始末，誇獎說：「矢島先生的做法有意思。」野村初號宗七。薩摩士人。浦和縣變成埼玉縣時，從日和縣令轉任埼玉縣令。間島冬道則轉赴名古屋縣就任參事，後來在明治二十三年九月三十日，以御歌所評審歿。又野村於明治六年五月二十一日去世，暫時由長門士人參事白根多助攝行縣務。

4　判任：類委任，其長官可自行加以任免。

5　十四等出仕：明治八年八月十日〈官制表〉所訂官等十五等中之十四位。

6　間島冬道（一八二七—九〇）：政治家、歌人。尾張藩士。歷任尾張藩要職。明治二年，由刑法官判事轉任大宮縣（後改浦和縣）知事，又轉任名古屋縣參政。後任十五銀行總經理、日本鐵道會社監察官。明治天皇於明治二十一年，仿古代和歌所設御歌所，間島任評審（原文寄人）。明治六歌仙之一，所著有《冬道翁歌集》、《伊香保日記》等。

7　野村盛秀（一八三一—七三）：薩摩藩士。維新後歷任長崎縣、日田縣知事、埼玉縣縣令。

其九十三〔成善與優善改名、剪髮〕

成了山田源吾養子的專六，未及會面而喪其養父，上京後一直守護著養父的宅第。至五月一日接奉藩知事津輕承昭的命令：「茲支付其親源吾俸祿二十俵無誤。」源吾一生以未能見藩主之職而終，而專六卻於六月二十日就晉謁了承昭。這是成善接受密旨而為之提出申請之所致。

專六承成善的介紹，先入海保傳經廬，其次於八月九日入共立學舍，十二月三日入梅浦精一[1]之門。

此年六月七日成善改名為保。這是由於想念母親之故。聽說母親五百自嫌名字字面不雅，所以在簽名時常用伊保[2]二字。矢島優善也在此年改名為優。山田專六之改名為脩，沒有可徵的記載，不過大概是稍後的事。

此年十二月三日保與脩同時剪了髮髻。優於何時剪髮雖不得而知，應該也在那時前後。優較早入東京，不久就往離東京不遠的浦和當官，很難說一定比兩個弟弟先剪了髮髻。用紫繩結髻是當時官吏的髮型，不知優愛惜其髻到何時。或許有人會覺得，對於抽齋兒子何時剪了髮髻，根本無須知道。然而明治初期男子的剪髮，如同先有德國十八世紀之斷了髮辮，後有清朝亡後之斷了辮子，都代表著時代風俗的一大轉變。不過將來史家恐怕會因其年月難詳而苦惱吧。像我自己就不記得何年剪了髮髻。因此我才把保先生日記中的一條轉錄在此。

此年十二月二十二日，本所二丁目的藩邸報廢，所以保搬到其兄山田脩本所的家同居。海保竹逕之妻，即漁村之女，歿於此年十月二十五日。

抽齋歿後的第十四年是明治五年。一月，保從山田脩家移居本所橫網町的鈴木清家二樓。鈴木原先是一家船宿[3]，主人死後，未亡人清改營房間出租業。清生於天寶元年，此年四十三歲。當時待保甚好，因此後來保一直與她保持聯繫。在此之前，保很想把住在弘前的母親接來，數次請教過藩的當局者。然而津輕承昭知事在任期間，西館等人還是固守原先政策，不許就是不許。去年廢藩置縣之詔下了之後，承昭就移居東京，縣政亦頗有改革。保於是又向當局請示。當局者不再阻止五百遷來東京，只質疑保以一書生何以奉養母親。保乃請矢島優寫了擔保書。縣廳以為可。五百終於要從弘前來東京了。

保遊學東京後，在五百寂寞的生活中，並無特別值得一提之事。只是去年在廢藩前，藩

1　梅浦精一（一八五二—一九一二）：官吏、企業家。歷任大藏省紙幣寮等官。明治十四年就任橫濱生絲聯合集貨所經理、石川島造船所等多數會社社長、董事長等職。

2　伊保與五百讀音同（いほ）。

3　船宿：服務乘船出遊或垂釣之客，兼營召妓茶屋與餐館之旅店。

當局把弘前俎林[4]的山林地割給了澀江氏。這是以授產為目的而割土地與士族之後[5]，尚有剩餘，當局以為非士族的醫師亦宜獲此恩典而來。關於此筆地產之授受，五百委託了淺越玄隆去處理。

五百離開弘前時，當然不能不帶走被村田廣太郎家離棄的水木。此外陸也決定與丈夫矢川文一郎隨五百往東京。

文一郎在離開弘前之前，收了津輕家用品承辦商工藤忠五郎蓄寬之次子蓄德為養子，讓他留在弘前。蓄寬有二子二女。長男可次承了森甚平的士籍；次男蓄德繼了文一郎的士籍。長女阿連襲了蓄寬之後，目前在弘前下白銀町開矢川照相館；次女美喜招了岩川友彌為婿，在本町一丁目角開愛美矢川攝影所。蓄德當了郵政技士，歿於明治三十七年，養子文平襲其後。

4　俎林：位於弘前市藤崎町。江戸時代，藩為飼養獵鷹而設之林地。

5　明治三年，弘前藩有授地與藩士，使其自耕自活之議，乃購入富豪之田，於四年五六月間以抽籤分配土地。

其九十四〔五百上京、澀江氏在東京〕

五百於五月二十日抵達了東京。於是與矢川文一郎、陸夫婦，以及從村田氏歸來的水木，共四人，在本所橫網町鈴木家卸下行李。從弘前同伴而來的是武田代次郎。代次郎是財務官武田準左衛門之孫。準左衛門於天保四年十二月二十日被處斬罪。那是笠原近江[1]在津輕信順之下，擅權亂政之時。

五百與保隔了十六個月之後，母子再見了。母五十七歲，子十六歲。脩與優分別從割下水與浦和趕來省母。

三個兒子中，生計上最充裕的是優。優於此年四月十二日晉升權少屬，月薪雖僅二十五圓，加上當時巡迴旅費補貼，其實也不過七十圓左右。可是其氣焰之高不在現在敕任官[2]之下。優的家裡有食客二人。一人是妻蝶之弟大澤正，另一人是生母德之兄岡西玄亭之次男養

1 笠原近江：津輕藩家老，與其父八郎兵衛皆當權專政，連續二世，稱笠原時代，為津輕藩政治之黑暗期。

2 敕任官：明治時代以後，官制有敕任級，指由敕命任免之一等、二等高官。今已廢。

玄。玄亭之長男玄庵，就是曾服用保之胞衣的癲癇患者，維新後不久去世。次男就是此養玄，當時更改氏名為岡寬齋。優上班時的侍從是故舊中田某之子敬三郎。善所推薦的縣吏之中，有十五等出仕的松本甲子藏。又有敬三郎之父中田某、脩之親戚山田健三、曾當過澀江氏家僕的中條勝次郎、在川口開業時認識的宮本半藏等。自中田以下，都是月薪十圓的等外一等之職。其他，如今之清浦子[3]，其能任縣屬小學教員及縣廳學務課員，都有優居中推薦之功。現在還留下了數封署名「矢島先生、奎吾」的尺牘可徵。有一段期間藉優之救援而衣食者，據云高達數十人之多。

保是寄宿租屋的書生；脩在廢藩同時失去了管理橫川邸的職務，雖然有家可住，也還算是書生。只有優一人卻成了官吏，而且享有如此相當的權勢。於是優想勸母親到浦和去住，說：「等保畢業後，澀江家穩定，最多也不過四五年間，請到我的地方來吧。」

可是五百並不答應。「雖然我年事已高，幸而無病，不必去浦和享受生活。保還在上學，我寧願留在這裡替他看家。」

優依然勸請不已。就在此時，接到了一批稍大的一粒金丹訂單，來自福山、久留米[4]兩處。調製金丹之事一向由五百自任其勞。此次亦立刻進行調製。優暫且回浦和去了。

八月十九日優又從浦和來。而且告訴母親說，不想搬到浦和去沒關係；總之不妨去看看，住幾天。於是在二十二日，五百帶著水木與保到浦和去了。

在此之前，保已向高等師範學校[5]提出了入學申請書。因為入學考試二十二日就要開始，保自己先回了東京。

3　清浦子：清浦子爵之略。清浦奎吾（一八五〇—一九四二），熊本藩士，政治家。明治五年上京，十四等出仕。翌年出任埼玉縣小學校長。九年轉入司法省，以後成為山縣有朋系的官僚。歷任司法相、貴族院議員、樞密顧問、樞密院議員，至大正十三年首相（總理大臣）。子爵後伯爵。

4　福山、久留米：分別指福山藩主阿部家與久留米藩主有馬家。

5　高等師範學校：明治五年五月設立於東京，僅稱師範學校，旨在訓練小學教員。十九年改稱高等師範學校，從事中學教員之培養。為今東京教育大學之前身。

其九十五〔保之師範學校入學與同學〕

保之所以申請師範學校，是因為估計缺乏足以讀完大學的經費；而師範學校正好開設於此年，文部省會支付公費給學生，上等生十圓、下等生八圓。保就是為了仰望公費而申請投考的。

然而在此有一障礙。那是師範學校的學生限於年齡二十以上，而保則尚未十六歲。於是保請教了森枳園。

枳園於此年二月離開福山，漫遊各地，五月來東京，住在湯島切通的租屋。同月二十七日為文部省十等出仕。時年六十二。

枳園似乎相當愛保。來到東京第三日就造訪橫網町租屋，吩咐保一定要到切通的家來看看。保過了兩三日未去，枳園又來催促為何不來。保尋訪去了，只見切通的家是個店面，只有一間小房與廚房。枳園就在店頭擺了一張桌子，正在讀書。保由不得叫道：「這不像賣卜者嗎？」枳園有趣地笑了一笑。從此湯島嶼本所之間就來往不絕了。枳園常帶保到山下的雁鍋、駒形的川枡等餐廳去。喝起酒來，大發痛世疾俗之言[1]。

文部省當時羅致了不少名流。如岡本況齋、榊原琴洲、前田元溫等諸家，都拜九等或十等出仕，每月領四、五十圓。

保往訪枳園，談到師範學生的年齡問題。枳園笑道：「甚麼？那甚麼年齡不足的小事，讓我來設法處理吧。」保於是託枳園提出了申訴。

師範學校的入學考試八月二十二日開始，三十日結束。保及格了，九月五日就要入學。五百在入學日期之前，從浦和回到了本所。

保的同班中，除了當今的末松子[2]之外，有加治義方[3]、古渡資秀等人。加治後來冒渡邊氏，投入小說家群中，曾在《繪入自由新聞》[4]上發表過連載小說。筆名花笠文京。古渡則風采不揚、舉止迂拙，與之交往者大概只有保一人。原本是常陸國農家之子，鄉下有悶殺初生嬰兒的陋習，聽說將被害而僅以身免。來東京為桑田衡平[5]家學僕，然後進入師範學

---

1 據云，主要痛批對象是當時以薩摩、長門兩藩為主之所謂薩長政府、洋學、洋醫等。

2 末松子：即末松子爵末松謙澄（一八五五—一九二〇）。福岡人。政治家、文學家。為《東京日日新聞》記者，留學劍橋大學，為駐英國公使館書記。其後歷任法務局長官、內務大臣、樞密顧問官等。熱心社會改革運動、演劇改良運動。譯著有《谷中姬百合》、《日本文論》等，又編有《房常回天史》十二卷。

3 加治義方（一八五七—一九二六）：明治初期作家，筆名花笠文京。入假名垣魯文之門學戲作。作品發表於《伊呂波新聞》與《繪入自由新聞》。著有《冬兒立闇之鵼》、《金花蝴蝶幻》等戲作作品。

4 繪入自由新聞：明治十五年九月創刊，為自由黨《自由新聞》之姊妹報。二十五年末為《萬朝報》所合併。

5 桑田衡平（一八三六—一九〇五）：西醫。武藏人。本姓久保田，通蘭醫、英美醫術。在江戶住吉町開業。維新後進入新設下谷府立大病院。後來轉任軍醫。

校。年紀大保七八歲，但在班裡的席次卻遠在下面。然而保喜其為人之沈穩而待之甚厚。此人畢業後赴佐賀縣師範學校任教。不久辭去，進慶應義塾速成班進修；明治十二年任《新潟新聞》[6]主筆，一時在東北政論家中頗受重視。其年八月十二日，不幸病死於霍亂。襲其主筆之職者是尾崎愕堂[7]。

在此時期，矢島優一有時間，就從浦和來問候母親安否。而且週六來接母親去浦和，週日以車子送回。週六自己不能來時，就派車子來接。

鈴木的女主人與優漸熟，誇獎他是個傑出而坦率的少爺。當時優留著黑色的鬚髯。有一次晉謁黑田伯清隆[8]時，座上的少女看著優的臉良久，忽然說：「那位小叔叔的臉是顛倒著裝在身上的。」因為鬢毛稀薄，鬍鬚濃密，少女竟把下巴看成了頭頂。優有此容貌，穿上西裝，胸前垂著懷錶金鍊。難怪女主人要誇獎了。

有個週六優於晚餐時刻來。女主人說：「浦和的少爺，給您一份晚餐好嗎？」

優說：「不用了，謝謝。已經吃了。剛才經過淺草見附[9]時，看到一家新開的茶飯芡羹店，好像很好吃。坐下來吃了兩碗茶飯，喝了兩碗芡羹。每碗五十文，正好二百文。好便宜。」女主人說他坦率就是指他這種語氣。

6　新潟新聞：創於明治十年，為今《新潟日報》之前身。

7　尾崎愕堂（一八五八—一九五四）：名行雄。政治家。二次大戰後改名咢堂。《新潟新聞》主筆、《郵便報知新聞》評論記者。創立憲改進黨。歷任文部大臣、東京市長。人稱憲政之神。

8　黑田清隆（一八〇四—一九〇〇）：政治家。原名了戒。薩摩藩士。維新後歷任北海道開拓長官、農商大臣、總理大臣。以後為樞密院顧問、樞密院議長等。伯爵。

9　淺草見附：神田川右岸，淺草橋附近一帶。

其九十六〔貞固上京、海保竹逕之死〕

此年從弘前來東京的不少。比良野貞固也是其中之一。有一日突然出現在橫網的宿處，說：「今天到了。」原來貞固帶著妻照與六歲的女兒柳，把她們暫時留置繫在百本杙[1]的船上，獨自下船過來，且說目下準備暫時與保同住。

保立刻答應了。「請別客氣，去把夫人與千金帶上來吧。不久預定家母也會從弘前到東京來。」然而保卻在心中竊自喊苦。為甚麼呢？保與女主人約定每月房租是二兩，但為了學費就常常捉襟見肘了，至今還沒付過一次房租。而現在又得收容三個客人。假如是別人，也許可以收取住宿費。不過，貞固這個人是不會付錢的。無論如何，保不得不籌措四人份的費用。此為苦惱之一。又在此附近，從前見過線鬟留守居的人還有不少。而讓這位官老爺住在橫網町的租屋裡，總覺得過意不去。此為苦惱之二。

保只好耐心款待這三個人，長達數月之久。而且幾乎天天都帶貞固到橫山町的尾張屋去請客。貞固住在保所租的房子，直至養子房之助從弘前來。房之助來到後，才在本所綠町租了房子，一起搬了過去。正好到了保快要迎接母親從故鄉來的時候了。

矢川文內也於此年來到東京。淺越玄隆也來了。矢川開了當舖，沒成功。淺越改名為隆，有時出仕為東京府吏，有時任本所區公所書記，有時當本所銀行事務員。淺越有子三人。生於江戶的長女福成為中澤彥吉[2]之弟的妻子；男子二人之中，兄是洋畫家，弟為電信技士。

同在此年與五百同來的陸，以丈夫矢川文一郎之名，在本所綠町開了一家砂糖店。長尾之女敬的丈夫三河屋力藏所開的猿若町戲院茶屋，於此年十月移至新富町。因為守田勘彌[3]的守田座於二月獲得了府廳的許可，準備十月開演。

此年六月海保竹逕歿。文政七年生，故以四十九歲終其生。自去年以來，不再稱復弁之助，而改名元起。竹逕歿時，家中遺有養父漁村之妾某氏與子女各一人。嗣子繁松生於文久二年，繼承家業時十一歲。竹逕歿後，保改從島田篁村為漢學之師。生於天保九年的篁村，此年三十五歲。

抽齋歿後第十五年是明治六年。二月十日，澀江氏在當時的第六大區六小區本所相生町

1 百本杙：墨田區橫網一丁目靠隅田川左岸，為阻擋水勢所植之長排木樁。或稱百本杭。

2 中澤彥吉（一八三九—一九一二）：實業家。通漢學與洋學。事業有成，任眾議院議員、東京市會議員，及多項企業要職。

3 守田勘彌（一八四六—九七）：歌舞伎俳優。守田家十三代、勘彌十二代俳優。屋號喜字屋。前名勘次郎，文久三年襲勘彌之名。

四丁目，僦屋居住。時五百五十八歲，保十七歲。起初家中母子之外有水木，後來杉田脩也來同住。當時脩為氣喘病而苦，所以收拾了割下水的家，搬來與母親同住，順便接受照顧。五百到了東京之後，早就計畫一家自立一戶而居，但眼見現金儲蓄已耗費殆盡，有願難償，只能發無可奈何之嘆。如今保已進了師範學校，每月可領十圓津貼；而自己則當了藝妓屋的裁縫，雖非本意，但多少有些收入。至此才有財力租借了相生町的房子。

其九十七〔師範學校學生澀江保〕

自去年起，保就住在本所相生町，從家裡通學師範學校。此年五月九日，學校命令全體學生住入學生宿舍。這是因為原來還在施工中的宿舍已經落成之故。而且在此命令之中，附帶規定必須於六月六日前搬進去住。

然而保並不想住宿舍。在提出了「因家母身體欠安，請暫時准予繼續通學是幸」的請求後，依舊從本所家裡通學。說母親有病並非虛言。五百當時的確罹了眼疾而不堪其苦。然而五百的眼疾，不是保延期入住宿舍的唯一原因。

保發現師範學校所授的課程與自己的興趣相去甚遠，私下已有申請退學的打算。因此不願從通學生變成住宿生，以免加深自己與學校的關係。

學校聘了美國人斯克特[1]講授小學教學法。主要教學生練習子母音的發音。發音正確的

1 斯克特（Marion M. Scott，一八四三—一九二二）：御雇外籍教師，美國人。明治四年來日為大學南校（東京大學前身）教師；四年轉任師範學校，教授美式教學法。十四年返美。

為上位，有地方口腔的為下席，所以東京人與中國人[2]，即使無甚才能也會受重視；九州人與東北人，即使才華洋溢也會被輕視。學生多半感到不平。

其中有東京人某自己儘管在上位，卻大罵說：「看這種教法，連延壽大夫[3]也可當最優等的學生。」

保的志趣在講英語讀英文，可是看看學校的現狀，合乎所望的科目一門也沒有。縱使未來設立了英文科，由於同班同學五十四人中，過半是純屬漢學組的學生，非得從拼音或初級課本開始不可。保一想到必須與此等同學同一步調，就覺得非常難堪。

保想著用甚麼辦法退學。退學後做甚麼呢？可以請求相識的韋貝克讓他做食客。也可以當某人的僕人而隨之到海外去。現今也有像毛利[4]夫婦那樣愛護自己的外國人。只要加以懇求，說不定願意雇自己為僕人。保就做著一連串這樣的夢。

保如此這般想著，開始對校長、對教師不大尊重，懶得遵守校規，也不理課業，只管期待著退學處分遲早會落到自己的頭上來。從不往校長官邸通名刺；根本不知官邸在何處。遲於教師進教室。除了數學之外，不溫習一切功課，只顧專心讀著英文。

就在如此狀況下，保接受了入舍的命令。保是這樣想著：若不住宿舍，必定會受到退學處分。那樣的話，就可恢復頂天立地的自由之身，隨心所欲，進行英國的研究。當然好容易贏得的官費就會斷絕。不過書肆萬卷樓的主人是相識，一直說要替我出版翻譯的書，而且催促我儘快著手翻譯。萬卷樓的主人就是大傳馬町的袋屋龜次郎，之前已接過保最初翻譯的克肯伯斯的《小美國史》[5]，而且於去年公之於世了。

保把這樣的計畫告訴了母親，也獲得了同意。然而矢島優與比良野貞固卻表示反對。主要理由是若受到退學處分，萬一姓名出現在《文部省雜誌》[6]上，會在履歷上留下難於拭去的汙點。

十月十九日，保隱忍無言，搬進了師範學校的宿舍。

---

2 中國人：中國為日本地區名，包括今岡山、廣島、山口、島根、鳥取五縣。

3 延壽大夫（一八三二—一九〇四）：清元節（曲）師傅，在此指四世清元延壽太夫，本名齋藤源之助。有〈十六夜清心〉等名作。

4 毛利（David Murray，一八三〇—一九〇五）：美國教育家。明治六年受聘為學監（文部省顧問）來日。視察各地教育情形，指導教育行政，協助制訂教育法令。十一年返美。

5 克肯伯斯（G. P. Quackenbos，一八二六—八一）：美國教育學家，所著有*Elementary History of the U. S.*與*First Lessons in Composition*、*Advanced Course of Composition and Rhetoric*、*An English Grammar*。後者於明治初年廣被採用為英文入門之書。

6 文部省雜誌：明治六年四月至九年三月，文部省所刊行，介紹國內外學界消息、教育情形之報告等。

其九十八〔優轉任工部省少屬、陸為長唄師傅〕

矢島優於此年八月二十七日晉升少屬，繼之於十二月二十七日以同官階轉任工部省，負責有關鑛山的事務，移居芝琴平町。家中食客岡寬齋也經由優的推薦，進入工部省為雇員。寬齋後來歿於明治十七年十月十九日；天保十年生，四十六歲而終。寬齋生而有雄姿，卻因罹痘而毀容。學醫於醫學館，又入抽齋、枳園之門。寬齋在枳園〈壽藏碑〉之後寫道：「余少時曾在先生之門，能知其為人，且學之廣博，因竊錄先生之言行及字學醫學之諸說，別為小冊。」我對此小冊之存在與否並不知情。寬齋初娶伊澤氏柏所生池田全安之女梅，離異後，納陸奧國磐城平城主安藤家家臣後藤氏之女逸為繼室。逸生了二子：長男俊太郎先生現住本鄉西片町，任職陸軍省人事局補任課。次男篤次郎先生冒風間氏，住在小石川宮下町。篤次郎先生是海軍機關上校。

陸於此年與矢川文一郎分離，關了砂糖店的門。大概因為生意不如意吧？時陸是二十七歲。

然後陸在本所龜澤町掛上看板，稱杵屋勝久，決定開班教長唄三弦曲。

矢島周禎一族也於此年遷來東京。周禎住靈岸島開業行醫，優的前妻鐵在本所相生町二丁目開了玩具店。周禎原是眼科，所以五百就請他診治眼疾。

有一日周禎帶著嗣子周策來訪澀江氏，奉上束脩，請准周策拜保為師。周策已二十九歲，保僅十七歲。保不解其意，一詢問，才知道是要讓周策作考師範學校的準備。保喜而受之，乃開始指導周策溫習必考諸科，且授之以漢文。周策後來應考第二屆招生[1]，及格入學，明治十年畢業後，赴山梨縣任教。可惜不久患了精神病而被罷職了。

在綠町的比良野氏，養子房之助及其親父稻葉一夢齋共同開了古董店。一夢齋是丹下老後的名字。貞固常去淺草黑船町正覺寺拜掃先人塋墓，每月數次；每次在歸途上，都會順路拜訪澀江氏與五百閑談往事。

抽齋歿後第十六年是明治七年。五百的眼疾荏苒難治。乃在矢島周禎之外，另外求治於安藤某，數月而獲得治癒。

水木於此年再嫁深川佐賀町洋貨商兵庫屋藤次郎。時二十二歲。

妙了尼此年九十四歲，歿於韮山。

澀江氏於此年在感應寺為抽齋辦了法事。參加者有五百、保、矢島優、陸、水木、比良野貞固、飯田良政等人。

1　據師範學校《創立六十周年》，該校於明治六年招考第二屆學生，及格者五十二名。

澀江氏的秩祿公債證書[2]於此年發下。經過削減後的俸祿，一石以九十五錢換算，所得金額少得不足掛齒。

抽齋歿後第十七年是明治八年。一月二十九日保十九歲，師範學校畢業。二月六日奉文部省之命，派往濱松縣。於是奉母離開了東京。

五百與保母子倆離開後，山田脩移住龜澤町陸的家。水木仍在深川佐賀町。矢島優早已收拾好房子，往山池[3]出差去了。

2　明治六年十二月，基於太政官布告，年俸一百石或未滿者而希望奉還於政府者，可折合公債與現金支付，並發公債證書。澀江氏之永世祿為一百俵，六年分為六百俵，相當於二百四十石，即以青森縣米穀之官價算之，再考慮當時已把一俵四斗改為三斗五升，則所得總額為一百九十九圓五十錢。其半成為公債，剩下一半才付現金。

3　山池：江戶末期分屬三池藩與細川藩經營。明治六年改為官營。平成九年（一九九七）三月關閉。

其九十九〔保赴濱松上任、優辭官成記者、澀江氏周圍之動靜〕

保奉母五百抵達了濱松，暫時先住旅店中。然後，母子搬到了下垂町的鄉宿山田屋和三郎家，每月付宿費六圓。所謂鄉宿，指藩政時代鄉下村民為了訴訟等事，到城下町來時所住之處。又如遊歷諸國的書畫家等滯留時，也大抵住在此家鄉宿。山田屋規模不小，庭院裡有一株肉桂大樹。聽說現在仍儼然存在。

山田屋對面有一家居酒屋叫山喜。保移居山田屋之初，看到山喜屋店面擺著一大盤烤鰻魚，就與母親五百說：「去買那個，怎麼樣？」

五百阻止道：「別浪費了。這地方鰻魚肯定很貴。」

「總之，先去問問看。」保說著，出去問了價錢。原來一錢居然可以買到五串。當時濱松地區生活之儉省，由此可以想像出來。

保拿著文部省的任命書去縣廳報到。濱松縣的官吏過半都屬於舊佐幕系的人士，對於薩長政權[1]的文部省抱有反感。如學務課長大江孝文，起初對保就顯得頗為冷淡。然而在談話過程中，不久，聽說保是津輕人，態度才稍為轉和。原來大江之母是津輕家執事栂野求馬之妹。後來大江稟告縣令，建議設立師範學校，還推薦保出任教頭。學校於六月落成開學。數月之後，保在高町坂下，租了紺屋町西端雜貨商江州屋速見平吉的隔離房子，搬了過去。聽說這家江州屋至今還在。

矢島於此年十月十八日辭去了工部少屬，一變而成新聞記者，主要為《魁新聞》[2]與《真砂新聞》[3]等的演劇欄撰稿。同時，山田脩進入了《魁新聞》；森枳園則加盟《真砂新聞》。枳園以文部省官吏的身份，任教於醫學校[4]、工學寮[5]之外，還兼職為報紙撰寫文章。

抽齋歿後第十八年為明治九年。十月十日濱松師範學校改稱靜岡師範學校濱松分校[6]。在此之前，濱松縣廢而併入靜岡縣。不過保的職位照舊不變。

此年四月，保為五百舉行了六十華誕慶宴，接受了縣令以下多人的祝賀。

五百之姊長尾氏安，此年歿於新富座[7]的茶屋三河屋。享年六十二。此間茶屋的股份，到了長女敬的丈夫力藏死後，才讓給了他人。

比良野貞固亦於此年歿於本所綠町家中。文化九年生，享年六十五而終。襲其後的房之助現住綠町一丁目。

小野富穀亦於此年七月十七日歿，七十歲。其子道悅繼承了家督。

多紀安琢亦於此年一月四日五十三歲而歿。名元琰，號雲從。襲其後者是現住上總國夷隅郡總元村的次男晴之助先生。

喜多村栲窓亦於此年十一月九日歿。栲窓在抽齋逝世前後請辭奧醫師，隱居大塚村。明治七年十二月中風，右半身不遂，以至此時。享年七十三。

抽齋歿後第十九年是明治十年。保在濱松表早馬町四十番地自立一戶，後不多久，又遷至元城內五十七番地。濱松城本來是井上河內守正直[8]的居城，明治元年成為德川家的新封之地，正直乃於翌年遷至上總國市原郡鶴舞[9]。城內家屋皆為井上時代重臣之宅邸，排列在大門左右。保終於能讓母親住在其中之一。

此年七月四日，保所任職的靜岡師範學校濱松分校改稱變則中學校[10]。

兼松石居歿於此年十二月十二日，年六十八。有絕筆五絕與和歌各一首。絕句：「今日

1　薩長政權：幕府末年，薩摩藩與長門藩，在土佐藩坂本龍馬、中岡慎太郎斡旋下，於京都結為倒幕同盟。維新初期成為明治政府主力，通稱薩長政權。

2　魁新聞：正式名稱《東京魁（さきがけ）》。明治十年創刊之小型報紙，明治十一年改稱《東京新聞》，十三年十月停刊。

3　真砂新聞：初名《東京每夕新聞》。小型報紙，明治十年十一月創刊。

4　醫學校：東京醫學校，今東京大學醫學部前身。

5　工學寮：明治四年八月工部省之行政機關，六年改為工學校，開始招生（大學及小學）。今東京大學工學部之前身。

6　靜岡師範學校：明治八年二月設立，今靜岡大學前身之一。

7　新富座：守田座於明治八年改稱新富座。

8　井上正直（一八三七－一九〇四）：幕末重臣。濱松藩第二代藩主。河內守。明治元年移封上總鶴舞，後任鶴舞藩知事。四年因廢藩而辭職。鶴舞：今千葉縣市原市南總町、鶴舞町。

9　明治元年五月，德川龜之助（家達）受封駿府七十萬石，濱松藩劃入其領地之中。

10　變則中學校：廢用漢籍與過去正規課程而改授洋文、洋醫之實驗學校。

吾知免，亦將騎鶴遊。上帝賚殊命，使爾永相修。」和歌：「浮生如潮浪，洶湧漫世間。從此划船去，遠離苦海邊。」石居娶了酒井石見守忠方的家臣屋代某之女，生有三子二女。長子艮[11]，字止所，號厚朴軒，繼承了家業。艮之子成器是陸軍砲兵上校。成器先生現在住在下總國市川町，厚朴軒先生亦住在其家。

11　兼松艮（一八四二—一九三〇）：教育家，東奧義塾教授、青森縣師翻學校教師。其子成器（一八八二—一九七四），昭和十一年（一九三六）陸軍少將。

其一百〔況齋之死、保辭職入慶應義塾〕

抽齋歿後第二十年是明治十一年。一月二十五日，津輕承昭為了編輯藩士傳記，命令下澤保躬[1]向澀江氏徵求抽齋的行狀。保立刻抄錄呈上。所謂傳記蓋指現存的津輕舊記傳之類[2]。我尚未見過其書，不知抽齋之行狀被採用與否。

保所奉職的濱松變則中學校，於此年二月二十三日改稱中學校[3]。

山田脩於此年九月二日，母五百叫他到濱松來。前此五百就擔心著他的氣喘之疾，到了脩與矢島優同時加入《魁新聞》為記者後，在他寄與保的信裡，看到卯飲[4]之語，恐有大害於健康，才急忙吩咐他快來濱松。不過五百不止是因為擔心脩的身體而已。更憂慮他身為新

1 下澤保躬（一八三八—九八）：國學者、津輕藩士。與兼松石居等編撰《津輕歷代記類》三卷、《津輕藩舊紀傳類》八卷，明治十一年完成。青森縣文化財保護協會刊行。
2 津輕舊紀傳類：蓋指上注所舉諸書。
3 中學校：今縣立濱松高等學校之前身。
4 卯飲：早餐時喝酒。

聞記者，說不定會染上惡行敗德。

此年四月岡本況齋歿，八十二歲。

抽齋歿後第二十一年是明治十二年。十月十五日保為了進一步深造，辭去了教職，二十八日獲准。這是為了想進慶應義塾學習英文所做的決定。

前此保一直有意窮究英文而未能如願。保之入師範學校、畢業後當教師，都是由於付不起學費，不得已而為之。既而保風聞慶應義塾的學風，對福澤諭吉[5]頗為傾倒。明治九年有國學者阿波人某反駁福澤所著《勸學》[6]，以為書中「日本蕞爾小國」之句，有辱祖國之嫌。保讀後代福澤草一文，投給《民間雜誌》[7]。《民間雜誌》是福澤所經營的日刊新聞，就是現在《時事新報》[8]的前身。福澤採用了保的投稿，且以手書致謝。從此保為福澤所知，而欲往從之之念，愈益迫切，有增無已。

保在辭職之前，請山田脩往東京去找住處。脩於九月二十八日先離開濱松至東京，租了芝區松本町十二番地的房子，等著迎接母親與弟弟的到來。

五百與保母子於十月三十一日離開濱松，十一月二日抵達了松本町的家。此時保與脩得以再度在東京侍奉母親膝下，只是矢島優卻不能等著母親的到來，就往北海道去了。因為十月八日拜開拓使[9]司長級之職，必須立刻赴札幌就任。

陸在母親與保往濱松後，一直留在龜澤町當長唄師傅。家中有從兵庫屋回來的水木同住。稍早，勝久認定水木的丈夫沒出息、靠不住，所以在脩尚未前往濱松時，就與他商量好，把水木帶回自己的家來。

保從濱松來東京時，有兩個同行者。一個是山田要藏，一個是中西常武。

山田是遠江國敷智郡都築人。父喜平經營榻榻米屋。其三男要藏生於元治元年，曾住在澀江家通學濱松中學校，畢業後來東京，時年十六。中西是伊勢國度會郡山田岩淵町人中西用亮之弟。愛知師範學校畢業後擔任濱松中學校教員。此人辭職來東京時是二十七、八歲。山田與中西都也與保一樣，都是為了進入慶應義塾而同時進京。

5　福澤諭吉（一八三五—一九一〇）：中津藩士、啟蒙思想家、慶應義塾創設者。學蘭學於緒方洪庵、獨學英學。維新後，終生在野，從事教育與輿論業以推展啟蒙活動。著有《勸學》、《文明論之概略》等多種。影響深遠，甚至及於中國晚清、民初之啟蒙運動。澀江保曾有〈福澤先生與昔日之慶應義塾〉一文，發表於《獨立評論》大正二年十月號。案：慶應義塾即今日本名校慶應義塾大學之前身。

6　勸學：原文《學問ノススメ》。其起句云：「天不在人上造人。」鼓吹天賦人權之說，並基於個人主義、功利主義，展開民主立國之主張。

7　民間雜誌：原名《家庭叢志》，於明治十年四月改為《民間雜誌》，以日報式發行。同年五月停刊，全一八九號。

8　時事新報：福澤諭吉於明治十五年所創日報，為近代日本民間媒體之典範。昭和十一年（一九三六）停刊。

9　開拓使：明治二年，為開拓北海道所設之行政機關。其司長級，原文「御用掛」。

其一百零一〔枳園就任大藏省印刷局編修、保慶應義塾畢業後往愛知縣任職〕

保到東京之翌日，十一月四日前往慶應義塾，被編入本科第三等[1]。同行者山田與保同入本科，中西則編入別科。山田於明治十四年以優等畢業，暫時當了義塾的教員，然後冒了伊東氏，選上眾議院議員；現在擔任某銀行、某企業的高級主管。中西修完別科後就回故鄉去了。

保成為慶應義塾的學生後第三天，在萬來舍見了福澤諭吉。萬來舍是義塾附設的俱樂部之類，福澤每日下午都會來講解文明論。保報告了自己的姓名時，福澤想起昔年而談到往事，顯得極為友善。

當時慶應義塾年分三期：一月至四月稱第一期、五月至七月稱第二期、九月至十二月稱第三期。保於此年編入的第三等，猶如第三級。月末有小考，期終有大考。

森枳園於此年十二月一日，就任大藏省印刷局編修。身份是準判任官階，月俸四十圓。起初局長得能良介[2]有意支薪八十圓，卻被枳園婉拒了。理由是與其多領而早被免職，毋寧少領而得以久留。四十圓已夠用云。局長順從其意，但以耆宿優遇枳園，特別在庫房裡鋪了草席，讓他處理編修事務。枳園親自保管庫房的鑰匙，可以自由出入。其〈壽藏碑〉云：「日日入局，不知老之將至，殆為金馬門之想云。」

抽齋歿後第二十三年是明治十三年。保於四月進第二等，七月破例進第一等，而於十二月完成了全科的學業。下等的同學有渡邊修[3]、平賀敏[4]，也有青森同縣津芹川得一[5]與工藤儀助[6]。上等的同學，除犬養毅[7]外，有矢田績[8]、安場男爵[9]，也有同縣坂井次永、神尾金

---

1 本科第三等：正則科之上級，第三等相當於今之第三學年。案：本科課程包括英文、日文以及洋學之系統教育。

2 得能良介（一八二五—八三）：初代大藏省印刷局長。薩摩藩士。維新後，明治七年任紙幣頭、印刷局長，對紙幣之發行貢獻良多。十五年為大藏技監。翌年歿。

3 渡邊修（一八五九—一九三二）：政治家、企業家。明治十四年慶應義塾畢業。三十五年當選眾議院議員，屬立憲派政友會。致力於電器事業，曾任大阪三品取引（貿易）所理事長。

4 平賀敏（一八九五—一九三一）：企業家。明治十四年慶應義塾畢業，二十八年入宮內省，翌年入三井銀行。四十二年任某銀行會長。

5 芹川得一（一八五八—一九二三）：政治家、企業家。津輕藩士。初名得一。慶應義塾畢業。經青森縣議員，明治三十七年青森市長。四十三年弘前第五十九銀行董事長。

6 工藤儀助（一八五八—一九三一）：津輕藩士，學於稽古館、東奧義塾等校，後畢業於東京駒場農學校。日俄戰爭時以一等軍醫正參軍。後任旭川第七師團獸醫部長。

7 犬養毅（一八五五—一九三二）：政治家，號木堂。慶應義塾退學。明治二十三年當選第一屆總選舉，其後連選連任十七次。昭和四年（一九二九）任政友會總裁。二年後政友會組閣任閣揆，半年後被暗殺，史稱五一五事件。

8 矢田績（一八六〇—？）：企業家。初為《時事新報》記者。後經三井銀行、東邦電力等監察，出任名古屋商公會顧問。

彌。後二人是舊會津藩士。

萬來舍另有金子子爵[10]、相馬永胤[11]、目賀田男爵[12]、鳩山和夫[13]等人來談法律問題，保也都會去聽講。

山田脩於此年進入電信學校，從松本町的住家通學。陸即勝久，也於此年在教長唄之餘，成為音樂取調所的學生。音樂取調所當時剛剛創立，為後來東京音樂學校[14]之萌芽。此時水木已離開了勝久，回到母親家去了。

此年藤村義苗自濱松來，寄住澀江家。藤村是舊幕府官僚，濱松中學校畢業後，任遠江國中泉小學校教師；因獲得外國語學校[15]俄語科通知，考上的學生可領公費，所以趕來參加入學考試。藤村有幸考上了，但不久俄語科被廢，改入東京高等商業學校，完成了學業。現在擔任某某會社的董事。

在松本町的家裡，有五百、保、水木三人。所收書生有山田要藏與此藤村。

抽齋歿後第二十三年是明治十四年。當時慶應義塾的畢業生是世人爭相聘雇的對象，而其主要斡旋者是小幡篤次郎[16]。保原本有志於繼續進修英文，只因在濱松縮衣節食所儲的錢又已用罄，不得不仰賴薪俸過日子了。

此年的畢業生，職場的空缺頗多。以保為例，先有《三重日報》擬聘他為主筆；保婉辭了。聽說這是三重縣廳出錢而由藤田茂吉[17]出面主持的報紙。其次是廣島某新聞的主筆之缺。保起初有點動心，正在猶疑應聘與否時，又來了某學校的邀請，主筆一缺的交涉因而中斷，保的心已傾向於學校的職位了。

所說學校的職位，就是愛知中學校長。招聘之事與阿部泰藏[18]會談後，很快就敲定了。

9　安場男爵：安場保和（一八三五—九九），政治家、熊本藩士。明治元年出仕總督府。五年隨岩倉具視視察歐洲。歷任多縣縣令，於二十五年愛知縣知事。後北海道長官。男爵。

10　金子子爵：金子堅太郎（一八五三—一九四二），政治家。福岡藩士。明治四年藩派留學美國，回國後調查並起草明治憲法。第三次伊藤內閣農商務大臣、第四次同內閣法務大臣、樞密顧問官。子爵。

11　相馬永胤（一八五〇—一九二四）：彥根藩士。企業家、教育家。學於安井息軒之門。戊辰之役後，藩派留學美國。返國後創東京專科學校（今專修大學），出任校長。又任橫濱正金銀行董事長。

12　目賀田男爵：慕賀田種太郎（一八五三—一九六二），政治家、企業家。留學美國。歸國後經文部省、司法省，轉大藏省，致力於近代稅制之建立。後任韓國統監府財政監查長官、貴族院議員。男爵。

13　鳩山和夫（一八五六—一九一一）：法學家、政治家。留學美國。歸國後出仕外務省，參與條約改正事務。明治十九年東京大學教授。辭職，當選眾議院議員，屬立憲改進黨、進步黨。後為眾議院議長，參加立憲政友會。

14　音樂學校：今東京藝術大學音樂部之前身。

15　外國語學校：東京外國語學校，明治六年八月成立。初設英、法、德、清、俄五學科。翌年英語科分離而獨立為東京英語學校。本校於明治十八年併入東京商業學校。併入時，俄、清語科生分至東京商業學校，法、德語科生編入第一高等中學校。

16　小幡篤次郎（一八四二—一九〇五）：教育家、實業家。中津藩出身。勤修英國研究，為幕府開成所助教授。明治十三年結交詢社，又協助創立明治生命保險會社，參加立憲改進黨。輔佐福澤諭吉經營慶應義塾，二十三年為塾長。

17　藤田茂吉（一八五二—九二）：新聞記者、政治家。豐後人。學於慶應義塾，入《郵便報知新聞》；不久擔任主筆，倡自由民權之說。譯政治小說《繫思談》，著有《文明東漸史》、《濟民偉業錄》等。

18　阿部泰藏（一八四九—一九二四）：企業家。三河人。畢業於慶應義塾，成為該塾教授、教頭。明治三年轉任大學南校英文教授，又出仕文部省。明治十二年辭公職，與小幡篤次郎、莊田平五郎等創立明治生命保險會社，任董事長。

於是，保帶著母親與水木於八月三日離開了東京。書生山田要藏此時搬入了慶應義塾的宿舍。

其一百零二〔愛知中學校長〕

保來到三河國寶飯郡國府町[1]，在常泉寺隱居所借住。不久，於九月三十日接到正式任命為愛知中學校校長的聘書。

保到學校去看了一下。發現有兩個急需處理的問題橫在眼前：教育課程與學生罰則。教育課程必須具案呈報文部省，獲其認可；學生罰則則校長得以自訂施行。課程立即成案報上，罰則歸為不成文法，代之以獨立自尊的德教。課程不易獲得認可，與文部省之間公文往返多達數十回，在保的任期中畢竟不能完成制訂手續。罰則果然並非非有不可，因為從未出現過任何詿違者。

常泉寺的隱居所逐漸熱鬧起來。原先只是保與母親、水木二人的小家庭，顯得寂寞清靜；後來接納了請求寄食的書生，接了一個，接了兩個，不久就達六人之多：即八田郁太郎[2]、

1　國府町：今愛知縣豐川市國府町。

2　八田郁太郎（一八六五—一九三二）：海軍軍人。明治四十一年上校，大正三年少將。

稻垣親康、島田壽一、大矢尋三郎、菅沼岩藏、溝部惟幾[3]諸人。其中，八田後來官至海軍少將。菅沼輾轉各地中學校任教，目前在濱松。最可稱奇的是溝部。有一日偶然住了進來，從此淹留不走。夏日穿夾衣加外褂，恬然不以為恥，也不以熱為苦。人人都知道他來自長門，但是從不談自己的年齡，所以沒人知道他是多少歲數。看他外表，大概與保同年。溝部後來進農務省為雇員，轉任地方官，終至栃木縣知事。

當時保交了一個摯友。武田氏，名準平。就是保在應聘國府的學校時，居中斡旋的阿部太藏之兄。準平住在國府，雖然以醫為業，卻不以醫家為人所知，而以政客聞名於世。

準平從前當過愛知縣議會議長。某年會期結束後，縣吏與議員舉辦了聯歡宴會。準平一向不滿於縣令國貞廉平的施政，所以酒宴方闌時，來到國貞面前，舉起杯子說：「酒菜呢？」一邊說邊背著國貞，掀起衣服，露出了屁股。

保到國府後，與此準平相交認識，既而準平希望成為兄弟。保建議或許成為父子比較合適，遂稱父子而交了杯。時準平四十四歲，保二十五歲。

此時在東京，政黨競相成立。成立了改進黨[4]，成立了自由黨[5]，又成立了帝政黨[6]。報紙早晚都在報導著某政黨行將組黨的消息。準平與保在國府，互相鼓勵道：「東京政界好熱鬧。我們住在鄉下的，真不堪臨淵羨魚之情。不過，成其大者難，成其小者易。我等何不有樣學樣，也來組一個小政黨，趕在東京諸先輩之前，舉行結黨儀式。」於是把心目中的政黨雛形稱為進取社，保自任社長，準平是副社長。

3 溝部惟幾（一八五九—一九〇三）：官僚。山口縣士族，官至栃木縣知事。明治三十六年連坐教科書事件，入獄四個月，病死獄中。

4 改進黨：基於明治十四年國會開設敕詔，十五年三月成立之立憲改進黨。初任黨魁為前參議大限重信。倡導英國式立憲政治。

5 自由黨：明治十四年十月成立，總理板垣退助。主張法國式基於民權思想之立憲政體。

6 帝政黨：立憲帝政黨。以福地櫻癡、丸山作樂為中心，成立於明治十五年三月。倡導欽定憲法、主權在君。翌年解散。

其一百零三〔保為京濱每日新聞撰稿〕

抽齋歿後第二十四年是明治十五年。一月二日，保的朋友武田準平被刺客殺死。準平家有母親、妻子與女兒一人。女婿秀三是東京帝國大學醫科大學的別科生，不住家裡。平時有書生、僕人，但因過新年都請假回家去了。此日家人就寢後，浴室起火。唯一未請假的女傭從夢中驚醒，看到廚房裡冒著濃煙，一邊拉開了天窗，一邊大聲叫喊。浴室就連在廚房外面。準平聽到女傭的叫聲，急問：「怎麼了，怎麼回事？」提起燈籠，衝到廚房。此時有一個身披斗篷的人從暗處冒了出來，緊跟著準平。準平放下燈籠，向裡面走去。披斗篷的人尾隨在後。準平從裡面踢開了木板窗，走出庭院。披斗篷的人也尾隨出去。準平身上重創十四處，死在檜木之下。檜是老樹，去年歲暮，十二月二十八日夜，無風而枯折。準平見了說，等過了新年，再鋸下當柴燒吧。家裡有人說那是檜木成讖[1]。披斗篷的男人到底是誰，又何以殺死準平，究竟無從得知。

保一聽到消息，就馳往武田家。警察署長佐藤某在。郡長竹本元儫在。有警員數人。佐藤如此說：「我認為武田先生是因為進取社的關係被殺的。澀江先生您最好也要小心。暫時就叫兩個警員隨從保護您吧。」

保並不相信準平是因為小結社而引起刺客動手。然而還是聽從勸告，暫時接受了警察的護衛。五百照例隨時懷著短劍，而且吩咐保要隨身帶著裝上子彈的手槍。進取社在準平死後，未辨任何活動就散了。

保開始為《京濱每日新聞》[2]撰稿。《每日》的主筆島田三郎[3]正與《東京日日新聞》的福地櫻痴[4]進行論爭。保幫助島田參與論戰。主要論題是主權論[5]與普遍選舉制度。

在普選的議題上，外山正一[6]支持福地說：「《每日》記者是瞎鑽的盲蛇。」這是對島田以邊沁[7]為普選論者之見乃出於無學之揶揄，而自以為邊沁其實是限制選舉論者。於是保就

---

1 檜木：檜與火讀音同（ひ），檜木與火木音同意雙關，即生火之木，故而引起火災。

2 京濱每日新聞：東京橫濱每日新聞。立憲改進黨系機關報。

3 島田三郎（一八五二－一九二三）：政治家。學於昌平黌、沼津兵學校、大學南校等。明治七年為《橫濱每日新聞》主筆，倡自由民權論。立憲改進黨中堅人物。當選眾議院議員十四次。有《開國始末》、《條約改正論》等論著。

4 福地櫻痴（一八四一－一九〇六）：新聞記者、政治家、作家。名源一郎，長崎人。隨幕府與維新政府外國使節團訪歐四次。明治七年為《東京日日新聞》主筆、社長。與自由民權論者對立。十五年結成立憲帝政黨。著有史論《幕府衰亡論》、諷刺小說、歌舞伎腳本多種。

5 主權論：主權即英文之sovereignty。此次日本輿論界所爭論者是主權到底屬於君主或人民。

6 外山正一（一八四八－一九〇〇）：學者、詩人。學於蕃書調所，留學英美。歸國後，歷任開成學校教授、東大教授、文科大學校長、東大總長，明治三十一年第三次伊藤內閣文部大臣。創羅馬字會，倡日文拼音化。刊行《新體詩抄》（合著），推動演劇改良運動。

邊沁之憲法論，抄錄其贊成普選論的章句，以鸚鵡學舌的口吻報復說：「外山先生是瞎鑽的盲蛇。」

在此論戰之後，保為島田三郎、沼間守一[8]、肥塚龍[9]所賞識。後來一變而成為《京濱每日》的社員，就是由於有此緣分而來。

保於十二月九日利用學校的休假去了東京。其實已有離開國府的想法。

此年矢島優在札幌，於九月十五日恢復了澀江氏戶籍。十月二十三日其妻蝶歿，三十四歲。

山田脩於此年一月，改任工部省技士，在日本橋電信局、東京府廳電信局等處勤務。

---

7 邊沁（Jeremy Bentham，一七四八—一八三二）：英國法學家、倫理學者。主張功利主義。主要著作有《道德及立法原理序論》（一七八九）等。其功利之原理（principle of utility）是「正邪判斷之基礎在最大多數之最大幸福」。

8 沼間守一（一八四三—九〇）：政治家、新聞記者。舊幕臣。維新後退出官場，買下《橫濱每日新聞》，改組為《東京橫濱每日新聞》，致力於民權思想之普及運動。其後率所創嚶鳴社加入立憲改進黨，為其幹部之一。後當選東京府會議員、議長。

9 肥塚龍（一八五一—一九二〇）：政治家、新聞記者。兵庫縣人。為《東京橫濱每日新聞》記者，甚為活躍，後任其社長。明治二十五年當選眾議院議員。繼之，任礦山局長、東京府知事。晚年活躍於企業界。

其一百零四〔保就任攻玉舍及慶應義塾教師、保為報刊撰稿、五百病臥〕

抽齋歿後第二十五年是明治十六年。保於去年歲暮來到東京，暫時住在芝田町[1]一丁目十二番地，然後向愛知縣廳提出辭呈，同時開始在當地尋找工作。保先找到了職業，接著收到了准辭的消息。一月十一日應聘攻玉舍教師，二十五日應聘慶應義塾。於是排定上午往慶應義塾，下午往攻玉舍。攻玉舍的舍長是近藤真琴，幹事藤田潛；學生中有後來官至海軍少將的秀島某，官至海軍上校的笠間直等人。慶應義塾的理事長是福澤諭吉，副理事長是小幡篤次郎、校長濱野定四郎[2]。教師中有門野幾之進[3]、鎌田榮吉[4]等。學生中有池邊吉太郎[5]、

1 芝田町：今港區芝五丁目、三田三丁目地區。

2 濱野定四郎（一八四五—一九〇九）：英國研究者，福澤諭吉後輩。慶應義塾英文科畢業，後為慶應義塾塾長。有改進義塾教學、行政之功。

3 門野幾之進（一八五六—一九三八）：教育家、企業家。明治六年慶應畢業，當同校助教、教頭十五年。三十三年眾議院議員。後任千代田生命保險社長。昭和七年貴族院議員。下出之門野重九郎為其胞弟，歷任大倉組倫敦支店長、經理。

門野重九郎、和田豐治[6]、日比翁助[7]、伊吹雷太[8]等。愛知縣中學校長免職公函於二月十四日發出。保在芝烏森町一番地租了房子，四月五日把母親與水木從國府迎接了過來。

勝久在相生町的家繼續教長唄。山田脩住在其家通勤東京府電信局。就在此時優辭了開拓使的職位，於八月十日自札幌回東京。優無妻室，說服了勝久，讓她放棄師傅之業，專門掌管家政。

八月中的事。保為了趕寫《京濱每日新聞》的文稿，約有一週之久，住在柳島的帆足謙三家，閉門謝客。留水木在烏森町的家侍奉母親，而且請優、脩、勝久三人輪流前往問其安否。然而有一夜，水木來到帆足家，報告說母親生病了，甚麼也不能吃。

保趕回家一看，五百躺在墊被上睡著。保說：「我回來了。」五百說：「你回來了？」露出了微笑。

「媽媽，您好像甚麼都不吃，是吧？我熱死了，想吃點冰。」

「那麼，順便替我準備一份。」五百吃了冰。

翌日早晨，保說：「今晨我想吃生蛋。」

「是嘛，那麼我也想吃。」五百吃了生蛋。

到了中午，保說：「今天我想吃好久不吃的冷鮮鮑魚，然後喝點酒，再吃飯。」

「是嘛，那我也要喝一點。」五百以鮮鮑魚下了酒，此時已經起坐如平日了。

到了晚上，保說：「一到黃昏，就沒一絲風，熱得好難受。我想出去泡泡鹽水澡，然後到湖月餐廳去休息。」

「是嘛，我也想去。」五百終於泡了鹽水澡，在湖月喝了酒，吃了飯。

五百是因為不見保回來，才吃不下飯。五百在女兒中偏愛棠，在男孩中偏愛保。前在弘前時，甘願留在家裡，讓保單獨遠去東京，是下了莫大的決心的。所以才能勉強忍受了一年多的寂寞。反之，每日等著每日應該歸來的保竟然多日不歸，五百就難於忍受了。此時五百六十八歲，保二十七歲。

4　鎌田榮吉（一八五七—一九三四）：教育家、政治家。和歌山藩士。明治八年慶應畢業，留塾為教員。明治三十一年至大正十一年，任慶應塾長。明治三十九年貴族院議員。大正十一年加藤友三郎內閣文部大臣。

5　池邊吉太郎（一八六四—一九一二）：新聞記者。熊本藩出身。號三山。慶應畢業，遊學法國，以鐵崑崙之名在《日本》雜誌上連載巴黎通訊。歸國後，兼任《大阪朝日新聞》與《東京朝日新聞》主筆。

6　和田豐治（一八六一—一九二四）：企業家。中津人。慶應畢業。富士瓦斯紡績社長，與鐘紡會社之武藤山治為日本紡績界雙璧。

7　日比翁助（一八六〇—一九三一）：企業家。慶應畢業，在海軍天文台、三井銀行工作後，任三井服裝店營業部長，在其任內改該店為股份公司，稱三越吳服店，初任會長。即今三越百貨之前身。

8　伊吹雷太，即實業家藤山雷太（一八六三—一九三六）：肥前人。慶應畢業。經三井銀行行員、王子製紙專務，歷任大日本製糖社長、東京商業會議所會長等要職。

其一百零五〔優之死、五百生病〕

此年十二月二日優歿於本所相生町[1]的家。優在辭職時心臟已有問題。回來東京後，一直接受著清川玄道[2]的治療。日常只要在屋內靜坐，並沒甚麼苦惱。去世當天，從早就坐著寫作，近午時說了聲「啊好累」，向後仰臥，就沒再起來。岡德氏所生的抽齋次男，就如此離開了人間。優享年四十九歲。無後。遺骸葬於感應寺。

優曾是個蕩子。然而後來置身於官場，地位雖微，卻頗能見其才識。優厚於情誼，親戚朋友之受其恩惠者甚多。善書法，其書有小島成齋之風。其他如戲劇之類，亦此人之所精通。如報紙上的劇評，森枳園與優應算在開拓者之中。大正五年珍書刊行會公之於世的《劇界珍話》，作者署名飛蝶，就是優的未定稿。

抽齋歿後的第二十六年是明治十七年。二月十四日五百歿於烏森町的家。享年六十九。

五百一生甚少生病。抽齋歿後一度染上眼疾，偶而會罹患腹部絞痛。如此而已。特別在明治九年還曆後，幾乎已成無病之人。然而自去年八月間，因保有事外宿不回家而絕食以來，稍有心身違和的徵象。保等子女因而相當憂慮。好在過了年，五百的健康狀態好轉了。

保還記得於二月九日晚上，侍候母親吃了天麩羅、蕎麥麵後，圍著暖爐談古說今，至於更闌。也記得翌十日又吃了蕎麥麵。下午三時前後，五百出去買菸草。兩三年來，五百聽從了子女的勸告，從未單獨出過遠門；當時往菸草店的路都在烏森神社的境內，沒有車子，所以只有說要買菸草時，才讓她單獨出去。保在自己房間裡看著書，不知她出去了。不久之後，五百買回了菸草，站在保的背後說了話。保一邊讀著書，一邊回答。剛開始學習德文的時候，所讀的書是舍菲爾[3]所著的文法。保注意到母親的呼息有點急促，問道：「媽媽，好像太匆忙的樣子。」

五百回說：「啊年紀大了，稍稍一走，就上氣不接下氣了。」還是嘮叨不停。

過了一會，五百忽然不說話了。

「媽媽，怎麼了？」保說著，回頭看了一下。

五百坐在暖爐前，稍稍垂著頭。保注意到其姿勢與平常有異，急忙站起來，走過去看了母親的臉。

五百的眼睛瞪著，嘴角流著口水。

1　相生町：〔其一百〕作龜澤町。

2　清川玄道（一八三八—一八六）：漢方醫。江戶人，名孫。代代以醫為業，襲玄道之名號。師事伊澤榛軒、柏軒。維新後主張漢方醫學，為醫學研究溫知社副都講。

3　舍菲爾（Scheffel）：著有《初級德語文法》。

保大叫：「媽媽、媽媽。」
五百啊的回了一聲，但彷彿已不省人事了。
保鋪好了墊被，扶著母親躺下。自己就跑出去延請醫師了。

其一百零六〔五百之死〕

離澀江氏的烏森住家最近的，有存生堂松山棟庵[1]的附設診所。診所裡住著派駐醫師片倉某。保跑到存生堂，帶著片倉回了家。存生堂也派人去松山家，請他親自出來應診。片倉大致完成了急救手續時，松山也到了。松山診察了一會後，聲言道：「這是腦溢血，以致右半身不遂。出血在重要的部位，流血過多，看來已無恢復的希望。」

然而保不願信其言。剛才望著虛空的母親，現在卻望著人們的臉，有人離去時就以眼神相送，用左手抓起放在枕邊的手巾疊來折去。保在身邊時，每每用左手愛撫著保的胸前。

保又請了印東玄得[2]來看。但其所見與松山相同，認為沒有甚麼救治的方法。

五百終於在十四日上午七時斷了呼息。

1　松山棟庵（一八三九—一九一九）：醫學家。紀州人。從福澤諭吉習洋學，於三田開業行醫。明治十二年參與東京醫學校之創設，十四年與高木兼寬發起成醫會，致力於共立病院（後慈惠病院）之設立。

2　印東玄得（一八五〇—一九五）：醫學家，紀州人。大學東校（後東京醫學校）畢業後，設立醫院，努力醫療專業；同時與阿部泰藏創辦明治生命保險會社，為日本最早之保險醫。

五百晚年的生活如同複印一般，日日相同。除了祁寒時外，晨五時起床，灑掃、上廁、洗臉、拜佛堂，六時早餐。然後讀報紙、看看書。然後準備午飯，正午進餐。午後裁縫至四時左右，即與女傭出門，散步兼購物。魚菜大抵在此時買好。七時晚餐。然後記日記，接著又讀書。疲倦了，有時會叫保來圍棋。十時準時就寢。

每隔一日入浴。每禮拜日洗髮。每月參拜寺廟一次。父母與丈夫的忌日則另行參拜。家中的生計，從抽齋在世時就由自己經手，至死不改。而其節儉用度之嚴，到了令人驚奇的程度。

五百晚年所讀的書，包括許多新刊的歷史地理之類。有一本《兵要日本地理小志》，五百喜其文章簡潔，常放在近邊。

令人驚奇的是五百過了六十歲才開始學英文。五百很早就注意到西洋的學術研究。考其時期，竟比抽齋讀安積艮齋所著有關西洋之書時更早。五百還在娘家時，有一日兄榮次郎對壽司久講了一個奇聞，說人在晚上的位子是上下顛倒。五百覺得不可思議，等壽司久走了後，問了哥哥，才首次聽到了地動說[3]的理論。其後見哥哥桌上有《氣海觀瀾》[4]、《地理全志》[5]，就取來讀了。

五百嫁了抽齋後，有一日抽齋說：「蒼蠅在天花板上拉屎，真麻煩。」五百應道：「可是有人說，人在晚上也跟停在天花板上的蒼蠅一樣，是顛倒的。」抽齋發現妻子居然知道地動說，為之驚嘆不已。

五百不以只讀漢譯和譯的洋書為已足，終究還要保教她英文的念法，不久開始試讀威爾孫的讀本[6]。而約在一年之內，竟啃起巴爾雷的《萬國史》[7]、克肯伯斯的《美國史》、傅瑟夫人的《經濟論》[8]等書來了。

五百之嫁與抽齋，雖然求婚者是抽齋沒錯，但其間似乎藏著某些秘密。抽齋之所以有求婚之舉，是出於阿部家醫師石川貞白的主意，而使石川貞白去催促抽齋者，據說竟然是五百自己。

---

3 地動說：波蘭天文學家哥白尼（Nicolaus Copernicus，一四七三—一五四三），天文學家、數學家。著《天體運行論》，否定傳統的地心說（天動說）而提出日心說（地動說），謂地球與其他行星繞日而行，非日繞地而有晝夜。

4 氣海觀瀾：青地林宗著。日本最早之物理學書，文政十年刊行。

5 地理全志：世界地理學之漢文著作。刊於上海（一八五四）。英國倫敦傳道會宣教師慕維廉（William Muirhead）之所著。日本有岩瀨忠震翻刻本，鹽谷宕陰、箕作阮甫校注。

6 美國人Mercius Wilson編*Harper's Series: School & Family Readers*（全五卷）。慶應大學最先採用，後來普及全國諸校及民間。

7 巴爾雷（Peter Parley，一七九三—一八六〇）：美國作家，原名Samuel Goodrich。主要寫兒童讀物，廣及地理、傳記、歷史、科學等領域。其《萬國史》（*Universal History*）於明治初期傳入日本，廣被當英文課本使用。

8 傅瑟夫人（Dame Millicent Garret Fawcett，一八四七—一九二九）：英國政治經濟學家Henry Fawcett夫人。著述家、婦女解放運動家。所著有*Elementary Manual on Political Economy*，在日本明治初期風行一時。《經濟論》應指此書，日譯《政治經濟學入門》。

其一百零七〔五百婚嫁時之逸事〕

石川貞白初名磯野勝五郎。不知何時出的事，在阿部家武器部勤務的勝五郎之父，因有同僚偷了主人的鎧甲等物去典當，受牽連而永遠被免了職。當時勝武郎已在伊澤榛軒門下習醫，因而趁此改名剃髮，決定以醫業立身。

貞白與澀江氏、山內氏兩家均有交往，當然認識抽齋與五百。弘化元年五百之兄榮次郎愛上吉原娼妓濱照，而終於娶為妻室。其間貞白還參與安排濱照贖身事宜，甚至同意結婚時當了義父。當時五百並不贊成其兄之所作所為，對貞白從不以青眼待之，自是在想像之中。

有一日，五百派人去請貞白來。貞白戰戰兢兢跨入日野屋之門。因為一直在當其兄之幫手，怕會受到此妹的譴責。

然而迎進貞白的五百好像沒有平時的氣勢。「貞白先生，今天有事相商，才請您枉駕舍下。」態度顯得從未有過的慇懃。

問是何事，居然說，澀江先生的夫人不幸去世了，自己很想當其繼室，能不能幫忙促成此事。貞白因為事出意表，不免大吃一驚。

在此之前，日野屋已有為五百招婿之議，貞白曾被邀參與討論，所以知其內情。擬議中招婿的對象是上野廣小路綢緞莊伊藤松坂屋[1]的掌櫃，年三十三。榮次郎知道妹妹對他們夫婦有所不滿，因此才想為妹招婿以便讓出日野屋店產，自己則打算帶著濱照隱居起來。

如果掌櫃某能入贅為婿，旁人看來與五百倒是一對好配偶。五百雖然已二十九歲，乍看卻只有二十四、五的樣子。至於抽齋已滿四十歲。貞白一時苦於理解五百真正的心意。於是質問了五百。五百說，只想嫁給有學問的丈夫。其說詞自有道理，但貞白還是不能完全讀出五百的內心。

五百看到貞白的氣色，隨後補充說：「我並不想招贅外人為婿來繼承家業。我想嫁給澀江先生，讓他成為日野屋的後盾。」

貞白恍然大悟，拍了膝蓋說：「果然，原來如此。好，一切我承擔下來了。」

貞白不得不讚嘆五百的深謀遠慮。五百之兄榮次郎與姊安之夫，都是進過聖堂昌平黌學習的男人。五百若嫁為尋常商人婦，五百覺得山內氏與長尾氏一定會受歧視。反之，五百若變成抽齋之妻，榮次郎與宗右衛門在五百面前，就不得不俯首聽話。五百為娘家如此處心積慮，或可得到勞少而功多的好處。何況原本應當屬於哥哥的家產，要讓當妹妹的自己來繼承，實非心中所願，並不可喜。若是如此敷衍了事，則哥哥在隱居中的所作所為，別人就無

1　伊藤松坂屋：今上野三丁目松坂屋百貨之前身。明治五年由名古屋服裝商伊藤祐惠買下江戶老舖松坂屋而成立。

從置喙；結果是不得不永遠遷就他，讓他為所欲為了。五百雅不願把自己放在如此尷尬的位置上，因而想著，乾脆離開娘家而于歸瀠江氏；然後藉瀠江氏之力來監控娘家。

貞白隨即見了抽齋，轉達了五百的意願；自己難免也要美言幾句，設法勸誘抽齋。五百的婚嫁就這般成就了。

其一百零八〔保入京濱每日新聞社、枳園之死〕

保於此年六月正式就任《京濱每日新聞》的編輯。在此之前，保與《每日》只是受邀撰稿的關係。當時的社長是沼間守一、主筆島田三郎、會計波多野傳三郎。編輯員有肥塚龍、青木匡、丸山名政[1]、荒井泰治[2]等人。又矢野次郎[3]、角田真平[4]、高梨哲四郎[5]、大岡育造[6]等人則屬社友。繼之於八月，保辭了攻玉舍的教職。九月一日移居芝櫻川町十八番地。

脩於此年十二月辭工部技手。

---

1 丸山名政（一八五七—一九二二）：政治家、新聞記者、企業家。長野縣人。明治法律學校畢業。《下野新聞》主筆。後當選眾議院議員、東京參事會議員，轉任日本證券會社社長、松本瓦斯會社董事等。

2 荒井泰治（一八六一—一九二七）：新聞記者、企業家。仙台藩出身。學於中江兆民私塾，入《東京橫濱每日新聞》。由改進黨本部書記長，轉任《大阪新報》主編。後進入企業界。貴族院議員。

3 矢野次郎（一八四五—一九〇六）：教育家。文久三年遣歐使節池田筑後守一行隨員。維新後入外務省，曾出任駐華盛頓代理公使。明治八年在京橋區尾張町創設商法講習所，即今一橋大學前身。晚年貴族院議員。

4 角田真平（一八五七—一九一九）：俳人、政治家、企業家。駿河人。號竹冷、聽雨窗。歷任東京市議會議員、眾議院議員。俳人，與尾崎紅葉、嚴谷小波等結秋聲會。編著有《聽雨窗俳話》以及兒童讀物多種。

5 高梨哲四郎（一八五六—一九二三）：新聞記者、政治家。東京人。眾議院議員，屬政友會，有綽號長髮將軍。

水木於此年冒山內氏，在芝新錢座町自立門戶。

抽齋歿後第二十七年是明治十八年。保為了處理新聞社種種業務，經常出差在外。十月十日自外歸來，在桌上有一封五日森枳園寄來的信。信中問說，有事相商，何時可見一面。保於十一日上午訪了枳園。枳園當時住在京橋區水古町九番地，家中有媳婦大槻氏業、孫女光二人。嗣子養真已先父而歿，光之妹琉已經嫁人。

枳園有意擔任《京濱每日新聞》的演劇欄，請保加以推薦介紹。近來狩野棭齋的《倭名鈔箋註》[7]由印刷局刻版，還有《經籍訪古志》也由清國使館刊行，枳園均參與其事，所以已不如昔日之窮窘。然而此年一月辭去大藏省的職務，現在不支月薪，所以想再度成為專欄記者。

保答應枳園之求，向新聞社推薦，且轉交了兩三篇文章後，又因社務於十月十二日出差到遠江國濱松去了。可是任務不能在一處完成，乃又往犬居，經由掛塚[8]，乘汽船豐川丸航回東京。而且在航路上遇到暴風，在下田淹留，好容易於十二月十六日才返抵家門。

桌上又見森氏的書信。只不過不是枳園的手書，是其訃聞。

枳園於十二月六日歿於水谷町的家中。享年七十九。據說枳園臨終時，伊澤德先生在其枕邊。印刷局念其去年之功勞，申請安排其靈柩在出葬途中暫駐官衙之前，讓局員都出來禮拜送別。枳園葬於音羽洞雲寺[9]先塋之旁。此寺於大正二年八月遷至巢鴨村池袋丸山，在今池袋停車場西約十町、府立師範學校[10]西北、祥雲寺[11]旁邊。我曾尋找洞雲寺的遷地而不可得，質之於大槻文彥先生而始得知之。在此寺裡有枳園六世祖以來的墳墓，並排在一起。我去參拜時，看到了阿光小姐與大槻文彥先生所立的新卒堵婆[12]。

枳園之後由其子養真之長女光小姐襲之。阿光是個女畫家，現居淺草永住町上田政次郎家。阿光的妹妹琉小姐曾嫁與板木師某，成為未亡人後，在淺草聖天橫町基督教教會當管理員，是個基督教徒。

保在得了枳園的訃聞後，因為身體不適而辭去了報社的新聞記者，移居遠江國周智郡犬居村一百四十九番地。保因病常常暈倒，聽了松山棟安的勸告，才決定離開了都會地區。

---

6 大岡育造（一八五六—一九二九）：新聞記者、政治家。長門人。明治三十三年買下《江戶新聞》，改名《中央新聞》，就任社長。同年成為眾議院議員，以後連選連任十二次。遊歷歐美諸國，歸國後加入政友會，歷任文部大臣、眾議院議長。

7 倭名鈔箋註：《箋註倭名類聚抄》之略，狩谷棭齋著，文政十年成書，明治十六年由印刷局刊行。十卷。以源順（平安中期歌人學者）所著《倭名類聚抄》為底本，參照和漢古籍十多種詳加校對考證之作。

8 犬居：今靜岡縣春野町。掛塚：今靜岡縣龍洋町。

9 洞雲寺：在今豐島區池袋三丁目之黃檗宗寺廟。枳園一家墓園所在。

10 府立師範學校：全名東京府立第二師範學校，今東京學藝大學之前身。

11 祥雲寺：在今豐島區池袋三丁目之曹洞宗寺。

12 卒堵婆：佛語，原指舍利子塔或塔形墓碑。在此指立在墓後、上寫梵文經句之塔形木牌。

其一百零九〔保移居靜岡、結婚。保與曉鐘新報及中江兆民〕

抽齋歿後第二十八年是明治十九年。保受聘為私立靜岡英學校教務主任，乃移居靜岡安西一丁目南裏町十五番地。校主是藤波甚助，外國人教師有葛西德夫婦、卡金夫人等。當時的學生而知名於今者，有山路愛山[1]。通稱彌吉，是原住淺草堀田原、後居鳥越的幕府天文官山路氏後裔。元治元年生，此年二十三歲。

十月十五日保娶了舊幕臣靜岡縣士族佐野長三郎之女松。戶籍名是一。保三十歲，松生於明治二年，十八歲。

小野富穀之子道悅，此年罹霍亂而死。道悅生於天保七年八月朔日。學經書於萩原樂亭[2]，學書法於平井東堂、學醫術於多紀茝庭與伊澤柏軒。與其父同仕至奧醫師，明治三年在弘前任藩學小學教授，同年繼承家督。所謂小學教授是指誦讀經書之師。保當時也在弘前藩學擔任助教，不過是屬於儒學部；而道悅所任的小學教授，則在醫學部。道悅與其父祖相似，也長於貨殖，但終生主要以守成為務。然而在明治十一、二年之交，道悅在金澤當松田道夫[3]裁判所的書記時，留在東京的妻子做投機買賣而失去了大部金錢。其後，道悅經由保向重野成齋[4]介紹，承修史局[5]聘為雇員。其子道太郎為時事新報社編輯文選，先其父而逝。尺振八亦於此年十一月二十八日歿，享年四十八。

抽齋歿後第二十九年是明治二十年。保於一月二十七日應聘出任《東海曉鐘新報》[6]主筆。英學校的職位如故。《曉鐘新報》是自由黨的機關報，社長是前島豐太郎。是五年前被處入獄三年、罰金九百圓，驚動世人耳目的人物。天保六年生，現已五十四歲。繼之在七月一日，保受靜岡高等英華學校之聘，五月九日又應靜岡文武館之囑託，為學生教授英文。

抽齋歿後第三十年是明治二十一年。一月《東海曉鐘新報》改名，除去了東海二字。同月中江兆民[7]過靜岡，訪問了保。兆民於去年年暮，依〈保安條例〉，被逐出東京[8]；應大阪

1　山路愛山（一八六四—一九一七）：評論家、史學家。東京英和學校畢業，成為《國民新聞》記者，後任《信濃每日新聞》主筆。創刊《獨立評論》。著有《足利尊氏》、《現代日本教會史論》等書。

2　萩原樂亭（一七八一—一八二九）：儒者，名善韶。父大麓，子西疇，均為儒者。繼承其父古學一派，精通中華考證之學，著有《評經集解》、《論語私說》等書。

3　松田道夫（一八三九—？）：法學家。父為美濃岩村藩醫。學醫於伊澤伯軒，學儒於佐藤一齋、林述齋、朝川善庵。維新後，活躍於法律界。晚年任東京控訴院部長。

4　重野成齋（一八二七—一九一〇）：史學家。本名安繹，鹿兒島人。學於昌平黌。維新後為修史館編修副長官，主導《大日本編年史》及其他史料之編撰。後東京大學教授、元老院議員、貴族院議員。

5　修史局：原指太政官修史局、官立國史編纂所。在此指明治時代之修史館及內閣臨時修史局，今東京大學史料編纂所前身。

6　東海曉鐘新報：靜岡縣議員前島豐太郎於明治十四年十月一日創刊。二十年停刊。倡導急進派自由民權主義。

東雲新聞[9]社之聘，在西下路上經過靜岡。六月三十日保之長男三吉生。八月十日獲准在鷹匠町二丁目設立私立澀江塾。

脩於七月自東京來保家，受聘為靜岡警察署巡警講習所的英語教師；同時協助保創設澀江塾。前此修已恢復了澀江氏戶籍。

脩在設立澀江塾時娶了妻，名定。靜岡人福島竹次郎的長女，縣下駿河國安倍郡豐田村曲金素封家海野壽作的乾女兒。時脩三十五歲，定生於明治二年，二十歲。

此年九月十五日，保收到一封匿名信，是約期決鬥的挑戰書。讀其文筆語氣不像惡作劇，所以保心裡不能不有所準備，等著其日之到來。靜岡市中此事一傳開，謠言滿地飛。到了約定的日期，早晨前田五門來到保的家，表示願意助一臂之力。五門是舊幕臣，原名五左衛門，世祿五百七十二石，住在下谷新橋邊。明治十五年，保離開三河國國府入京時，五門在聯歡會上與保成為相識。當初為《函右日報》[10]社長，現任《大務新聞》[11]顧問。保與五門終日耐心等著匿名敵人，但敵人始終並未出現。後來五門歿於明治三十八年二月二十三日。天保六年生，享年七十一。

7 中江兆民（一八四七—一九〇一）：政治家、思想家。名篤介，土佐藩出身。明治四年留學法國，回國後，提倡天賦人權論，推介人民主權說。有「東洋盧梭」之稱。譯著有《民約譯解》、《一年有半》、《續一年有半》等。

8 保安條例：明治二十年十二月二十五日公布施行。規定有妨害治安嫌疑者，必須退出皇宮外三里之地，三年之內不得再進入。

9 東雲新聞：自由黨系報紙。明治二十一年一月十五日創刊，二十四年十月停刊。以中江兆民為其主筆。

10 函右日報：靜岡縣反縣令派之日報。明治十二年一月一日創刊，十八年停刊，併入《靜岡大務新聞》。

11 大務新聞：《靜岡大務新聞》之略。原稱《靜岡新聞》（明治六年創刊），明治十七年二月十日，改稱今名。二十六年停刊。

其一百十〔保之上京與澀江氏之動靜〕

抽齋歿後第三十一年是明治二十二年。一月八日保應東京博文社之求，寄去了履歷書、照片與文稿。這是保將為此書肆譯著書刊的端緒。交涉有了進展，保也隨之與曉鐘新報社漸行漸遠，而與博文館也越走越近了。終於在十二月二十七日，向新報社提出擬於年末請辭主筆之職。然而新報社希望保在退社後，猶能繼續撰寫社論之類。

脩的長男終吉於此年十二月一日，生於鷹匠町二丁目的澀江塾。就是現在的圖案設計家終吉先生。

抽齋歿後第三十二年是明治二十三年。保於三月三日自靜岡入京，寄宿於麴町有樂町二丁目二番地竹舍。臨去靜岡時，關閉了澀江塾，辭去了英學校、英華學校、文武館三校的教職。只不過曉鐘新報的社論，約定繼續在東京撰稿。入京後，從三月二十六日起，開始為博文館進行了外文書的翻譯。七月十八日保遷居神田仲猿町五番地豐田春賀的家。

在保的家裡，長女福一月三十日生，二月十七日夭。又長男三吉於七月十一日三歲而歿。感應寺有墓刻著智運童子者就是這個三吉。

脩於此年五月二十九日單身入京。六月在飯田町補習學會以及神田猿樂町有終學校當英文教師。妻小至七月才入京。十二月脩獲聘為鐵道廳第二部雇員，須往遠江國磐田郡袋井站勤務，又舉家離開了東京。

明治二十四年保卜其新居於神田仲猿樂町五番地，七月十七日動工，十月一日落成。脩轉至駿河國駿東郡佐野站為副站長。此是抽齋歿後第三十三年。

明治二十五年二月十八日，保的次男繁次生，九月二十三日夭。就是感應寺墓碑上所刻的示教童子。脩於七月請辭鐵道廳後入京，住在芝愛宕下町，受雇於京橋西紺屋町秀英社[1]的漢字校正科。脩的次男行晴生。此年是抽齋歿後第三十四年。

二十六年保的次女冬於十二月二十一日生。脩從此年起開始作俳句。有「穿上皮鞋　仲入不惑腳掌　四十歲月」之句。二十七年脩之次男行晴於四月十三日三歲而歿。陸於十二月在本所松井町三丁目四番地福島某的土地上築了新房，就是現在的住宅。陸在身為長唄師傅的經歷上，雖然一度為了照顧其兄優而不免受到挫折，但其後又重新開始，以至今日。有關陸的經歷，下面大概還有詳敘的機會。二十八年七月十三日保之三男純吉生。二十九年一月，脩轉任秀英社市谷工廠歐文校正科，住處因而移至牛込二十騎町。此月十二日脩之三男

1　秀英社：當時日本規模最大印刷會社，明治九年設立。今大日本印刷之前身。其第一工廠於明治十九年竣工，在今新宿區加賀町一丁目。

忠三生。三十年九月保入根本羽嶽[2]之門，開始學《易》。據長井金風先生說，羽嶽之師是野上陳令[3]，而陳令之師是山本北山。栗本鋤雲三月六日歿，七十六歲。海保漁村之妾歿。三十一年，保於八月三十日成為羽嶽的義道館講師，十二月十七日為其評議員。脩的長女花生於十二月。島田篁村八月二十七日歿，享年六十一。上面所記是抽齋歿後第三十五年至第四十年間的事。

2 根本羽嶽（一八二三—一九〇六）：儒者、羽後（秋田縣）人。本名通明。學於秋田藩藩校明德館，後為館長。維新後，東京大學文科大學教授。初研朱子理學，後奉清朝考證學。亦以其《易經》之學而聞名。著有《讀易私記》、《周易復古筮法》等。

3 野上陳令（一七七四—一八四四）：秋田藩儒者。曾在江戶師事山本北山，歸藩後，專心在藩校明德館教育子弟，後為祭酒，極受尊崇。又開家塾，門生數百人。

其一百十一〔脩之死〕

我想在此繼續前面所記，列舉抽齋歿後第四十一年以降的事。明治三十三年五月二日保之三女乙女生。三十四年脩號吟月，是其俳諧師二世桂本琴糸女所授之俳號。山內水木於一月二十六日歿，年四十九。福澤諭吉於二月三日歿，六十八歲。博文館主大橋佐平[1]六十七歲，歿於十一月三日。三十五年十月。脩退出秀英社，改入京橋宗十郎的國文社校正科。脩之四男末男於十二月五日出生。三十六年脩於九月往靜岡，聽從縣立靜岡中學校長川田正澂的建議，為提供中學生溫習功課之便，在安西一丁目南裏重開澀江塾。脩的長女花七歲，歿於三月十五日。三十七年五月十五日，保遷居神田三崎町一番地。三十八年七月十三日，保又遷居荏原郡品川町南品川一百五十九番地。十二月川田轉任宮城縣第一中學校長，靜岡中學校改變了校規，澀江塾已無存在的必要，脩只好讓重開的私塾關門大吉。伊澤伯軒的嗣子

1 大橋佐平（一八三五—一九〇二）：企業家、博文館創設人、館主。越後長岡人。維新後，創刊《北越新聞》、《越左每日新聞》等報。明治二十年創立博文館。甲午戰爭之際，刊行《日清戰爭史》。

磐歿於十一月二十四日。原名鐵三郎，改名德安，維新後又改名磐。磐的嗣子信治先生，目前住在赤坂冰川町姊夫清水夏雲先生家。三十九年，脩又入京，任職於小石川久堅町博文館印刷所[2]當校對。根本羽嶽十月三日歿，八十五歲。四十年，保的四女紅葉生於十月二十二日，二十八日夭折。以上是抽齋歿後至第四十八年的事略。

抽齋歿後第四十九年是明治四十一年。四月十二日午後十時，脩歿。脩於此月四日降雪之日患了感冒。然而五日照常到博文館印刷所上班。至六日咳嗽轉劇，發熱臥褥，終究因氣管炎而殞命。嗣子終吉先生遷居下澀谷現在的家。

我想在下面抄出一些脩的句稿[3]。我不是俳諧專家，若要我精選而避其類句，非我所能。如承讀者指教，幸甚。

山中旱田　有人在雲霞裡　使鋤耕耘
垃圾堆上　油菜朵朵花開　三月春暖
海苔飄香　染遍堆堆麥稈　就在廊邊
斷線風箏　飄搖落在水上　小河潺湲
遊絲飄忽　閃閃水中相映　小小香魚
隨時一看　彷彿當季時鮮　白魚上市
摘下牡丹　心中孤孤寂寂　獨對黃昏

好大西瓜　分成一半一半　從中切開
山上山寺　聳出夜空繁星　燈籠閃爍
閃電一閃　星星慢慢吞吞　忽然飛起
入秋之後　物物清淡寡味　卻有辣椒
不敢出手　坐對書桌冰冷　只覺身寒
沿街叫賣　頭上都包頭巾　走在夜裡
寒風瑟瑟　吹乾素燒陶器　石雕燈籠
下雪天裡　家雞出來站在　草煤袋上

明治四十四年，保的三男純吉十七歲，死於八月十一日。大正二年，保於七月十二日移居麻布西町十五番地，又於八月二十八日遷至同區本村町八番地。三年九月，又移到現在牛込船河原町的家。四年，保的次女冬於十月十三日歿，二十三歲。以上是抽齋歿後第五十二年至第五十六年間的事略。

2　博文館印刷所：今之共同印刷。原廠設立於明治三十年。
3　選自澀江終吉編《澀江脩略傳．附句抄》所收〈吟月作句〉。據諸注者考證，其中數句似經過鷗外改動潤飾。

其一百十二〔保之現況〕

抽齋之後裔而今尚存於世者，如上所述，首先非提牛込的澀江氏不可。主人保先生是抽齋第七子而繼為嗣子。學經於海保氏漁村、竹逕父子與島田篁村、兼松石居、根本羽嶽，學漢醫於多紀雲從。在師範學校則致力於培養教育家；在共立學舍、慶應義塾則研究英文；在濱松、靜岡則或任校長或當教頭，兼充記者發表政論。然而其費時費力之最大者，是為書肆博文館所寫的著作與翻譯，所刊行之書，統計多達一百五十部。此等書籍雖有隨時啟蒙世人之功，概皆應付書商追逐時尚而命筆之作。保先生的精力不能不說是徒費了。而保先生自己其實也不是不知。畢竟文士與書商的關係，應該是共生，實際上卻成了寄生。保先生變成了生物學上的東道主。

保先生想到的著作計畫，猶在心中徘徊不去。曰《日本私刑史》、曰《中國刑法史》、曰《經子一家言》、曰《周易一家言》、曰《讀書五十年》，大概就是這五部書。其中如《讀書五十年》，不僅只是紙面計畫，已積了成堆的稿子。這是一種目錄學，足以窺見保先生博通的一面。著者之所志者，蓋欲擴大嚴君之《經籍訪古志》，由古及今，甚至可謂由東及西，亦無不可。不知保先生能遂其志否？不知世人能助保先生成其願否？

保先生今年大正五年六十歲，妻子佐野氏阿松女士四十八歲，女兒乙女小姐十七歲。乙女小姐在明治四十一年以後從鏑木清方[1]習畫；又大正三年以還是跡見女學校[2]的學生。

第二是本所的澀江氏。女主人是抽齋四女陸，即三弦曲教師杵屋勝久師傅。如上所記，大正五年是七十歲。

陸最初的長唄三弦曲入門師傅是日本橋馬喰町二世杵屋勝三郎[3]，人稱馬場鬼勝[4]的名人。此是在嘉永三年陸僅四歲之事，所以還寄養在小柳町木匠東梁新八之家，大概是從那裡按時回澀江家來學習的。

母親五百也喜歡聲樂，勝三郎誇獎說，陸有母親的好嗓子，曲譜很容易就記住。彈〈待宵〉[5]時，很快就能自己調合旋律；到了能彈〈黑髮〉[6]的程度，師傅就帶她到處去練習表

1　鏑木清方（一八七六—一九七二）：日本畫家。東京人，名健一。浮世繪畫家水野年方之門人。善於明治情致之插畫與風俗畫，對日本畫之近代化貢獻良多。藝術院會員。
2　跡見女學校：明治八年，跡見花蹊創於東京神田猿樂町，今之跡見學園。
3　〔二世〕杵屋勝三郎（一八二〇—九六）：長唄三味線名家。初代勝三郎之子。天保十一年襲名為二世。長於作曲，留下不少名作。
4　馬場：江戶時代馬喰町有馬場，故有此稱。
5　待宵：長唄曲，又名〈晨鐘（明の鐘）〉。入門時練習之短曲。
6　黑髮：初代杵屋佐吉作曲、初代櫻田治助作詞。

演了。

勝太郎為了教陸，特別費時費力。每月六次，勝太郎帶著喜太藏、辰藏兩個弟子，前往御玉池的澀江邸；當天陸總是從寄養之家回來等著。陸的練習結束，照例繼有兩三曲演奏，然後招待酒飯。料理必定是來自青柳。嘉永四年澀江氏移居本所台所町之後，此種練習仍然繼續不輟。

其一百十三〔杵屋勝久〕

澀江氏一旦從弘前遷到其後改稱東京的江戶時，陸在本所綠町開了一家砂糖店。這不是一開始就為了開店而住在此地的。只因稻葉家門旁有一塊空地，就在那裡蓋了小屋住了下來。且說，住在此家之後，與稻葉氏逐漸親近，由於他們的建議，才開了砂糖店。關閉了砂糖店後，能夠以長唄師傅自立門戶，也同樣受到了稻葉氏的幫助。

住在本所而俸祿三百石以上的旗本而稱稻葉氏的，好像有四、五家。若不親自問其子孫，不知到底是哪一家系。不過庇護陸的稻葉氏，當時在四十多歲的未亡人之下，有離婚回娘家四十來歲的姑嫂[1]、松先生與駒先生兄弟。松先生今號千秋，聽說是一位專業書法家。

陸移居小屋當時，稻葉氏的母與女上澡堂時，都會找陸同往。總會看到她們母女倆，母為女擦背，女為母洗手。髮型也是兩人在一起，每日互相幫忙，結成不同的髮髻。

1 姑嫂：原文「家附之女」。家附原指在娘家招婿之女兒。在此未亡人「四十多歲」，女「四十來歲」，顯然並非母女關係。據小泉號一郎注釋（岩波《澀江抽齋》），此「家附之女」蓋指未亡人丈夫之姊妹，故以姑嫂譯之。下面「母與女」之女，亦指姑嫂，唯不詳大姑或小姑也。

稻葉的未亡人這麼說：年紀輕輕就不勞而食，不好。我有熟識的砂糖批發商，開一家砂糖零售店也方便；陸生於醫師之家一定善於稱斤計兩，很合適。砂糖店開了，而且生意繁榮。物品好，秤頭足；佳評傳開，甚至有客自遠方來。年糕豆湯屋來買，燉煮菜屋來買，還有專程從小松川來買的。

有一日，某貴婦人帶著許多女傭來店。買了冰砂糖、糖菓子後，對陸說：「聽說有士族的女兒不顧自己的身份，開始做起了生意，所以我特地前來看看。請要有頭有尾，別半途而廢，堅持下去，做個別人的好榜樣。」後來才知道，她是藤堂家的女主人。藤堂家的下邸在兩國橋橋頭，當時的主人應該是高猷，夫人是高崧一族的女兒。

有一日，五百與保結伴去曲藝場，聽圓朝[2]的壓軸子，卻在進入本題前，聽圓朝說：「近來在綠町，有大戶人家的小姐開了砂糖屋，聽說生意特別興隆。可喜可賀。在此時節可說是合時合宜的好主意。但願人人都能如此。」在其說話中可以窺見圓朝講究所謂心學[3]的面目。五百聽了，不勝感慨之至。

此家砂糖店不知幸或不幸，在營業興隆當中關了門。但陸並未得到世人的同情；因為在家族關係上發生了難於排除的障礙[4]。

放棄生意而賦閒在家的陸，有一日接待來訪的稻葉未亡人，閒談間偶而提到長唄三弦的事。未亡人曾練習過長唄。對陸而言，長唄比吃飯還喜歡，於是同意何不合彈一曲。還彈不完一段，好管閒事的未亡人就驚嘆連連，說：「妳不是業餘愛好者，是專家呀。請當師傅吧，我要做妳第一個弟子。」

2 圓朝（一八三九－一九〇〇）：三遊亭圓朝。落語（單獨相聲）名家。江戶人，本名出淵次郎吉。自作自演，演藝非凡。代表作有〈鹽原多助一代記〉、〈怪談牡丹燈籠〉等。

3 心學：通稱石門心學，指石田梅嚴（一六八五－一七四四）所創庶民哲學。融合儒佛神道四教，論述庶民之日常實踐之倫理道德，主要著作有《都鄙問答》。

4 蓋指陸與矢川文一郎之離婚事件而言。

其一百十四〔杵屋勝久〕

聽了稻葉未亡人的話，陸稍微動了心。雖然對變成藝人一事仍然不無顧忌，可是想為了生計，何妨利用自己所愛的一技之長。陸往見母親五百商量，五百居然很爽快就同意了。

陸承襲師父杵屋勝三郎的勝字[1]，號稱勝久，向官方申請開業執照獲准。其時本所龜澤町左官庄兵衛有一戶合適的空房，勝久就租了下來，掛上了看板。時明治六年，勝久二十七歲。

龜澤町的鄰居住著一對姓吉野的象牙雕工老夫婦。主人是個通達世故、富於俠氣的人，聲言要與老婆一起照顧勝久的身世，說：「看樣子好像還不熟悉市井的生活習慣，不好意思，就讓我們夫婦來調教您。」他們夫婦早上替勝久拉上前面吊門，晚上又拉下來。大大小小的雜事都承他們幫忙。

吉野家有兩個女兒。姊姊名吹，妹妹名鐘。老夫婦馬上讓姊妹倆入了勝久之門。阿鐘小姐是現居日本橋大坂町十三番地的水野某之妻；其子女也都變成了勝久的弟子。

吉野說過，勝久還不熟悉市井的生活。勝久雖然開過砂糖店，但現在要當出賣技藝、娛樂別人的師傅，才不得不承認自己不懂或不習慣的地方的確甚多。一向叫自己「阿陸」的人，忽然改稱「老師」。每次聽到如此稱呼，儘管在理性上承認這是妥當的叫法，但在感情上卻總覺得對方在使壞心眼、開玩笑。在經營砂糖店的時代，碰到雜貨舖或飲酒屋的客戶，總是避免用同輩的你[2]直呼，而用委婉迂曲的方式招呼對方，而今要與各種業界的人士交往，對誰都得用老闆或老闆娘來稱呼，實在很難說出口來。有一次吉野主人忠告說：「要好好注意，別讓他人說您高傲自大。」勝久覺得好像被刺痛了要害似的，難過了好一陣子。

儘管如此，勝久的業績卻比預期的要好得多。未幾，弟子的數目就超過了八十人。而且受上流之家邀請的次數漸漸增多。後來幾乎每日白天教課後，就坐著人力車，馳往各地的館邸去演出。

最常去的地方是鄰近的藤堂家。在此宅邸中，只要有人過生日，或其他種種慶典，一定邀請勝久，已成慣例。

藤堂家之外，細川、津輕、稻葉、前田、伊達、牧野、小笠原、黑田、本多諸家[3]，也都變成了勝久的贊助者。

1　勝字：陸襲長唄師傅杵屋勝三郎名中之勝字，取其藝名為勝久，表示屬於杵勝派。

2　你：原文「御前（おまえ）」，古時為對同輩以上之第二人稱敬稱，現在變成同輩間或對晚輩之稱呼，或夫對妻之暱稱。

3　細川是熊本藩、稻葉是豐後臼杵藩、前田是金澤藩、伊達是仙台藩、牧野是常陸笠間藩、小笠原是豐前小倉藩、黑田是福岡藩、本多是近江膳所藩各藩的舊藩主。

其一百十五〈杵屋勝久〉

細川家之延請勝久是由於師兄弟勝秀的介紹。勝秀曾在細川氏的家人陪同下遠至肥後國熊本演出。勝久首次受細川家之邀是在今戶別邸。當日首席三味線是勝秀，助彈二人；主唱者是勝久，協唱二人；其他吹打[1]伴奏成員，悉數都是女藝人。節目是長唄曲〈勸進帳〉、〈吉原雀〉、〈英執著獅子〉，最後彈唱了表演者共同選出的〈石橋〉。

細川家當時的主人應該是慶順[2]。勝久在退入房間休息時，輕津侯單獨走了進來，說：「聽說有澀江的女兒陸在這裡，就過來看一看。」同伴的女藝人都嚇了一跳。津輕侯承昭是主人慶順的弟弟，所以當日才被請來作客的吧。

長唄演完後，有主客串演的能樂，女藝人可以陪著觀賞。津輕侯舞了〈船弁慶〉。那位推薦勝久給細川家的勝秀，現在已成古人了。

因為在細川別邸見了主公的緣分，勝久也屢次以澀江陸之名受到津輕家的延請。總是獨自一人去，又彈又唱。侍女長歌野、側室阿辰等人都成了熟識，常帶著陸在邸內到處遊覽。

稻葉家是師傅在世時就帶去過的。聽說其邸在青山，所以應該屬於豐後國臼杵的稻葉家。大概是受當時的家主久通[3]所邀，地點在麻布土器町的下邸。長唄成員男女都有。首席三味線是勝三郎、助彈勝秀；主唱坂田仙八、協唱勝久，都是稻葉家所指名。仙八已故，即今勝五郎[4]即前勝四郎的父親。節目都是長唄曲子〈鶴龜〉、〈初時雨〉、〈喜撰〉，最後餘興由勝三郎與仙八演了〈狸囃子〉[5]。

演奏完畢後，勝三郎等獲准參觀庭園。園地甚廣，有許多珍奇花卉。經過花園來到菜圃，旁有竹林，竹筍叢生。主公對藝人們說：「各位自己能拔的，不管多少，都可以拿回家去。請隨便拔吧。」於是男女藝人都爭著去拔筍。其中有用力太猛，拔出了筍，卻仰後屁股著地的。主公看得趣味盎然。聽說主公早就叫人挖出竹筍周圍的硬土，打鬆後又填回去。即使如此，還是不容易拔得出來。不過沒關係，人人有獎，回家時每人都帶著好幾枝竹筍。沒拔筍的也不例外。

接著，前田家、伊達家、牧野家、小笠原家、黑田家、本多家，也逐漸常來延請。初被邀請時，前田家是宰相慶寧[6]、伊達家是龜三郎[7]、牧野家是金丸[8]、小笠原家是豐千代

---

1 吹打：原文鳴物，指三味線外之伴奏樂器，如拍板、小鼓、大鼓、鉦鼓、笛、簫之類。
2 細川慶順（一八三五—七六）：熊本藩第十一代藩主。改名韶邦。維新後，熊本知事。
3 稻葉久通（一八四三—九三）：豐後臼杵藩第十五代藩主。維新後，藩知事。子爵。
4 〔四世〕杵屋勝五郎（一八六九—一九二〇）：長唄三味線師傅，坂田仙八之子。三世勝三郎之門人。本名小島安太郎，初稱三代勝四郎，後襲四代勝五郎之名。
5 囃子：長唄三弦曲，常用於能樂或歌舞伎之背景配樂。

丸[9]、黑田家是少將慶贇[10]、本多家是主膳正康穰[11]的時代。不過我對維新後的華冑[12]家世並不知其詳，若有謬誤請不吝賜教。

勝久在掛牌後第四年，於明治十年四月三日，在兩國中村樓舉辦了弘宣大公演。舞台正面的天幕[13]是由深川五本松[14]的門生、後幕[15]是魚河岸商人今和與綠町門生、水引幕[16]是牧野家，分別所餽贈。此外，有本家師傅[17]送來的紅白縐綢天幕、襲用杵勝名號的男女門生送來淺藍上座後幕、勝久門下襲勝字的女弟子送來中型縐綢匾額、親密女夥伴送來的茶色緞子寬幅腰帶掛軸、木場贊助者送來的白色縐綢水引幕。俳優則分別寄來精心設計的海報。有緣的華族諸家則賜以金飾等貴重禮物，亦有派侍女長專程前來致賀的。時勝久三十一歲。

6 前田慶寧（一八三〇—七四）：金澤藩第十四代藩主。慶應二年襲封。維新後，金澤藩知事、參議。

7 伊達龜三郎（一八六六—一九一七）：仙台藩第十四代藩主，名宗基。龜三郎為幼名。明治元年襲封。仙台藩知事、伯爵。

8 牧野金丸（一八五七—一九一六）：常陸笠間藩第九代藩主，名貞寧。金丸為幼名。維新之際轉戰下野、陸奧各地。明治元年襲封。笠間藩知事、子爵、貴族院議員。

9 小笠原豐千代丸（一八六二—九七）：豐前小倉藩第十代藩主。名忠忱。慶應三年襲封。小倉藩後來改為香春藩，又改稱豐津藩。伯爵。

10 黑田慶贊（一八三七—一九〇二）：福岡第十二代藩主。後改名長知。明治二年襲封。下野守，後封少將。維新後，福岡藩知事。

11 本多康穰（一八三五—一九一二）：近江膳所藩第十三代藩主。安政三年襲封。維新後，藩知事、子爵。

12 華冑：即華族。明治維新後，稱皇族之下、士族之上之貴族特權階層，分級授予公侯伯子男之爵位。

13 天幕：掛在頂棚或天花板下裝飾用帳篷。

14 五本松：深川猿江町小名木川北岸河岸之俗稱，今江東區猿江町二丁目一帶。

15 後幕：劇場中，上座後面所垂掛之帷帳。

16 水引幕：舞台上方所掛細長橫幕。

17 本家：原文家元，即宗家。指本家師傅，在此應是杵屋六左衛門家。

其一百十六〔杵屋勝久〕

當勝久於本所松井町福島某人的空地，修築了房子、自立門戶時，師傅勝三郎高興之餘，詠了一首歌，親筆書寫，裱好送來。勝久根據此歌，譜成歌曲，題為〈松之榮〉，在兩國井生村樓辦了新曲首演。勝三郎之外，杵屋一派的名流都來了。歌曲以奉書紙[1]印成小冊子贈送客人，餘興則彈奏了長唄〈四海〉。沒想到抽齋嗜好的一面，竟由女兒陸如此加以展現出來。時明治二十七年十二月，勝久四十八歲。

勝三郎於明治二十九年二月五日歿，享年七十七。法諡是花菱院照譽東成信士。東成是其生前本名。墓在淺草藏前西福寺內真行院[2]。長唄杵屋一派，原出俳優中村勘五郎[3]，其後本家世稱喜三郎或六左衛門，現仍在日本橋坂本町十八番地傳其家名，即所謂植木店[4]的本家。三世喜三郎的三男杵屋六三郎離家成立分派，門下有初代佐吉，初代佐吉門下有和吉。和吉由初代勝五郎襲其後，初代勝五郎由初代勝三郎襲其後。此勝三郎終生不改名，而勝五郎之稱號則為門人承襲下去。其次是二世勝三郎東成，小字小三郎，就是勝久的師傅。

二世勝三郎有子女各一。姊名富紗，弟名金次郎。金次郎聲言：「我不想做甚麼藝人。」堅持只要上一般學校。二世勝三郎臨終遺言，囑咐孩子要叫勝久為姑姑，以後有事最好找她商量。

二世勝三郎在馬喰町的家，決定讓富紗招婿來繼承。招來的女婿是新宿人，岩松氏。襲了養父小字小三郎，在中村樓舉行了公布襲名的儀式。未幾，小三郎不屑於以養父的小字稱呼自己，而且希望成為三世勝三郎。然而，在前代勝三郎的門人組成的杵勝同窗會[5]中，就有不少技藝優於小三郎的人，因而襲名之事不易得到認可。小三郎終於引起糾葛，被離了婚。

於是二世勝三郎的長男金次郎，陷入了不得不繼承父親家業的窘境。金次郎屈服於親戚與父親門人的壓力而退了學，抱起討厭的三味線，在杵勝分派[6]諸長輩的鞭策下，硬著頭皮，勉勉強強，開始磨練自己的手腕。

---

1 奉書紙：以桑科植物纖維製成之較厚高級白紙。

2 真行院：西福寺為淨土宗，在今台東區藏前四丁目。真行院原屬西福寺分寺，今已獨立出去，位於鄰近處。

3 中村勘五郎：長唄三味線藝人之名。據第十二代杵屋勘五郎所錄〈大薩摩杵屋系譜〉，杵屋之祖是臣事豐臣、德川二家之十四萬二千二百石大名中村式部少輔一氏；其孫中村勘兵衛之子即是號杵屋之初代杵屋勘五郎道廣（一五七四—一六四三）。

4 植木店：坂本町北部之俗稱。藥師堂每逢廟會，有許多植木屋來擺攤子，故得此名。

5 杵勝同窗會：昭和十一年（一九三六）後改組成立財團法人杵勝會。

6 杵勝分派：指勝三郎家。非杵屋派本家，屬分派。

金次郎終於變成了三世勝三郎。其初，此勝三郎因受學校教育之累，為目不識丁的儕輩所忌憚。勝久身為杵勝同窗會的成員之一，屢屢替金次郎的前途揑一把汗。不過些許學問並不至於妨礙技藝的修練，金次郎漸漸鞏固了宗派師傅的聲望，羽翼也成熟了。

明治三十六年，勝久五十七歲時，三世勝三郎在鎌倉臥病的消息傳來，勝久與勝秀、勝君於二月二十五日結伴趕去探望。勝三郎僦居在海光山長谷寺[7]，病況雖無改善跡象，但當時還能扶著拐杖，帶勝久她們走出寺門，參觀了鄰近的古蹟。勝久寫了一篇遊記寄去慰問病床上的師傅。雜誌《道樂世界》[8]曾報導說杵屋勝久是個學者，就是在此前後的事。勝三郎的病情一直未見改善，於三月三日回到了東京。

7　長谷寺：在鎌倉市長谷之淨土宗獨立寺院。本尊為十一面觀音，創於天平八年（七三六）。

8　道樂世界：遊藝娛樂性雜誌，明治三十五年四月創刊，京橋區金六町黃文社發行。發行兼編輯人為土屋德五郎，半月刊。

其一百十七〔杵屋勝久〕

三世勝三郎的病回東京後也沒好轉。當時勝三郎擔任東京座後台總管之職，所以主要讓高足弟子淺草森田町的勝四郎代管其事。勝四郎就是現在的勝五郎。然而勝三郎對勝四郎在東京座的處事態度有所不滿。結果因病而性急的勝三郎與勝四郎間，產生難於彌補的釁隙。

到了五月，勝三郎決定轉到房州養病。臨到出發之際，卻對自己走後杵勝分派的前途擔起心來。於是，為了保證分派的永續，希望所有襲用藝名的男女弟子都簽下盟約書。請勝久所教的襲名女弟子們簽下盟約，毫無阻力，根本不成問題。但勝四郎所領導的襲名男弟子輩，卻堅持在師傅化解怒氣，看到師傅與勝四郎的交情和好如初之前，他們絕不可能簽署盟約書。此時勝久覺得為了要讓病中的師傅安心，莫若儘早完成所有襲名男女門人的盟約簽署手續，於是開始往來於師家與襲名男弟子之間，致力於調解工作。

然而勝三郎始終無法釋然於懷。六月六日往訪馬喰町師傅家，再就勝四郎之事有所請示時，勝三郎流淚怒道：「小姑姑，你到底要把這個病人折騰到甚麼地步啊？」至此，勝久再也無從插手於其間，只能徒歎奈何了。

六月二十五日晨，勝三郎從靈岸島乘舟往房州。妻美津[1]同行，即在杵勝分派中稱為女師傅的人。送行的人有其姊富紗、女兒磯、照[2]，以及勝久、勝文、藤二郎，還有師傅家的僕人阿兼、上總屋的老闆，以上八人。勝三郎之姊富紗，後來住在日本橋濱町一丁目二世勝三郎所建的隱居處，單獨生活，被杵屋分派的人稱為濱町的師傅。

此次靈岸島棧橋之別，不由得有落寞之感。病弱的勝三郎終於等不到男弟子輩的和解而離開了東京，而且走上了不再歸來的旅途。

勝久送走了師父四日後，自己也病倒了。七月八日女師傅從房州歸東京，就前來探望勝久的病。十二日勝久派人到馬喰町與濱町去問候起居，才知道勝三郎從房州又遷往了鎌倉。

九月十一日細雨綿綿，鎌倉傳來了勝三郎病革的消息。勝久由於腰部嚴重痙攣，臥在床上，連翻身都難；要上廁所也要有人抱去。就在如此尷尬的時刻，接到了如此重要的消息，勝久一時戰慄不已。然而勝久還是自勉自勵，叫人去請來一向親近的勝文，求她同往鎌倉，以便路上有人照顧。兩人在新橋站[3]乘車前往鎌倉。勝三郎當夜去世，年三十八。法謚蓮生院薰譽智才信士。

---

1 美津（一八六八—一九二五）：長唄三味線師傅。三代杵屋勝三郎之妻，後為四代勝三郎。

2 磯（？—一九六六）：長唄三味線師傅。三代杵屋勝三郎與美津之長女。後為六代勝三郎。照：三代勝三郎與美津之次女，後襲五代勝三郎。

3 新橋：指舊新橋驛。明治五年十月十四日開設，大正三年設東京站之前是東海道線之起點。

其一百十八〔杵屋勝久〕

九月十二日，勝久送了三世勝三郎的靈柩至火葬場，就乘了人力車趕到火車站，當晚返抵東京。勝三郎歿後，如想維持杵勝分派的團結，必須盡快排除非排除不可的障礙；就是在勝三郎生前，經勝久等人百般調停，而無法消彌的對高足弟子勝四郎的貶斥。勝久在鎌倉期間，或在回東京的路上，須臾都沒忘記此事，一直掛在心上。

十三日昧爽，勝久寄了一封書信到勝四郎家。「杵屋家師傅逝世之事，諒已有所聞矣。今日午後四時吾等將在其家相聚，不審對此有何高見。竊以為或宜親自駕臨馬喰町會面。可先至田原町稍候，再作定奪。總之無論如何，悉遵尊意。耑此奉聞。」田園町指次於勝四郎的二號弟子勝治郎之家。勝治郎一兩年來因病而幾乎隱居不出門，連杵勝同窗會都脫會了。

勝四郎的回信說，高情甚感，只因過去之遭遇，不敢單獨前往。勝久於是派了十造、勝助二人到森田町去迎接勝四郎。

在馬喰町的家裡，此日為了守夜，除了亡者的親戚，襲名的男女弟子也都來了。勝久懇請濱町的師傅與女師傅，盼能代亡者寬恕勝四郎，二位都同意了，乃請勝四郎進來。勝四郎拜了木主，上了線香。勝四郎從木主前退下，向男女襲名弟子行禮，糾葛終於全消。時明治三十六年，勝久五十七歲。勝久始終抱病擔承了調停的任務。勝久的病到此年十二月才完全康復。

杵屋同學會的乖戾之氣從此消釋，於是從男性門人中推選改名勝五郎的勝四郎為幹事；同時也從女性門人中推選勝久為幹事。勝四郎之名現在由住在飯田町的五號弟子繼承。一號弟子勝四郎改稱勝五郎，二號勝治郎與三號勝松改稱勝右衛門，四號勝吉改稱勝太郎，五號勝四郎與六號勝之助改稱和吉。

在二世勝三郎花菱院的三年忌時，襲名男女門人捐了一口梵鐘給西福寺。七年忌時，男女門人共捐金一百圓、帳幕一面；女性門人捐紅葡萄色縐綢幔幃；勝久弟子捐黑色條紋夾衣外褂。十三年忌與三世七年忌提前合辦時，男女門人捐了木魚一對、墓前花瓶與香爐各一。十七年忌時，男女門人捐獻了十三枚蓮花型盤子。又三世勝三郎蓮生院三年忌時，男女門人捐了六個裝滿經書的經箱。十三年忌時，當代師傅捐袈裟一襲，男女門人捐華蓋一頂。在這段話裡，有人也許會覺得奇怪，而問我為甚麼要不憚其煩地列舉這些事吧。我因為讀了勝久的手記，有感於所謂藝人尊師重道之厚，驚嘆之餘，實在不忍埋沒其善行而置之不顧。若是有人認為我為形式的虛禮所欺瞞了，那麼我就要問這些人：你們到底能不能看破一切善行的動機？

其一百十九〔杵屋勝久〕

勝久教人長唄，至今已四十四年。在此期間，勝久襲名的弟子僅得七人。明治三十三年倉田筆成了杵屋久羅。三十四年遠藤里成了杵屋勝久美。四十三年福原佐久成了杵屋勝久女；山口春成了杵屋勝久利。大正二年加藤龍成了杵屋勝久滿。三年細川律成了杵屋勝久代。五年伊藤愛成了杵屋勝久纓。此外大正四年還有成為杵屋勝丸的山田政次郎，但因為是男子，雖是勝久的弟子，藝名卻是本家師傅所取。目前的教育都在官公私立學校進行，人人勢必非得遵從集體教育法規不可。如欲拯救其弊，只有參考個人教育方式之一途，於是世上往往有夢想昔日之儒學家塾者。然而所謂藝人世界有襲名制度，至今仍然牢不可破，知之者恐怕不多。尋常執照之濫發濫用，難怪藝人有時會遭到別人的譏誚。不過，長唄的襲名制度似乎並不能那麼容易過關。否則，不至於在漫長的四十四年間，從納束脩與勝久的幾百人中，能列入襲名弟子的僅有七、八人。

藝名勝久的陸不止擅於長唄的彈唱，而且從小也學琴於山勢氏[1]，學舞於藤間不二。陸在舞蹈時所需的衣裳小道具，澀江家都有十二分的準備；如果與陸共舞的小孩來自貧窮家庭，澀江氏也會為她們準備所需衣裳等物。陸其實小時也頗善舞蹈，但嗜好漸漸傾向長唄，只好中途而輟了。

陸也學過遠州流[2]的插花，也從母親五百學過圍棋與象棋。五百是圍棋二段高手。五百甚至也曾教過陸薙刀[3]的使法。

前面已經提到陸練習書法的事。及稍長，五百授之以近衛予樂院的字帖，教她臨摹。

陸的裁縫也是五百所教。陸在成年後，澀江家人所穿的正裝與便服，就再沒找過外面的裁縫了。五百常說：「阿陸的針線最好。外面裁縫的針線很差。」漿洗的方法也由五百拿著尺子，指導陸如何漿洗到布紋平直、不歪不斜。「漿洗好的織物，非得像新裁的衣料不可。」是五百常說的話。

剃髮與結髮也是陸的拿手，早已極為熟練。關於剃髮，妙了尼說：「只要阿陸小姐肯剃，把頭剃得傷痕累累，我也情願。」已慣於把頭交給陸去處理了。至於結髻，最早是把一位老婆婆的頭髮結成鬆弛的小祖母子[4]；後來母親的頭髮、妹妹的頭髮，甚至女傭的頭髮，都讓陸一人來結了。自己的頭髮當然自理，只在有事出門時才麻煩母親幫忙。遷居弘前期間，淺越玄隆之妻、前田善次郎之妻、松本甲子藏之妹等人，常會帶來點心盒當禮物，請陸一一為她們結髻。陸總會把禮物退還，為她們結好之後，有時還會贈送時行的髮飾。

陸天生是個乖巧的孩子，不哭不鬧，不饒舌。言行活潑伶俐，喜開玩笑，頗受家人與別人喜愛。成人之後，節操穩健，富於義務觀念；徵之於其從事長唄師傅之經歷，即可窺其真相。

除了牛込的保先生家、以保先生為父抽齋繼嗣之故而始終稱之為「哥哥」[5]的本所勝久師傅之家之外，東京還有第三家澀江氏，就是下澀谷的澀江氏。

下澀谷澀江氏之當代家主是脩的兒子終吉先生。終吉是圖案設計家，大正三年成為津田青楓[6]先生的門人。今年大正五年，二十八歲。終吉有兩個弟弟：去年畢業於明治藥學校[7]的忠三，二十一歲。么子十五歲。三人的生母福島氏阿定女士住在靜岡，與牛込的阿松女士同齡，四十八歲。

1 山勢氏：山田流箏曲之一派，稱山勢檢校。初代山勢松風（一七九一——一八五九）。陸所就學者當是二代山勢檢校（一八一二—六八）。檢校為派中師傅之最高位階者。明治四年廢止。
2 遠州流：以小堀遠州為祖師之插花流派，春秋軒一葉創始於寶曆、明和年間（一七五一——一七七一）。
3 薙刀：日文漢詞，或稱長刀、眉尖刀。長柄，刀尖稍向後彎曲如新月，江戶時代為武家婦女用以防身禦敵之武器。
4 小祖母子：老女髮型之一，又稱姨子結。將頭髮纏圈而上，如蛇之捲曲，橫插簪子以固定之。江戶末期流行於年長婦女之間。
5 哥哥：實際上保是弟弟，小勝久十歲。
6 津田青楓（一八八〇——一九七九）：畫家，京都人，名龜次郎。明治四十年留法。由洋畫轉日本畫風，代表作有〈疾風怒濤〉、隨筆《書道與畫風》等。
7 明治藥學校：明治三十五年創校，為今明治藥科大學之前身。

附錄一　澀江氏系圖

①～⑧是家督繼承者、㈠～㈣是結婚前後順序、‖是養子

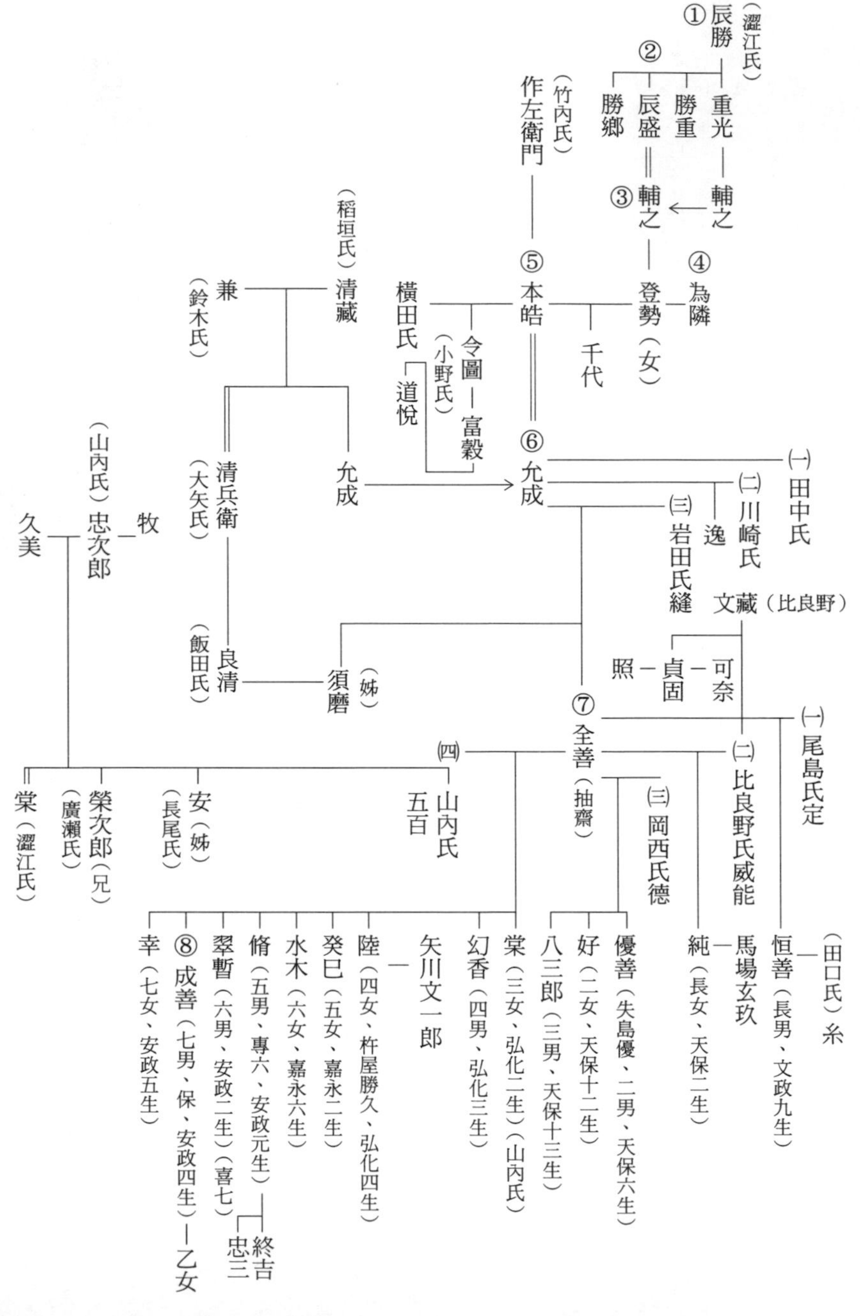

附錄二　日本年號西曆對照簡表

年號	西曆（起訖年分）
元祿	1688-1704
寶永	1704-1711
正德	1711-1716
享保	1716-1736
元文	1736-1741
寬保	1741-1744
延享	1744-1748
寬延	1748-1751
寶曆	1751-1764
明和	1764-1772
安永	1772-1781
天明	1781-1789

年號	西曆（起訖年分）
寬政	1789-1801
享和	1801-1804
文化	1804-1818
文政	1818-1830
天保	1830-1844
弘化	1844-1848
嘉永	1848-1854
安政	1854-1860
萬延	1860-1861
文久	1861-1864
元治	1864-1865
慶應	1865-1868

小說精選
澀江抽齋

2020年6月初版　定價：新臺幣450元

著者	森鷗外
譯者	鄭清茂
叢書主編	李時雍
校對	施亞蒨
內文排版	極翔企業
封面設計	陳恩安

出版者	聯經出版事業股份有限公司
地址	新北市汐止區大同路一段369號1樓
叢書編輯電話	(02)86925588轉5319
台北聯經書房	台北市新生南路三段94號
電話	(02)23620308
台中分公司	台中市北區崇德路一段198號
暨門市電話	(04)22312023
台中電子信箱	e-mail：linking2@ms42.hinet.net
郵政劃撥	帳戶第0100559-3號
郵撥電話	(02)23620308
印刷者	世和印製企業有限公司
總經銷	聯合發行股份有限公司
發行所	新北市新店區寶橋路235巷6弄6號2樓
電話	(02)29178022

副總編輯	陳逸華
總經理	陳芝宇
社長	羅國俊
發行人	林載爵

行政院新聞局出版事業登記證局版臺業字第0130號

本書如有缺頁，破損，倒裝請寄回台北聯經書房更換。　ISBN 978-957-08-5546-3 (平裝)
聯經網址：www.linkingbooks.com.tw
電子信箱：linking@udngroup.com

國家圖書館出版品預行編目資料

澀江抽齋/森鷗外著．鄭清茂譯．初版．新北市．聯經．
2020年6月．392面．14.8×21公分（小說精選）
ISBN 978-957-08-5546-3（平裝）

861.57　109007350